John Lanchester

Die Lust
und ihr
Preis

*Aufzeichnungen
eines reisenden
Gentleman*

*

*Aus dem Englischen von
Melanie Walz*

*

Paul Zsolnay Verlag

Die Originalausgabe erschien erstmals 1996 unter dem Titel
The Debt to Pleasure bei Picador in London.

1   2   3   4   5   00   99   98   97   96

ISBN 3-552-04803-0
© John Lanchester 1996
Alle Rechte der deutschsprachigen Ausgabe:
© Paul Zsolnay Verlag Wien 1996
Satz: Filmsatz Schröter GmbH, München
Druck und Bindung: Friedrich Pustet, Regensburg
Printed in Germany

Dem Gedächtnis meines Vaters

Mein deutscher Ingenieur war ziemlich streitsüchtig und anstrengend. Er konnte nicht zugeben, daß sich mit Gewißheit kein Nashorn im Zimmer aufhielt.

Bertrand Russell in einem Brief
an Ottoline Morrell

Vorwort, Danksagung und ein paar Worte zur Struktur des Ganzen

Dies ist kein Kochbuch im üblichen Sinn – auch wenn ich mein Dementi sofort dementieren muß, um zu betonen, daß ich den herkömmlichen Rezeptsammlungen, die nach Zutaten relativ großzügigen, meist geographischen Kategorien zugeordnet sind, höchste Achtung entgegenbringe. Ein Reiz des Genres besteht darin, daß es erfreulich hohen Wert auf Genauigkeit legt. Das Fehlen eines einzigen Wortes, einer einzigen Anweisung kann über den nichtsahnenden Hobbykoch das demütigendste Desaster hereinbrechen lassen. Wem von uns wäre es noch nicht widerfahren, ein Rezept Schritt für Schritt nachgekocht und dann unvermutet neben der Sautierpfanne ein verräterisches Häuflein gehackte Zwiebeln erblickt zu haben? Eine der ersten katastrophalen Erfahrungen meines Bruders, als er den hoffnungslosen Versuch unternahm, ein glückloses Liebesobjekt zu beeindrucken, gründete im Fehlen des Wörtleins »gerupft«, denn er holte aus dem Backofen einen gebratenen Fasan in vollem Gefieder, schrecklich anzusehen in seinem heißen Federsarkophag.

Das klassische Kochbuch lehnt sich an die einander ansonsten völlig entgegengesetzten Genres der Enzyklopädie und des Bekenntnisbuches an. Einerseits ist die ganze Welt in Kategorien unterteilt, beurteilt, definiert, erklärt und alphabetisch sortiert, andererseits ist das Ich bloßgelegt, wimmelt es von Witzeleien und Anekdoten und persönlichen Erlebnissen. Alle Erzeugnisse des

Genres gehören zu einer Reihe, die am einen Ende der *Larousse Gastronomique* abdeckt und am anderen ... nun, vielleicht darf ich das der Phantasie des Lesers überlassen. An dieser Stelle ließe sich jedes der Bücher aufführen, von denen meine provenzalische (englische) Nachbarin zu sagen pflegte (sie weilt nicht mehr unter den Lebenden): »Ich *liebe* Kochbücher – ob Sie's glauben oder nicht, ich lese sie wie *Romane!*«

Aber wie ich bereits sagte, ist dies kein Kochbuch im üblichen Sinn. Spiritus rector dieses Buches ist das kulinarisch-philosophisch-autobiographische Werk *La Physiologie du goût*, das der Richter, Soldat, Violinist, Sprachlehrer, Gourmand und Philosoph Jean-Anthelme Brillat-Savarin, der neben dem Marquis de Sade als einer der zwei großen gegensätzlichen Geister jener Zeit gelten darf, im frühen 19. Jahrhundert schrieb. Nachdem er mit Mühe und Not während der Französischen Revolution (der »erstaunungswürdigsten Sache, die sich« – so Burke – »noch bisher in der Welt zugetragen hat«) dem Tod entkommen war, wurde Brillat-Savarin Bürgermeister von Belley und Richter am nachrevolutionären Appellationsgerichtshof in Paris. Seine Schwestern pflegten jedes Jahr drei Monate im Bett zu verbringen, um für seinen jährlichen Besuch Kräfte zu sammeln. Sein bekanntester Ausspruch ist wahrscheinlich der Aphorismus: »Sage mir, was du ißt, und ich sage dir, wer du bist«, wenngleich ich persönlich stets sein Fazit lebenslangen Essens vorgezogen habe, das da lautet, daß »das Vergnügen an der Tafel jedem Alter und jedem Stand gehört, allen Ländern und allen Tagen«. Der nach ihm benannte Käse wechselte in den siebziger Jahren die Käserei und wird heute von den Fromageries de Pansey in der Champagne hergestellt; derzeitige Exemplare machen auf viele Beobachter den Eindruck enttäuschender Kraftlosigkeit.

Eine unmittelbarere Inspirationsquelle will ich nicht verschweigen. Im Lauf der Jahre wurde ich immer wieder aufgefordert, meine Gedanken zum Thema Nahrungsmittel zu Papier zu bringen. Die Worte »Warum schreiben Sie denn kein Buch darüber?«, in eingestandenermaßen großer Vielfalt der Betonung und des Tonfalls geäußert, haben allmählich etwas von einem Mantra angenommen, das durch Einlassungen meinerseits – ob über die maßgebliche Art, Cassoulet zuzubereiten, oder über viktorianische Methoden, Igel in Lehm zu backen – provoziert zu werden pflegt. Es hat mir immer etwas widerstrebt, meine eigene *Physiologie du goût* zu veröffentlichen, weil ich die Aufmerksamkeit nicht von meiner künstlerischen Arbeit in anderen Bereichen ablenken möchte. In letzter Zeit bin ich jedoch zu der Überzeugung gelangt, daß es keine gravierenden Folgen haben kann, dem Publikum etwas zu unterbreiten, was, ohne nebenbei oder »mit links« fabriziert worden zu sein, nicht mehr sein will als Späne vom Hobel des Meisters.

Das vorliegende Buch entstand – der langgehegte Gedanke nahm unvermutet die Form des Faktischen an – in erster Linie dank meiner jungen Mitarbeiterin Laura Tavistock. Sie ist bei weitem die reizendste, überzeugendste und aktuellste in der Reihe all jener, die den Drang fühlten, mich zu dieser Unternehmung zu drängen. Daß ich ihr dieses Buch nicht gewidmet habe, liegt allein daran, daß Ms. Tavistock und ich uns in einem Stadium des gemeinsamen Wirkens befinden, in dem eine derartige Geste (um einen Ausspruch meiner Mitarbeiterin zu zitieren) »etwas voreilig« wirken könnte.

Den einen oder anderen Orts- und Personennamen habe ich verändert. »Mary-Theresa« und »Mitthaug« sind eher gelungene Annäherungen als nackte, schäbige Identistereien (gibt es dieses Wort? Jetzt ja). St.-Eustache ist nicht St.-Eustache. Das Hotel Splendide ist nicht das Hotel Splendide.

Zur architektonischen Struktur dieses Buches: Sein Aufbau richtet sich nach Zeit und Ort seiner Entstehung. In der zweiten Hälfte des Sommers entschloß ich mich zu einer kurzen Urlaubsreise in südliche Richtung nach Frankreich, das, wie der Leser feststellen wird, meine geistige (und zu bestimmten Zeiten des Jahres meine reale) Heimat ist. Ich nahm mir vor, meine Gedanken zum Thema Essen unterwegs zu notieren, indem ich mich von Orten und Erlebnissen ebenso inspirieren ließ wie von Erinnerungen, Träumen, Überlegungen, um das Ganze dann einzuköcheln, so daß wie in einer Art idealer *daube* Aromen und Essenzen synergistisch miteinander verschmolzen. Dies, so hoffe ich, wird dem Buch eine Struktur des glücklich Zufälligen, Beiläufigen und zugleich Voranschreitenden verleihen. Dem Entschluß zu diesem Vorgehen verdankt es sich, daß ich mich, da ich diese Sätze zu Papier bringe, in der ungewöhnlichen Lage eines Menschen befinde, der sein Vorwort schreibt, bevor er den restlichen Text verfaßt. Wir alle kennen den Ton des Hinterher-besser-Wissens – wehleidig, selbstgerecht, bekümmert und apologetisch –, wie ihn Schiffskapitäne, die vor Untersuchungskommissionen erklären müssen, warum sie ihr Schiff auf Grund steuerten, mit Autoren teilen, die Vorworte verfassen.

Und schließlich habe ich beschlossen, daß – wo immer möglich in erster Linie die Speisenfolge als Vehikel meiner kulinarischen Reflexionen dienen soll. Besagte Menus werden nach Jahreszeiten angeordnet sein. Mir scheint, daß die Speisenfolge dem menschlichen Drang nach Ordnung, Schönheit und Gliederung aufs innigste entspricht. Sie speist sich aus dem ursprünglichen chthonischen Überfließen, das aller Kunst zugrunde liegt. Ein Menu kann die anthropologischen Gegebenheiten einer Kultur so gut verkörpern wie die psychologischen Gegebenheiten eines Individuums; es kann ebensogut eine Biographie sein wie eine Kulturgeschichte oder ein Lexikon; es spricht die Soziologie, die Psychologie und die Biologie seines Schöpfers und dessen Publikums an und selbstverständlich auch ihren geographischen Standort; es kann ein Weg zum Wissen sein, ein Pfad, eine Inspiration, ein Tao, ein Befehl, ein Formen, eine Manifestation, ein Talisman, eine innere Stimme, eine Erinnerung, ein Phantasiegebilde, ein Trost, eine Anspielung, eine Illusion, eine Flucht, eine Behauptung, eine Verführung, ein Gebet, ein Aufruf, eine Beschwörung, mit leiser Stimme gemurmelt, indes die Fackeln ersterben und der Wald dunkler ragt und die Wölfe lauter heulen und das Feuer sich anschickt, dem wachsenden Dunkel zu erliegen.

Ich glaube nicht, daß *ich* mir dieses Hotel für die Flitterwochen aussuchen würde. Die Möwen vor dem Fenster machen mehr Krach als Motorräder.

Tarquin Winot
Hotel Splendide, Portsmouth

WINTER

Zwei Menus

*

Ein Wintermenü

Winston Churchill sagte gerne, das chinesische Ideogramm für »Krise« setze sich aus den zwei Schriftzeichen zusammen, die für sich allein »Gefahr« und »Gelegenheit« bedeuten.

Der Winter bietet dem Koch eine vergleichbare Kombination aus Gefahr und Chance. Vielleicht ist er, der Winter, schuld an einer gewissen Verrohung des britischen Nationalgaumens und der damit einhergehenden Vorliebe für grelle Süß-sauer-Kombinationen, aufdringliche Essiggemüse und penetrante Saucen und Ketchups. Dazu später mehr. Die Gefahr des Winters besteht jedoch auch in, um es vereinfacht auszudrücken, allzu bereitwilliger Zuflucht zum Pampf. Nordeuropäischen Lesern muß ich mich nicht näher erklären; der Begriff steht für ein vertrautes Universum unsäglicher, aus der Kindheit erinnerter Nahrung, schädlicher gesättigter Fette und vorsätzlich belastender Kohlehydrate. (Der bloße *Name* Braune Suppe à la Windsor kündet von einem Geist des Bösen.) Es ist dies eine Küche, die ihre Apotheose in den englischen Public Schools erreicht hat, und obzwar mir persönlich die Greuel einer solchen Erziehung erspart wurden – meine Eltern beschäftigten eine Reihe von Privatlehrern, da sie mein Wesen völlig zutreffend als zu sensibel und empfindsam beurteilten –, habe ich die lebhafteste Erinnerung an die spärlichen Besuche, die ich meinem Bruder während seiner Einkerkerung in verschiedenen Gulags abstattete.

An die letzte dieser Safaris erinnere ich mich besonders deutlich. Ich war elf. Mein Bruder – siebzehn und kurz davor, definitiv relegiert zu werden – hatte seinen Wohnsitz in einem Internat, das mein Vater als »obere zweite Wahl« bezeichnete. Ich vermute, daß meine Eltern die Schule aufsuchten, weil sie den Schulleiter davon abbringen wollten, Bartholomew rauszuwerfen, oder weil er irgendeine öde Auszeichnung errungen hatte. Wie auch immer, man »verpaßte« uns die Besichtigung der Örtlichkeiten, wobei zum Eindrucksvollsten der Schlafsaal zählte, in dem mein Bruder schlief. Dieser Raum wurde durch ein einziges knorriges Ofenrohr geheizt, schwarz angestrichen in Unkenntnis der Naturgesetze oder im bewußten Versuch, sich ihnen zu widersetzen, oder im absichtlichen Bemühen, den Raum noch kälter zu machen. Das Rohr hatte nicht die geringste Auswirkung auf die Raumtemperatur – Bartholomew und seine neunzehn Schlafsaalgefährten konnten beim Erwachen regelmäßig eine dicke Eisschicht auf der Innenseite der Fenster bewundern –, aber es war so heiß, daß jeder Hautkontakt mit ihm schwere Verbrennungen zur Folge hatte. Der Umstand, daß die Einheitssocken vorschriftsgemäß nur knöchellang waren, bedeutete ein Höchstmaß an Wahrscheinlichkeit von Haut-zu-Ofenrohr-Kontakten, und deshalb war (laut Bartholomew) der Geruch verbrannter Epidermis ein Grundbestandteil des Internatsalltags.

Wir waren zum Lunch eingeladen. Ein langer, niedriger holzgetäfelter Raum, gegen den sich in architektonischer Hinsicht nichts einwenden ließ, beherbergte ein Dutzend Tischplatten auf Böcken, an denen jeweils eine unvorstellbar groß scheinende Menge lärmender Knaben saß. An den Wänden hingen wenig überzeugende schlammfarbene Bildnisse der verstorbenen Schulleiter, eine Ahnengalerie, aus der nur das neueste Porträt – die große Schwarzweißphotographie eines gutaussehenden Sadisten in hermelingesäumtem Magistergewand – und dessen unmittelbarer Vorgänger, der den Verdacht nahelegte, daß entweder der Künstler ein auf tragikomische Weise unfähiger dogmatischer Kubist oder aber der ehrenwerte Magister R. B. Fenner-Crossway in Wirklichkeit ein schwerverdauliches Gebilde aus malvenfarbenen Rhomboiden war, hervorstachen. Als wir eintraten, ertönte ein Gong; die Knaben erhoben sich und standen in neugierigem Schweigen da, während meine Eltern und ich im Schlepptau einer ungeordneten Prozession von Mitgliedern des Lehrkörpers den ganzen Saal bis zur Tafel der Fellows durchwanderten, die quer aufgestellt war. Mein Bruder folgte uns peinlich berührt. Ich spürte, wie meine Kniekehlen feucht vor Schweiß wurden. Ein grobschlächtiger arischer Ausbund von einem Vertrauensschüler, der typische Schikanierer, Rohling und Radfahrer, sprach lateinische Segensworte in das gedämpfte Schweigen.

Dann setzten wir uns zu einem Mahl, das zu ersinnen Dante Skrupel gehabt hätte. Ich befand mich meinen Eltern gegenüber, zwischen einer kugelrunden Hausmutter und einem schweigsamen französischen *assistant*. Der erste Gang war eine Suppe, bei der Knorpelstücke schamlos und unverhüllt in einer schmutzfarbenen Brühe schwammen, die von Textur und Temperatur her verdächtig an Schleim erinnerte. Danach wurde ein dampfender Kübel mitten auf den Tisch gestellt, an dem der hängebackige Schulleiter mit Uhrkette den Vorsitz führte. Er tauchte den Arm mit der Kelle in den Kübel und förderte einen Schöpflöffel heißen Essens zutage, das so heftig dampfte wie frische Pferdeäpfel an einem Wintermorgen. Einen prekären Augenblick lang fürchtete ich, mich übergeben zu müssen. Ein Teller mit sogenanntem Cottage Pie – graues Hackfleisch, beigebraunes Kartoffelpüree – wurde mir vorgesetzt.

»Das nennen die Jungs ›Rätselragout‹«, vertraute die Hausmutter mir fröhlich an. Ich spürte förmlich, wie der *assistant* zusammenzuckte. Ansonsten kann ich mich nicht erinnern (oder mir nicht vorstellen), worüber wir gesprochen haben, und über den restlichen Verlauf der Mahlzeit »muß die Muse der Geschichte den Schleier breiten«, wie es Swinburnes Biograph anläßlich eines Fauxpas seines Gegenstands bei einem Vortrag über die Kloaken im alten Rom bemerkte.

Es gibt eine Erotik der Abneigung. Sie kann (für die hilfreiche Formulierung bin ich einer jungen Freundin zu Dank verpflichtet) »eine physische Sache« sein. Roland Barthes bemerkt irgendwo, daß die Bedeutung jeder Auflistung von Vorlieben und Abneigungen darin besteht, daß wir uns mittels ihrer dessen versichern, daß wir einen Körper haben und dieser Körper sich von dem jedes anderen unterscheidet. Das ist Quatsch. Die wahre Bedeutung unserer Abneigungen besteht darin, daß sie uns definieren, indem sie uns von dem abgrenzen, was außerhalb von uns ist; sie grenzen das Ich auf eine Weise von der Welt ab, wie bloße banale Vorlieben es nicht können. »Die Feinschmeckerei ist ein Akt unseres Urteilsvermögens, durch den wir gut schmeckenden Dingen den Vorzug gegenüber anderen geben, die nicht so gut schmecken« (Brillat-Savarin). Etwas zu mögen heißt, es aufnehmen zu wollen, und bedeutet folglich, sich der Welt zu unterwerfen; etwas zu mögen heißt, dem Tod zu unterliegen, unmerklich und bereitwillig. Abneigung jedoch verfestigt die Grenzen zwischen dem Ich und der Welt und läßt dem in ihrem Licht isolierten Gegenstand Klarheit zuteil werden. Jegliche Abneigung ist in gewissem Maße ein Triumph von Definition, Unterscheidung und Urteilskraft, kurz, ein Triumph des Lebens.

Ich übertreibe nicht, wenn ich behaupte, daß der Besuch bei meinem Bruder im Internat St. Botolph (so heißt es nicht wirklich) ein entscheidender Moment in meiner Entwicklung war. Das Zusammentreffen menschlicher, ästhetischer und kulinarischer Minderwertigkeit stellte eine negative Erkenntnis von großer Aussagekraft dar und festigte die bereits in mir keimende Vermutung, daß mein künstlerisches Naturell mich von meinen angeblichen Mitmenschen trennte und isolierte. Frankreich, nicht England, Kunst, nicht Gesellschaft, Absonderung, nicht Eintauchen, Zweifel und Exil, nicht bäurische Gewißheit, *gigot aux quarante gousses d'ail*, nicht Lammbraten mit Minzsauce. »Zwei Pfade trennten sich in einem Wald, und ich, ich nahm den weniger begangenen – und das hat den ganzen« (Achtung, wichtiges Wort) »Unterschied ausgemacht.«

Es mag scheinen, als würde hier einer vereinzelten schlechten Erfahrung mit einem Shepherd's Pie eine Menge biographischer Signifikanz aufgebürdet. (Ich habe hin und wieder versucht, zwischen Cottage Pie, der mit Rindfleischresten gemacht wird, und Shepherd's Pie, dem Lammreste zugeführt werden, zu unterscheiden, aber ich konnte mich damit augenscheinlich nicht durchsetzen und habe es aufgegeben. In Frankreich werden diese Dinge anders eingeteilt.) Dennoch hoffe ich, nachdrücklich genug auf die Unumgänglichkeit hingewiesen zu haben, als Koch dem Problem der winterlichen Ernährung mit einer aufgeschlossenen Haltung zu begegnen. Der Winter sollte dem Koch ermöglichen, mittels der kulinarischen Künste seine Beherrschung von Ausgewogenheit und Harmonie sowie sein intuitives Verständnis der Jahreszeiten zu demonstrieren, die innige Übereinstimmung zwischen seinem inneren Rhythmus und dem der Natur. Es gilt, die Geschmacksknospen zu kitzeln, herauszufordern, zu bezaubern. Das folgende Menu mag als Beispiel dafür dienen, wie dies zu bewerkstelligen ist. Seine Aromen sind von einer Intensität, wie sie für jene Monate geboten ist, in denen unsere Geschmacksknospen sich wie in Watte gehüllt vorkommen.

Blinis mit saurer Sahne und Kaviar
Irish Stew
Queen of Puddings

Unter den zahlreichen Pfannkuchen, Waffeln und sonstigen Teiggerichten – *crêpes* und *galettes*, schwedischen *krumkakor, sockerstruvor* und *plättar*, finnischen *tattoriblinit*, allskandinavischen *äggvaffla*, italienischen *brigidini*, belgischen *gaufrettes*, polnischen *nalesniki* und Yorkshirepudding – sind mir Blinis die liebsten. Was den Blini als Mitglied der glücklichen Pfannkuchenfamilie aus- und kennzeichnet, ist, daß er dick ist (im Unterschied zu dünn), nicht gefaltet wird (im Unterschied zum Falten) und mit Hefe zum Treiben gebracht wird (im Unterschied zu Backpulver); er ist russisch, und er wird – wie der bretonische *far* – aus Buchweizenmehl gebacken (im Unterschied zu Weißmehl). Buchweizen ist kein Gras und folglich kein Getreide und steht folglich nicht unter dem Schutz der Ceres, der für den Ackerbau zuständigen römischen Gottheit. An ihrem Festtag wurden im Verlauf eines sonderbaren Zeremoniells Füchse mit brennenden Schwänzen im Circus Maximus freigelassen – warum, weiß man nicht. Das griechische Äquivalent der Ceres war Demeter, die Mutter Persephones. Zu ihren Ehren wurden die Eleusinischen Mysterien abgehalten, die auf einen Vorfall zurückgehen, in dessen Verlauf sie ihre Göttlichkeit offenbaren mußte, um zu erklären, warum sie König Celeus' Baby ins Feuer hielt – zweifellos selbst für eine Göttin ein wirklich unangenehmer und schwierig zu erklärender Moment.

Blinis. Sieben Sie 125 g Buchweizenmehl, mischen Sie es mit 15 g Hefe (in wenig warmem Wasser aufgelöst) und einem Achtelliter warmer Milch; lassen Sie das Ganze fünfzehn Minuten gehen. Vermischen Sie 125 g Weizenmehl mit einem Viertelliter Milch, zwei Eigelb, einem Tl Zucker, einem El flüssiger Butter und einer Prise Salz, und verrühren Sie beide Mischungen. Lassen Sie den Teig eine Stunde lang gehen. Fügen Sie zwei geschlagene Eiweiß hinzu. Gut. Jetzt erhitzen Sie eine schwere Gußeisenpfanne von der Art, wie sie in den klassischen romanischen Sprachen *placenta* genannt wird – was, wie jeder wissen dürfte, keineswegs dasselbe ist wie das Amnion, die Hülle, in der der Fötus im Mutterleib lebt. Im Amnion oder, wie es im Volksmund heißt, in der Glückshaube auf die Welt zu kommen, wie es bei mir der Fall war, gilt als gutes Omen, als Zeichen für das Zweite Gesicht und als Schutz vor dem Tod durch Ertrinken; erhaltene Glückshauben erzielten bei abergläubischen Seeleuten Höchstpreise. Freud kam in der Glückshaube auf die Welt, ebenso wie David Copperfield, der Held seines Lieblingsromans. Wenn in Familien mit mehr als einem Kind eines der Kinder in der Glückshaube geboren ist, kann die offenkundige Ungleichheit in puncto Glück, Charme und Talent bisweilen schmerzlich groß sein, kann heftige Eifersucht und Erbitterung auslösen, insbesondere wenn sich dieser Gabe andere persönliche und künstlerische Qualitäten beigesellen. Es darf jedoch nicht übersehen werden, daß es zwar unangenehm ist, Adressat solcher Gefühle zu sein, jedoch weit erniedrigender sein muß, .derjenige zu sein, der sie empfindet. Beispielsweise ist es reichlich schofel, zu behaupten, der fünfjährige jüngere Bruder habe einen aus dem Baumhaus geschubst, so daß man sich den Arm brach – während man in Wahrheit beim Versuch abstürzte, höher zu klettern, um heimlich ins Zimmer des Kindermädchens spähen zu können –, um sich an besagtem Bruder dafür zu rächen, daß er das Herz des Kindermädchens eroberte, als er mit fünf kecken Fingerfarbenstrichen ihr Porträt malte und es ihr samt einem kleinen Begleitgedicht (»Mary-T., das ist für dich, / Denn du bist die einzige für mich«) überreichte, letzteres mit gelbem Stift oben auf das Blatt geschrieben.

Wenn die Pfanne zu rauchen beginnt, geben Sie den

Teig in ordentlichen Klecksen hinein, wobei Sie berücksichtigen, daß aus jedem Klecks ein ausgewachsener Blini werden soll und daß die angegebene Menge für sechs Personen gedacht ist. Wenden Sie sie, sobald sich auf der Oberfläche Blasen bilden.

Servieren Sie die Pfannkuchen mit saurer Sahne und Kaviar. Saure Sahne ist eine durch und durch ehrliche Sache, und falls Sie hierzu irgendwelche Ratschläge oder Hilfestellungen benötigen sollten, kann ich nur Mitleid für Sie empfinden. Mit Kaviar, dem gereinigten und gesalzenen Rogen des Störs, verhält es sich etwas komplizierter. Der auffallend undeutsche, in Wisconsin geborene Soziologe Thorstein Veblen hat etwas formuliert, was er die »Werttheorie des Mangels« nannte, um damit die Theorie zu vertreten, daß der Wert von Gegenständen in direktem Verhältnis zu ihrer wahrnehmbaren Seltenheit steigt und nicht wegen verdienstvoller oder interessanter Eigenschaften der Gegenstände. Anders ausgedrückt, wenn Maggi oder sein britisches Äquivalent Marmite so schwer erhältlich wäre wie Kaviar, würde es dann genauso geschätzt? (Natürlich gibt es darauf eine empirisch feststellbare Antwort, da wir wissen, daß Artikel wie Marmite und Baked Beans in Kreisen heimatferner Briten fast den Stellenwert einer gültigen Währung haben. Als mein Bruder in der Gegend von Arles lebte, gewann er einmal beim Pokern mit einem Schauspieler, der sich in seinem Ruhestand darauf verlegt hatte, einen Laden zu führen, dessen Opfer heimwehkranke Engländer waren, einen Jahresvorrat an Schokoladenkeksen. In den folgenden zwölf Monaten legte er sechs Kilo Gewicht zu, die er nie wieder verlor.) In diesem Gedanken verbirgt sich die bange Frage, ob Kaviar – um es nicht durch die Blume zu sagen – »wirklich so viel wert« ist oder nicht. Als Antwort kann ich nur auf den Zauber des Störs hinweisen, des Erzeugers dieser köstlichen, exotischen, seltenen und kostspieligen

Eier und eines der ältesten Lebewesen unseres Planeten, das seit annähernd hundert Millionen Jahren mehr oder weniger in seiner heutigen Gestalt existiert. Der Fisch kann dreieinhalb Meter lang werden und hat eine rüsselartige Schnauze, mit der er den Meeresboden nach Nahrung durchwühlt; wer Kaviar ißt, hat teil an diesem geheimnisumwobenen Nebeneinander des Besonderen und des Atavistischen – und gibt obendrein eine Menge Geld aus, wie nicht eigens betont werden muß. Die Qualität von Kaviar wird nach der Größe des Korns bemessen, die wiederum von der Größe des Fischs abhängt, dem die Eier entnommen werden; der größte Kaviar ist der Beluga, gefolgt von Osetra, dem Sevruga folgt; Osetra-Kaviar, der ein Farbspektrum zwischen Schlachtschiffgrau und trübem Sonnenblumenbräunlich abdeckt, ist mein Lieblingsrogen. Der meiste qualitativ hochwertige Kaviar trägt die Bezeichnung *malossol*, was »schwach gesalzen« bedeutet.

Das Verfahren, mittels dessen Wolgakaviar die richtige Menge Salz zugesetzt wird, ist nur unzulänglich bekannt. Der Meisterkoster – stellen Sie ihn sich ruhig als ungeschliffenen Burschen vor, eine Strickmütze auf dem Kopf, ein Glitzern im Auge und einen Dolch im Stiefel – nimmt ein einzelnes Ei in den Mund und rollt es am Gaumen entlang. Indem er ein beinahe mystisch zu nennendes Amalgam aus Erfahrung und Können zur Anwendung bringt, weiß er auf der Stelle, wieviel Salz dem unbehandelten Rogen des Störs zuzusetzen ist. Die Folgen eines Fehlurteils sind verheerend, in gastronomischer wie in finanzieller Hinsicht (deshalb der Dolch). Es bestehen gewisse Analogien zur Fähigkeit eines Künstlers – ich denke dabei nicht nur an mich –, die Qualität eines Kunstwerks mit einer Schnelligkeit zu beurteilen, die wie das Werk des Augenblicks erscheint, so als erfolgten visuelle Wahrnehmung und kritische Einschätzung zur gleichen Zeit oder als gehe das Urteil der Begegnung mit dem

Kunstwerk sogar um den Bruchteil einer Sekunde voraus, vergleichbar den Paradoxa der Quantenphysik oder jenen Träumen, in denen man komplizierte Erzählmuster konstruiert, die sich kühn über alle Schranken von Zeit und Ort hinwegsetzen und Personen und Gegenstände unendlich aufspalten – wo ein verstorbener Verwandter zugleich eine Baßtuba, ein Flug nach Argentinien zugleich die Erinnerung an die erste sexuelle Erfahrung und ein Revolver mit Fehlzündung zugleich eine Perücke sein kann –, bevor sie einen gräßlichen Höhepunkt erreichen, wenn Sirenengeheul über London den bevorstehenden Ausbruch des Atomkriegs ankündigt, ein Geräusch, das sich in das banale, aber unendlich beruhigende alltägliche Geschehen verwandelt, welches die ganze vorangegangene Geschichte in sich barg: das fröhliche Klingeln des Weckers oder das Eintreffen Ihres Lieblingspostboten an der Tür, der ein Kuvert mitbringt, das nicht in den Briefkasten paßt.

Schachspieler essen bisweilen Kaviar, um sich auf schnellem Weg eine beträchtliche Menge leichtverdaulichen Proteins zuzuführen, ohne die einschläfernden Folgen einer richtigen Mahlzeit zu riskieren. Kaviar ist ein hervorragendes Essen für kalte Tage. Auf Kanalfähren wie dieser wird er nicht angeboten, obwohl er in vielerlei Hinsicht einen idealen Reiscimbiß abgäbe. Allerdings gibt es im Terminal vier von Heathrow, rechts neben dem Miniatur-Harrods-Geschäft, eine überwältigend vulgäre »Kaviarbar«.

Die Chemie der Hefe ist übrigens von der Wissenschaft noch nicht gänzlich erforscht. Dies betrachte ich als Fingerzeig, daß es noch immer Geheimnisse gibt, daß sich Winkel und Spalten des Universums noch immer unserer Kenntnis entziehen. In meinen Augen ist dieses Essen, möglicherweise seines Zusammenhangs oder Nicht-Zusammenhangs mit Demeter wegen (denn wie der Buddhismus lehrt, kann Nicht-Zusammenhang eine höhere Form des Zusammenhangs sein), unauflösbar mit dem Begriff des Geheimnisvollen verbunden. Ich muß gestehen, daß es mir nicht wenig Vergnügen bereitet zu denken, daß eine Welt, die oft genug durch Rationalität verarmt und entleert scheint, hie und da noch ein wenig Poesie besitzen muß, solange das Rätsel treibender Hefe noch nicht völlig gelöst ist. Ich selbst habe es nie geschätzt, als »Genie« bezeichnet zu werden. Es ist faszinierend zu beobachten, wie schnell andere diese Abneigung intuitiv erfaßt und den Begriff nicht mehr verwendet haben.

Unter großzügiger Zugabe von saurer Sahne und Kaviar ergibt obiges Rezept – persönlich bevorzuge ich das Wort Rezeptur, doch wurde mir erklärt: »Wenn Sie es so nennen, weiß keine S***, wovon Sie eigentlich reden« – eine ausreichende Vorspeise für sechs Personen mit mehreren Blinis pro Person. Vielleicht sagte ich das bereits. Falls man beabsichtigt, den Rest des Tages in der Taiga zu verbringen, mit Frauengeschichten zu prahlen und Bären zu schießen, spricht nichts dagegen, eine ganze Mahlzeit mit Blinis zu bestreiten.

Irish Stew ist ein einfaches, aber deshalb um nichts weniger schmackhaftes Gericht. In meinen Gedanken (meinem Herzen, meinen Geschmacksknospen) wird es für alle Zeiten mit meinem Kindermädchen Mary-Theresa, geboren in Cork, aufgewachsen in Skibbereen, verbunden sein. Sie war einer der wenigen Fixpunkte einer Kindheit, die in ihrer ersten Dekade ausgesprochen unstet verlief. Mein Vater war durch seine Geschäftsinteressen zum Reisen gezwungen; meine Mutter hatte durch ihren früheren Beruf – die Bühne – Geschmack am Reisen und an Ortsveränderungen gefunden. Sie liebte es, nicht so sehr aus Koffern als vielmehr aus Schrankkoffern zu leben, und schuf ein Zuhause, dem das Wissen darum innewohnte, daß es die *Illusion* eines Zuhauses war, eine Bühnendekoration oder Bühnenanweisung zum Thema Geborgenheit und Heimeligkeit; ihre Wandbehänge und transportablen Nippsachen (ein lackierter chinesischer Paravent und eine magere, bedrohlich aufrecht sitzende ägyptische Katze aus Onyx) drückten auf ihre Weise die Worte aus: »Tun wir so, als ob.« Gern hätte sie, wie ich vermute, auch die Mutterschaft als eine Rolle unter anderen betrachtet, doch mußte sie die Erfahrung machen, daß eine kurzfristig amüsante Bombenrolle sich ermüdend hinzog und das, was als Bühnenexperiment begonnen hatte (König Lear als seniler Brauereimagnat, Cordelia auf Rollschuhen), versehentlich zu einer *Mausefalle* geworden war und daß sie mit einer lächerlichen Rolle geschlagen war, die sie ursprünglich nur übernommen hatte, um dem Regisseur aus der Patsche zu helfen. Anders ausgedrückt war ihre Haltung zur Elternschaft der zu Rollen vergleichbar, die Schauspielern aufgezwungen werden, welche ihre erste Jugend hinter sich haben oder von so eigentümlichem Aussehen sind, daß sie sich auf »Charakterrollen« spezialisieren müssen. Kennzeichnend für sie waren Ironie, Zerstreutheit und Selbstmitleid, verbunden mit dem Gestus, daß sie sich nun, da das Beste im Leben vorbei war, mit *dieser* Rolle abzufinden gedenke. Wenn sie unsere Fingernägel begutachtete oder mit uns in den Zirkus ging, tat sie es mit dem Heroismus eines Menschen, der einen ungünstigen ärztlichen Befund verheimlicht: Daß die Kinder bloß nichts davon erfahren! Es gab aber auch ein öffentliches Auftreten, bei dem sie die Mutter so spielte, wie wenn eine sehr, *sehr* berühmte Schauspielerin, die plötzlich im australischen Busch festsitzt (Zug wegen toten Känguruhs oder sintflutartigen Regens entgleist) und in einem winzigen Flecken Obdach suchen muß, in einer Mischung aus Entsetzen und Entzücken feststellt, daß die aufgeregten Siedler seit Wochen damit beschäftigt waren, für ebendiesen Abend eine Aufführung von *Hamlet* vorzubereiten – unter windkraftbetriebenen Scheinwerfern; und nun, als sie entdecken, wen es zu ihnen verschlagen hat (dank eines unscharfen Photos aus einer Zeitschrift, das ein stotternder Bewunderer schwenkt), bestehen sie darauf, daß sie eine Rolle darin übernimmt – nicht irgendeine Rolle, nein, *die* Rolle, worauf sie sich reizend ziert, die Dörfler bänglich insistieren und sie charmant nachgibt, unter der Bedingung, daß man ihr die kleinste und unattraktivste Rolle gibt – sagen wir, die des Totengräbers... und dann eine Darstellung hinlegt, über die sich die Kinder der ursprünglichen Besetzung noch Jahrzehnte später hin und wieder unterhalten, wenn sie im Schaukelstuhl auf der Veranda sitzen und zusehen, wie der einzige Zug, der am Tag vorbeikommt, sich vom Ockerbraun und den unvorstellbar langen Schatten des Wüstensonnenuntergangs abhebt... Das war die Haltung, in der meine Mutter es auf sich nahm, die Mutterrolle »zu geben«; während dieser öffentlichen Darbietungen ihr Kind zu sein war gleichbedeutend damit, auf Händen getragen zu werden, sich in ihrem Glanz zu sonnen, Günstling des Glücks zu sein. Sollte diese Schilderung sie, wie vor kurzem jemand zu mir bemerkte, »wie den absoluten Alptraum dastehen lassen«, dann habe ich unterschlagen, wie sehr man als Komplize bei diesen Darbietungen willkommen war und wieviel Handlungsspielraum man dadurch genoß. Während ein Teil der eigenen Person der Zwangsverpflichtung unterlag, die entsprechende Rolle in dem Stück zu spielen, das sie gerade auf dem Spielplan hatte – Zwei-Personen- oder Ensemble-Aufführung, Brecht oder Pinter, Ibsen, Stoppard oder Aischylos –, war ein beträchtlicher Bereich der eigenen Gefühlswelt dank ihres tiefgehenden und befreienden Desinteresses unbesetzt.

Das Reisen und das Zigeunerleben störte meine Mutter also nicht, was letztlich gut so war, da es zu den Grundgegebenheiten der geschäftlichen Tätigkeit meines Vaters gehörte. So verlebte ich eine unstete Kindheit, deren Initiationsriten sich nicht nur zeitlich, sondern auch geographisch voneinander unterschieden. Es gibt irgendwo ein Photoalbum aus abgeschabtem roten Leder mit einem Bild, auf dem ich die Hand meiner Mutter halte; mit einem Ausdruck unterdrückten Triumphs blicke ich in die Kamera, da ich mich stolz in meinen allerersten langen Hosen präsentiere. Der Wirrwarr unscharfer Yachtmasten im Hintergrund ist bei weitem nicht so aufschlußreich, wie er sein könnte – Cowes? Portofino? East Looe? Ein anderes Bild ist eine Außenaufnahme der schwer zu heizenden Parterrewohnung mit den hohen Fenstern in Bayswater (die mir heute noch gehört), in der mein Vater die erste äußere Widerspiegelung des inneren Lichts jener Berufung demonstrierte, die ich in mir glimmen spürte: Er nahm ein Aquarell in die Hand, das ich an jenem Nachmittag gemalt hatte (Treibhausmimosen und getrockneter Lavendel in einem Glasgefäß), und sagte: »Wißt ihr, ich glaube, der Kleine ist irgendwie begabt.« Diese Erinnerung ruft in mir auch den Geruch des Parkettbodens ins Gedächtnis, dessen Dielen ich an müßigen Nachmittagen mit den Fingern auszugraben pflegte, weniger aus Freude am Vandalismus als um des berauschenden und auf magische Weise tröstlichen Geruchs des Gummiharzes willen, das die Fugen füllte. Hatte man eine Diele ausgegraben, konnte man sie noch so sorgfältig zurückbefördern – sie sah nie wieder so aus wie vorher. Das Muster des Parketts, bei dem je vier Dielen ein Quadrat ergaben, bildete mit den Zimmerecken die Form einer flachen Raute und hatte eine Aura des Interpretierbaren, der kabbalistischen Bedeutung, so als würde es seinen Sinn, seinen Gehalt preisgeben, wenn man es nur lange genug anstarrte. Oder unsere Pariser Wohnung in der Nähe der Rue d'Assas im 6ième, die ich noch heute als Schauplatz meiner ersten Begegnung mit dem Tod eines Haustiers in lebhafter Erinnerung habe, eines Hamsters namens Hercule, den der Enkel unserer finsteren Concierge der Obhut meines

Bruders für die Dauer ihres Urlaubs bei Verwandten in der Normandie im August überantwortet hatte. Mein Vater trug eigens eine schwarze Krawatte, als er hinunterging, um es ihnen zu sagen.

In diesen frühen Jahren war Mary-Theresa immer zur Stelle, zuerst als Kinderfrau und später als *bonne* oder Mädchen für alles. Obwohl das Kochen nur am Rande zu ihren Tätigkeiten im Haushalt gehörte, setzte sie bei den keineswegs seltenen Gelegenheiten den Fuß in die Küche, wenn derjenige, der bei uns als Koch fungierte – eine Dostojewskis würdige Abfolge von Schurken, Träumern, Trinkern, Visionären, Langweilern und Lügnern, jeder von ihnen sein eigenes Licht, jeder von ihnen sein eigener Scheffel –, durch Abwesenheit glänzte, obwohl sie beim denkwürdigsten dieser Anlässe nicht mehr in unseren Diensten stand, als nämlich Mitthaug, unser untypisch redseliger und optimistischer norwegischer Koch, besonders begabt für Marinaden, nicht rechtzeitig erschien, um eine wichtige Dinnerparty vorzubereiten, weil er (wie sich herausstellte) von einem Zug überfahren worden war.

In solchen Situationen zog Mary-Theresa mit erfreulicher feierlicher Entschlossenheit die blaue, fransengesäumte Schürze an, die sie für diese Notfälle zur Hand hatte, und machte sich zielstrebig in die Küche auf, aus der sie später mit einem der folgenden Gerichte auftauchte, die sie – nach extensiven innerfamiliären Debatten – zuzubereiten angeleitet worden war: Fischeintopf, Omelett, Brathuhn und Steak-Nieren-Pudding, oder aber sie bereitete ihre *spécialité* Irish Stew zu. Infolgedessen wurde der Duft letztgenannten Gerichts gewissermaßen ein einheitsstiftendes Moment der disparaten Örtlichkeiten meiner Kindheit und Jugend, ein Agens der Bindung, dessen Verschmelzen all dieser unterschiedlichen Lokalitäten zu einer einheitlichen, differenzierten, erinnerten Erzählung – meiner Geschichte – mir der bindenden Wirkung nicht unähnlich scheint, die in den verschiedenen Rezepten durch Sahne, Butter, Mehl, Pfeilwurzmehl, *beurre manié*, Blut, gemahlene Mandeln (ein klassisches englisches Mittel, das man nicht unterschätzen sollte) oder – wie in dem Rezept, das zu beschreiben ich im Begriff stehe – die leichter zerfallende von zwei unterschiedlichen Kartoffelsorten gewährleistet wird. Als Mary-Theresa entlassen werden mußte, vermißte ich fortan vielleicht am meisten Geruch und Geschmack dieses Gerichts.

Sammeln Sie Ihre Zutaten. Die Autoritäten – wozu es verschweigen – sind sich nicht einig, welche Teile für Irish Stew in Frage kommen. Drei Quellen, die ich seinerzeit konsultierte, gaben »entbeinte Lammhachsen oder Reste von Lammbraten« respektive »Lammhalsgrat, gut durchwachsen« beziehungsweise »Lammkoteletts, nicht zu mager« an. Persönlich bin ich der Ansicht, daß alle genannten Teile geeignet sind, da wir es mit einem im Grunde bäuerlichen Gericht zu tun haben (was sich auf seine Geschichte, nicht auf seinen Geschmack bezieht). Hammelfleisch ist fraglos aromatischer als Lamm, aber heutzutage kaum noch aufzutreiben. Nicht weit von unserem Haus in Norfolk gab es einen Metzger, der Hammel führte, aber er ist inzwischen verstorben. Was die Vorliebe mancher für entbeintes Fleisch im Irish Stew betrifft, beschränke ich mich auf den Hinweis, daß Mary-Theresa nur Fleisch mit Knochen nahm, weil es besser schmeckt und durch das Mark eine verführerische Ahnung des Gallertigen erhält. Drei Pfund Lammfleisch: Halsmittelstück oder -endstück oder Beine, vorzugsweise mit Knochen. Eineinhalb Pfund festkochende Kartoffeln: Bishop oder Pentland Javelin, wenn Sie britische Sorten verwenden; ansonsten fragen Sie Ihren Gemüsehändler. Eineinhalb Pfund mehlige Kartoffeln, die in der oben angedeuteten Weise zerfallen sollen. In England wären das Maris Piper oder King Edward. Oder fragen Sie. An der Ecke Rue Cassette und Rue

Chevalier im 6ième gab es einen hervorragenden Gemüsehändler, aber ich nehme an, daß es ihn nicht mehr
gibt. (Die Wissenschaft erklärt uns den Unterschied zwischen mehligen und speckigen Kartoffeln nicht zufrie-
denstellend. Sollte der Leser Schwierigkeiten haben zu
entscheiden, welcher Kategorie seine Kartoffel ange-
hört, muß er sie nur in eine Lösung aus einem Teil Salz
auf elf Teile Wasser geben: Mehlige Kartoffeln sinken.)
Eineinhalb Pfund in Scheiben geschnittene Zwiebeln.
Kräuter nach Belieben – Oregano, Lorbeer, Thymian,
Majoran; bei Verwendung getrockneter Kräuter etwa
zwei Teelöffel voll. Salz. Zerteilen Sie das Fleisch in Ko-
teletts, besorgen Sie sich eine Kasserolle, die gerade
groß genug ist. Schälen Sie die Kartoffeln, und schneiden Sie sie in dicke Scheiben. Schichten Sie die Zutaten
folgendermaßen in die Kasserolle: eine Schicht festkochende Kartoffeln, eine Schicht Zwiebeln, eine Schicht
Lammfleisch, eine Schicht mehlige Kartoffeln, eine
Schicht Zwiebeln, eine Schicht Lammfleisch; dies wie-
derholen Sie so oft wie nötig und bedecken zum Schluß
das Ganze mit einer dicken Schicht aus allen restlichen
Kartoffeln. Würzen Sie jede Schicht mit Kräutern und
Salz. Dies können Sie natürlich nicht tun, wenn Sie das
Rezept nachgekocht haben, ohne es vorher bis zu Ende
zu lesen. Lassen Sie sich das eine Lehre sein. Gießen Sie
kaltes Wasser zu, bis Sie sehen, daß es sich bis zur ober-
sten Schicht vorarbeitet. Schließen Sie den Topf mit einem Deckel. Garen Sie das Gericht drei Stunden im
Ofen (Stufe 2 beim Gasherd). Sie werden feststellen, daß
die mehligen Kartoffeln in der Kochflüssigkeit aufge-
gangen sind. Genügt für sechs Esser. Die ideologische
Reinheit dieses Gerichts ist ausgesprochen bewegend.

Die grobe philosophische Unterscheidung zwischen
verschiedenen Arten von Ragouts oder Eintöpfen ist die
zwischen Gerichten, die in irgendeiner Weise vorbehan-
delt werden – durch Braten oder Sautieren oder was

auch immer –, und solchen, wo dies nicht der Fall ist. Irish Stew ist der Inbegriff der zweiten Kategorie; andere Mitglieder dieser Familie sind der Lancashire Hotpot, der sich vom Irish Stew nur durch eventuelles Zufügen von Nieren unterscheidet und dadurch, daß er in den letzten Phasen des Garens ohne Deckel angebräunt wird. Die Ähnlichkeit der beiden Gerichte belegt die engen kulturellen Affinitäten zwischen Lancashire und Irland; in Manchester »entdeckte« mein Vater Mary-Theresa, die damals, wie er sich ausdrückte, »in einer Schuhwichsefabrik« arbeitete – in Wirklichkeit kam er durch einen Geschäftskollegen auf sie, der sie wegen der bevorstehenden Entbindung seiner Ehefrau eingestellt hatte und ihre Angaben sogar von einem Privatdetektiv überprüfen ließ und sie an die Luft setzte, als sich herausstellte, daß sein Ehegespons sich eine Phantomschwangerschaft eingebildet hatte. Gekochtes Hammelfleisch ist all diesen Gerichten verwandt; es ist ebenfalls ein zu Unrecht unterschätztes Essen, das besonders gut mundet, wenn man es mit seiner altehrwürdigen Begleitung ißt (»Gekochter Hammel ohne Kapernfrüchte / Ist dem Feinschmecker ein trauriges Gerichte«: Ogden Nash); vergessen wir außerdem nicht den kräftigen deutsch-elsässischen *Bäckeoffe*, der aus Hammel, Schwein, Rind und Kartoffeln gekocht wird, die tröstliche *blanquette de veau*, die nicht angebraten, sondern ganz zum Schluß mit Sahne angedickt wird, und – selbstverständlich – die Zwillinge der klassischen *daubes*, *à la provençale* und *à l'avignonnaise*. In Frankreich lautet die Gattungsbezeichnung für Ragouts, die aus nicht vorbehandelten Zutaten gekocht werden, tatsächlich *daube*, was sich von *daubière* herleitet, dem Namen eines Topfs mit engem Hals und bauchigem Unterteil, das an den Bauch eines Buddhas erinnert.

Bei der anderen Klasse von Ragouts, die man eher zur Abteilung der Sautés oder Schmorgerichte zählen kann, werden die Zutaten anfangs großer Hitze ausgesetzt, damit Eindicken und Bindung befördert werden (wenn bei-spielsweise Mehl oder ähnliche Stoffe Verwendung fin-den) und die Aromen sich bereits vermischen. Huckle-berry Finn drückt das so aus: »Inner Tonne mit allem möglichen ist das anders; die Sachen vermischen sich, und die Brühe schwappt rum, und alles wird besser.« Be-achten Sie bitte, daß dieses Vorgaren keineswegs »die Po-ren verschließt« oder ähnlichen Unsinn bewirkt, wie uns die Wissenschaft bewiesen hat. (Ich argwöhne, daß derar-tige Ammenmärchen darauf zurückgehen, daß das An-braten die Andeutung eines Brandgeruchs erzeugt, die den Gaumen erfreut.) Zu solchen Ragouts zählen das zu Recht gefürchtete britische Rinderstew ebenso wie die bierselige belgische *carbonnade flamande*, die *gibelottes*, *ma-telotes* und *estouffades* der französischen Landküche, der *navarin* aus jungem Lamm und zartem Gemüse mit seiner bäuerlich-listigen Anspielung auf Kindermord, die wür-zigen, harissabefeuerten *tajines* Nordafrikas, der wärmen-de *broufado* der Rhoneschiffer, das *bœuf à la gardiane*, das die Camargue-Cowboys so sehr lieben, nach deren Tätigkeit es benannt ist, die internationalen Hausmanns-klischees von *coq au vin* und *gulyas*, das überraschend ein-fach zu bereitende Bœuf Stroganoff, das bei unerwarte-tem Besuch so praktisch ist, alle Arten von *ragoût* und *ragù, stufatino alla romana, stufato di manzo* aus Norditalien und *estofat de bou* aus dem stolzen Katalonien. Die Liste ließe sich fortsetzen. Beachten Sie den Unterschied zwi-schen dem, was an französische Aristokraten erinnert – dem Filetstück des Vicomte de Chateaubriand, der Sau-ce des Marquis de Béchamel –, und den Erfindungen, die England seinen verstorbenen Größen verdankt: den Cardi-gan, die Wellingtonstiefel, das Sandwich.

Ein Sachverständiger schreibt: »Während die Seele ei-ner *daube* sich in alles durchdringender Einheit offenbart – in der Verwandlung individueller Bestandteile in ein einziges Etwas –, sollte ein Sauté sich durch die Wechselwirkung zwischen Substanzen auszeichnen, die bestrebt sind, ihren Geschmack und ihre Textur zu behalten, und die dennoch unter dem gemeinsamen Deckmantel der Sauce harmonisch vereint sind.« Das ist großartig ausgedrückt. Es wird Ihnen aufgefallen sein, daß in den USA die bevorzugte Metapher, mit der die Assimilation von Einwanderern beschrieben wird, die der »Salatschüssel« ist und nicht mehr die des »Schmelztiegels«, weil man dem älteren Begriff unterstellt, er beinhalte den Verlust kultureller Identität. Anders gesagt, früher wurde der Schmelztiegel als Sauté betrachtet, während er heute als *daube* gilt.

Die Wahl des Puddings ist möglicherweise strittiger als beide vorausgegangenen Gänge. Queen of Puddings ist ein angemessen winterliches Gericht und wesentlich leichter zu bereiten, als es den Anschein hat. Mary-Theresa servierte es stets nach ihrem Irish Stew, und es war das erste Gericht, das ich eigenhändig zubereiten lernte. Etwa 150 g Brotkrumen, 1 El Vanillezucker, 60 g Butter, die geriebene Schale einer Zitrone und einen halben Liter Milch verrühren Sie auf mittlerer Hitze und lassen die Mischung auskühlen; schlagen Sie 4 Eigelb hinein; gießen Sie das Ganze in eine gefettete flache Form, und lassen Sie es im Ofen garen, bis die Masse nicht mehr flüssig ist. Schmieren Sie behutsam zwei erwärmte El Ihrer Lieblingskonfitüre auf die Oberfläche. Sind Sie Erdbeer- oder Brombeerfan? Ganz egal. Jetzt schlagen Sie 4 Eiweiß so fest, daß die Spitzen stehenbleiben. Geben Sie nach und nach 125 g Zucker zu, und zwar mit der Handbewegung eines Menschen, der die Skala eines sehr großen Radios dreht. Verteilen Sie die Eiweißmasse auf der Konfitüre. Streuen Sie noch etwas Zucker darauf, und überbacken Sie den Pudding eine Viertelstunde lang. Eine der frustrierenden Eigenschaften dieses Puddings besteht darin, daß es beim Sprechen oder Schreiben über ihn so gut wie unmöglich ist, den doppelten Genitiv zu vermeiden, der Flaubert so aus der Fassung brachte. Einer der

Reize des Queen of Puddings (sehen Sie!) ist es hingegen, daß er beide zauberische Verwandlungen, zu denen das Ei imstande ist, zu nutzen versteht – einerseits die Aufnahme von Luft in die koagulierenden Eiweißproteine (das »Festwerden« von Eiweiß, das bis zum Achtfachen seiner ursprünglichen Masse an Volumen erreicht, was beim Soufflé und seinen Kompagnons genutzt wird), andererseits das Koagulieren der Eigelbproteine (wie bei der Vanillecreme, der Holländischen Sauce, der Mayonnaise und all ihren Derivaten). Vergessen Sie nie, daß wir uns allen klassischen französischen Saucen stets mit Respekt, aber ohne Furcht nähern sollten.

Queen of Puddings bereitete ich erstmals in der engen, länglichen Küche unseres Pariser Appartements zu. Die beinahe unerträgliche laterale Raumnot in der Spülküche (um die es sich in Wahrheit handelte) wurde durch ein raffiniertes System von Wandschränken zur Unterbringung von Töpfen und Zubehör aufgewogen oder übertölpelt. Hinter diesem Raum befand sich eine kleine Speisekammer, aus der Mary-Theresa für gewöhnlich hochroten Gesichts, wie ein Milchmädchen, das sich mit seiner Kanne abmüht, einen Gasbehälter schleppte. Sie war nicht davon abzuhalten, stets einen neuen Behälter anzuschließen, bevor sie zu kochen begann, was seinen Grund in einem Zwischenfall hatte, der sich ereignete, als ihr einmal mitten unter dem Stew das Gas ausging und sie den Behälter wechseln mußte. Dabei unterlief ihr ein technischer Fehler, der eine kleine Explosion bewirkte und sie für eine Weile der Augenbrauen beraubte. In unserer Küche gab es erwiesenermaßen einen Kobold, dessen Spezialität es war, Kanister auszuleeren, die aller Logik nach hätten voll sein müssen: Das Gas neigte dazu, mitten in komplizierten kulinarischen Vorgängen zu versiegen. Mein Vater machte dazu die Bemerkung, daß man lediglich das Wort »Koulibiak« aussprechen müsse, um kein Gas mehr zu haben.

»Es wird langsam Zeit, daß du kochen lernst«, sagte Mary-Theresa, die ein Metallgerät gegen meine Handfläche drückte und meine Hand hielt, während wir gemeinsam die Bewegungen des Schneeschlagens ausführten, zuerst mit der Kraft meines ganzen Arms und dann nur mit der ausschlaggebenden Bewegung des Handgelenks; zum erstenmal erlebte ich das geradezu himmlisch tröstliche Auftreffen des Schneebesens auf die Kupferschüssel durch dazwischenliegendes Eiweiß, ein Geräusch, das für mich genau entgegengesetzt klingt (obwohl wie fast alle »genau entgegengesetzten« Dinge in gewisser Hinsicht ähnlicher Herkunft) wie Nägel auf einer Schiefertafel oder aneinandergeriebene Styroporstücke. (Weiß irgend jemand, welche evolutionäre Bedeutung dieser auffallend ausgeprägten Reaktion innewohnt? Eine genetisch bedingte Erinnerung an – an was? An das Geräusch, mit dem ein Säbelzahntiger mit nackten Klauen einen Felsen erklettert? An wollige Mammuts, die auf dem gefrorenen Boden trampeln, bevor sie stinkend und mit gefährlichen Hauern bewehrt losstürmen?)

Sonderbarerweise war meine Mutter am fassungslosesten, als wir von Mary-Theresas Verbrechen erfuhren. Ich sage »sonderbarerweise«, weil der Verkehr zwischen ihnen nie ganz frei von den üblichen Reibungen zwischen Arbeitgeber und Angestelltem gewesen war, verstärkt durch Elemente des Krieges (des ewigen, stillschweigenden Krieges, wie es alle erbitterten Kriege sind – zwischen Begabung und Gewöhnlichkeit, zwischen Alt und Jung, zwischen langem und kurzem Ballwechsel) zwischen Schönheit und Häßlichkeit, der eine zusätzliche Dimension durch den Umstand erhielt, daß Mary-Theresa mit ihren plumpen Zügen, der großporigen Haut, ihrem Mondgesicht und der unbeholfenen Schwerfälligkeit dessen, der von Natur aus dazu bestimmt ist, durch den Mund zu atmen, wie geschaffen war, das hyazinthengleiche Aussehen meiner Mutter zu betonen: Ihre Wimpern waren so lang und fein wie die eines jungen Mannes, ihr zarter Teint bildete einen starken Kontrast zu Mary-Theresas allzu gesunder bäuerlicher Gesichtsfarbe, und die unvergeßlich kapriziöse Schönheit ihrer Augen (mehr als einem Bewunderer war das Bekenntnis entschlüpft, daß ihm die Bedeutung des Begriffs »katzenäugig« nicht klar gewesen war, bis er sie kennenlernte) wurde durch die exophthalmische Naivität der Züge Mary-Theresas, die jedem verkündeten, wie leicht sie einzuschüchtern war, nur um so stärker betont. Zudem bestand zwischen ihnen eine Spannung jener Art, wie sie – geheimnisvoll und schwer zu fassen, aber sogleich wahrnehmbar, so gegenwärtig und so unbegreiflich wie ein Streit in einer unbekannten Sprache – zwischen Frauen auftritt, die »nicht miteinander können«. Bemerkbar machte sich das in einer gewissen *ad feminam* gerichteten Schärfe, mit der meine Mutter Mary-Theresa Anweisungen und Rügen erteilte, und auch in Mary-Theresas Betragen, in dem sich eine unmerkliche Spur Widerborstigkeit zeigte, wenn sie die Ukasse meiner Mutter befolgte, wodurch sie als wandelnder Vorwurf der verzogenen Schloßherrin auf ihrer Chaiselongue (mag sein, daß ich geringfügig interpretiere) einen beinahe grenzenlosen Grad an Eigensinn, Irrationalität und Ignoranz der grundlegendsten Haushaltskenntnisse unterstellte. Dies alles wurde betont durch Mary-Theresas Haltung gegenüber jenen, die meine Mutter gern »die Jungen« nannte und worunter sie meinen Vater (der – nebenbei – nie etwas von einem Jungen hatte, nicht einmal auf den Photos aus seiner Jugend, die ihn im standesgemäßen Blazer zeigen und eingestandenermaßen eine Zeit festhalten, in der die meisten sich vor einer Kamera noch nicht gänzlich unbeschwert fühlten), mich und meinen Bruder verstand, denn Mary-Theresa benahm sich uns gegenüber mit einer freundschaftlichen Offenheit, die, wie ich vermute, in den Augen meiner Mutter, welche über feinere Instrumente der Wahrnehmung verfügte, als wir sie besaßen, nicht völlig frei von Spuren der Koketterie war. (Hat je ein Kunstwerk in irgendeinem Medium einen besseren Titel besessen als *Wenn Frauen hassen?*) All das war Dialogen anzumerken (oder nicht anzumerken), die, transkribiert, etwa folgendermaßen gelautet hätten:

MUTTER: Mary-Theresa, würden Sie bitte das Blumenwasser wechseln?
MARY-THERESA: Ja, Ma'am.

– wobei die lebend'ge Flamme der Psychologie menschlichen Verhaltens durch diesen Wortwechsel flackerte, wie der Spatz in der Geschichtsschreibung des Beda Venerabilis durch den Saal flattert. (Es gibt eine Erotik der Abneigung.) Wie auch immer, meine Mutter nahm jedenfalls das, was geschah, schlecht auf. Alles begann an einem kalten Aprilmorgen. Meine Mutter saß vor ihrem Spiegel.

»Liebling, hast du meine Ohrringe gesehen?«

Bemerkungen dieser Art, meist an die Adresse meines Vaters, manchmal aber auch geistesabwesend an mich oder meinen Bruder gerichtet – eher, wie wir ahnten, in unserer Funktion als anwesende Vertreter unseres Geschlechts denn als ernstzunehmender Vaterersatz –, gehörten zum Alltagsleben. Mein Vater war im kleinen benachbarten Ankleideraum neben ihrem Schlafzimmer in die Mysterien der Körperpflege des erwachsenen Mannes versenkt, die um so vieles komplizierter und vervollkommneter ist als das Knieschrubben, Haarkämmen und Sockengeradeziehen, dem mein Bruder und ich sich täglich unterzogen: Rasieren (mit einer Schüssel und einer Kanne heißen Wassers, das aus den geräuschvollen Hähnen im Badezimmer gezapft und vorsichtig in seine benachbarte Koje transportiert wurde, damit Drama und

Pomp der Toilette meiner Mutter sich im Badezimmer voll entfalten konnten), Parfümieren, Krawattenbinden, Haarglätten, Manschettenzuknöpfen und Kragenbürsten.

Besagte Ohrringe waren zwei Smaragde, jeweils in einen breiten Weißgoldring gefaßt, die in meinen Augen die ungewöhnliche Eigenart auszeichnete, daß sie durch ihr Understatement vulgär wirkten; sie waren das Geschenk einer geheimnisumwobenen Gestalt aus dem früheren Leben meiner Mutter, des liebessiechen Sprosses einer Industriellenfamilie aus den Midlands, der (in der Version, die sich durch Umschreibungen wie »Dieses Wetter erinnert mich an jemanden, den ich sehr gemocht habe« oder »Ich trage es immer an diesem Tag zum Andenken an jemanden, dem dieser Tag viel bedeutet hat, aber fragt mich bitte nicht weiter« herauskristallisierte) nicht bereit gewesen war, die Ohrringe zurückzunehmen, als sie versucht hatte, sie zurückzugeben, und der dann von zu Hause fortgelaufen war, um in die Fremdenlegion einzutreten. Daß es seinen Verwandten überhaupt gelang, ihn noch rechtzeitig einzufangen, verdankte sich einer giftigen *moule*, die ihn in Paris im Verlauf der – wie er glaubte – letzten Mahlzeit, die er als freier Mann zu sich nahm, zu Boden streckte. In späteren Tagen wurde er ob seiner Verdienste um die Industrie in den Ritterstand erhoben, und noch später starb er bei einem Wasserflugzeugunfall in der Karibik. Die verlockenden Arrangements von Meeresfrüchten in den großen Pariser Brasserien ähneln in ihrer Fähigkeit zu beeindrucken, ohne deshalb unbedingt völliges Vertrauen einzuflößen, gewissen Politikern.

»Welche Ohrringe?«

»Nein, Liebling, *maman* hat zu tun« – das galt mir –, »die Smaragde.«

»Doch nicht vormittags!«

»Ich wollte sie nicht tragen, Liebling – ich suche sie nur im Schmuckkasten.«

»Hast du schon im Schmuckkasten nachgesehen?«

Der formelhafte, litaneiartige Charakter dieser Gespräche läßt sich obiger Antwort meines Vaters vielleicht entnehmen.

»*Natürlich* käme ich nicht auf die Idee, sie jetzt anzuziehen. Ich bin doch nicht *wahnsinnig*«, sagte meine Mutter.

Die Entdeckung der Ohrringe, versteckt unter der Matratze Mary-Theresas in ihrem traditionellen kleinen Dienstmädchendachstübchen, war ein Schock, insbesondere für meine Mutter. Die Gendarmen fanden den heißgeliebten Schmuck – die Gendarmen, die mein Vater gerufen hatte, indem er auf das Drängen meiner Mutter zumindest teilweise in einem Geist erschöpfter Vergeltungssucht reagierte, einer Kreuzung zwischen dem Bemühen, das, was er ihre Hysterie nannte, bloßzustellen, und einem Nach-mir-die-Sintflut-Wunsch, aufzugeben und auf das Schlimmste gefaßt zu sein (wobei ich mir nicht sicher bin, was in seinen Augen das Schlimmste war: Vermutlich dachte er, daß die Smaragdohrringe entweder irgendwo auftauchen würden, wo meine Mutter sie unbestreitbar liegenlassen hatte – neben der Zahnpasta, auf dem Boden neben einem Stuhl –, oder daß sie von der Concierge gestohlen worden waren, einer besonders grimmigen Witwe *du troisième âge*, von der er sagte: »Es ist sehr schwer vorstellbar, welche Art Mensch Mme. Duponts Ehemann gewesen sein kann, wenn man sich erst einmal damit abgefunden hat, daß der gute Landru aller Wahrscheinlichkeit nach als Kandidat ausgeschlossen werden muß.«). Ich vermute allerdings, daß mein Vater die Ernsthaftigkeit, mit der man in Frankreich Geld und Besitz betrachtet, unterschätzt hatte. Der junge Gendarm, dem er zunächst Bericht erstattete, indem er ein hochkompliziertes Formular ausfüllte, war sichtlich und ungeheuchelt betroffen, als er den Wert des verlorenen Schmucks erfuhr, und er-

schien am nächsten Tag in unserer Wohnung, gutausse-
hend und höflich, sein *képi* in einer Geste umklammert
haltend, die ihn wie einen Schüler aussehen ließ, der
sich entschuldigt, weil er zu spät kommt. Mit seiner hellen Haut und dem hellblonden Haar, wie man es manchmal in der Normandie sieht, wirkte der Polizist, als sei er
von vornehmerer Herkunft, als seine Tätigkeit eigentlich nahelegte – vielleicht der jüngere Sohn eines *vicomte*,
der einige Zeit bei der Streife absolvierte (nicht umsonst
ist *noblesse oblige* ein französischer Ausdruck), bevor er
sich etappenweise auf dem Weg nach ganz oben einen
ruhmreichen Schreibtischjob im *apparat* besorgte. Zuerst
zog er sich mit meiner Mutter, die Tee bringen ließ, ins
Wohnzimmer zurück. Und dann, bevor er mit der
Durchsuchung begann, sprach er mit meinem Bruder
und mir, erst mit uns beiden in Gegenwart unserer Mutter, dann einzeln (welches Arrangement mitsamt dem
parfümumwehten Abtritt meiner Mutter, die uns lä-
chelnd einen letzten beruhigenden und vollendet müt-
terlichen Blick zuwarf, zwischen den beiden mit einem
offenkundig stillschweigenden Einverständnis bewerk-
stelligt wurde, das unter anderen Umständen einen ent-
schieden ehebrecherischen Beigeschmack gehabt hätte).
Das Überwältigende an der ganzen Angelegenheit wurde unterstützt durch den Eindruck, daß der Vorwurf des
Diebstahls, sobald er erst geäußert war, gewissermaßen
ein Eigenleben gewonnen hatte, fast so, als wäre das
Aussprechen des Verdachts bei der leisesten Berührung
mit Sauerstoff hochexplosiv, genau wie Magnesium.
Und so war es denn auch, wenngleich, wie oft bei dramatischen Ereignissen der Erwachsenenwelt, die vor
Kindern stattfinden, die ersten Stadien im verborgenen,
hinter der Bühne spielten und nur an den Verzerrungen
in unserem Tagesablauf erkennbar waren. Sie begannen, als der Gendarm nach längerem Herumwandern
und -suchen in unserer Wohnung – während wir unter-

dessen mit Mary-Theresa und unserer Mutter im Wohnzimmer saßen, wobei mein Bruder wie üblich an einer
Zimmerstaffelei herumschmierte und ich, wie ich noch
weiß, *Le Petit Prince* las – zurückkam und, unseren Blik-
ken ausweichend, meine Mutter um eine kurze Unterre-
dung unter vier Augen bat.

Und nun muß ich gestehen, daß ich ein beträchtliches
Maß an Erleichterung verspüre. (Es gibt keine stärkere
Empfindung.) Obige Gedanken zur winterlichen Küche
verfaßte ich – und diese Worte notiere ich mit dem
Triumph dessen, der sein Kaninchen schwenkt, den Vorhang aufreißt, die nicht zersägte Assistentin präsen-
tiert –, wie in der einführenden Notiz vermerkt, im Sommer, zu Beginn meines Urlaubs. Um der ganzen Wahrheit
die Ehre zu geben, habe ich meine Reflexionen an Bord
einer Fähre während einer durchschnittlich rauhen Überfahrt von Portsmouth nach St.-Malo diktiert, einer Reise,
deren Dauer – ich gestehe es – mir oft als enervierend un-
eindeutig erschienen ist, weder dem einstündigen Sprung
nach Calais vergleichbar, der einem gerade Zeit für eine
Tasse schlechten Kaffees, ein Kreuzworträtsel und ein
paar Schritte auf Deck läßt, noch der ganztägigen Gala-
überfahrt von Newcastle nach Göteborg oder von Harwich
nach Bremerhaven, die zumindest andeutungsweise an
eine echte Seereise erinnert. Die Strecke Portsmouth – St.-
Malo besitzt jedoch den Vorteil, daß der Reisende in einer
der erfreulichsten beziehungsweise am wenigsten uner-
freulichen aller französischen Hafenstädte abgesetzt wird
(eine leicht erlangte Auszeichnung, wenn man bedenkt,
daß Calais unaussprechlich ist, daß in Boulogne die Stadt-
planer zu Ende brachten, was die Bombardierung durch
die Alliierten begonnen hatte, daß Dieppe bedeutet, daß
man, was völlig undenkbar ist, von Newhaven aus
aufbrechen muß, daß Roscoff ein Fischerdorf ist und daß
Ostende sich in Belgien befindet). Mit Hilfe eines entzückenden japanischen Minidiktiergeräts habe ich in der

Selbstbedienungscafeteria zwischen mikrowellengewärmtem Speck und erstarrenden Spiegeleiern Verwünschungen auf die englische Küche gemurmelt, habe ich mir unsere alte Wohnung in Bayswater in Erinnerung gerufen, während ich auf Deck saß und den stattlichen Habitus eines vorbeiziehenden panamaischen Supertankers bewunderte, habe ich mich durch das Gedränge der Menge im Videoraum gezwängt, während ich mein Gedächtnis danach durchforstete, ob Mary-Theresa für ihre Version von Queen of Puddings Konfitüre oder Gelee verwendete, bis mir (als ich vor dem *bureau de change* über einen rücksichtslos abgelegten Rucksack stolperte) die Erleuchtung kam, daß sie in der Tat Konfitüre verwendete, die sie allerdings durch ein Sieb strich – eine Verfeinerung, die – wie dem Leser zweifellos nicht entgangen sein dürfte – wegzulassen ich mir die Freiheit genommen habe. Alles Erinnern kündet von Verlusten; wir alle sind aus der eigenen Vergangenheit Verbannte, so wie uns jedesmal, wenn wir von einem Buch aufsehen, die Verbannung aus den strahlenden Welten der Phantasie ganz unvermittelt vor Augen steht. In diesem Sinn ist eine Kanalfähre mit ihren überquellenden Aschenbechern und spuckenden Kindern ebenso geeignet wie jeder andere Ort, um über den Engel nachzudenken, der uns mit seinem Flammenschwert den Weg zu all unseren Gestern verwehrt.

Meine neuerstandene Sonnenbrille einer Marke, die Sie zweifellos kennen, macht das sommerliche Glitzern des Meeres erträglich. Die heutige Brise ist ein, zwei Grad kühler, als man eigentlich erwarten dürfte, wenngleich ich dank der ungewohnten Wärme meiner neuen Jagdmütze nichts davon spüre; ich trage sie mit heruntergeklappten Ohrenschützern, aber nicht unter dem Kinn zugebunden. Jetzt habe ich das Bedürfnis, die Promenade entlangzuwandern und ungeachtet des leichten Kitzelns meines falschen Schnurrbarts die Seeluft tief einzuatmen.

Ein weiteres Wintermenu

Jahreszeiten können uns sehr eindrücklich an Orte erinnern. Am auffälligsten ist dieses Phänomen vielleicht im Frühjahr, das Assoziationen mit bestimmten Abschnitten der Jugendzeit herbeibeschwört, insbesondere mit jenem Alter, da der Mensch spürt, daß er im Begriff ist, sexuell der grünen Kindheit zu entwachsen, und vorbewußte Wünsche und unreife Regungen empfindet, die in der lockenden Milde der Luft und den fruchtbaren, sorglosen und schamlos eindeutigen Offenbarungen und Enthüllungen der Natur eine Entsprechung zu haben scheinen. Solches Wiederaufleben ist mit der Erinnerung, dem assoziativen Gepäck der ursprünglichen dramatischen Erregung, verbunden: jener Landschaft, auf welche einst die *neiges d'antan* fielen. Eine junge Frau, mit der kürzlich mich zu unterhalten ich das Vergnügen hatte, gestand, daß der nahende Frühling für sie stets mit der Erinnerung an den Weg einen bestimmten Kanal entlang verbunden bleibt, den sie abends auf dem Rückweg von der Schule ging – die vom baldigen Sommer kündende Stille des Wassers, die Mücken, das wärmespeichernde Röhricht, das (mehr als) seltene Auftauchen eines Kahns in der leuchtendbunten Livree seines neuen Frühjahrsanstrichs, die Bank, auf der sie, wie sie wußte, zum erstenmal geküßt werden würde – und das in Derby!

Der Geruch der Frühlingsluft für mich ... etwas, was eher einer Substanz als einem Geruch gleichkommt, was ausdrückt, wie stofflich die Atmosphäre plötzlich wirkt, und dennoch auch ein Geruch ist, der Geruch von Dingen jenseits der Schwelle sinnlicher Wahrnehmung, doch unterhalb der Schwelle, wo man dem Wahrgenommenen einen Namen geben kann (so wie manche Kinder – darunter einst auch ich – das leise, schwache, musikalische Klingeln zu hören vermögen, das die Brownsche Bewegung der Luftmoleküle bewirkt – eine Fähigkeit, die verlorengeht, wenn die Schädel- und Mittelohrknochen sich beim Erwachsenwerden verhärten, was ein unwiederbringlicher, durch nichts wettzumachender Verlust ist, ein Verlust, den nichts aufwiegen, nichts ersetzen, für den uns nichts entschädigen kann; sobald man die Brownsche Bewegung nicht mehr hört, ist sie verloren, für immer verloren und lebt in unserem Gedächtnis nur fort als Geist eines Geräuschs, als Geist von Tönen, die zu zart, zu fein sind, um real zu sein, und die das, was wir wahrnehmen, durch die Erinnerung an das, was wir nicht länger wahrzunehmen vermögen, unheimlich machen); und in ähnlicher Weise entziehen die Gerüche des Frühlings sich den Kategorien des Benennbaren und Definierbaren. Es ist der Geruch des Möglichen, des Kommenden, des Immanenten. Mich persönlich entführt dieses beinahe sexuelle Gefühl wiedererstehender Möglichkeiten unweigerlich nach Südfrankreich, zurück zu meinem ersten Besuch allein dort als Achtzehnjähriger; es ist untrennbar verbunden mit dem Geruch wildwachsender Kräuter (wobei Thymian dominiert), dem silbrigen Schimmer der Unterseite windbewegter Olivenbaumblätter, dem Kunststoffglanz frischgepflückter Zitronen, der Beschaffenheit einer kiesbestreuten Auffahrt, die man durch die Wergsohlen der Espadrilles spürte, mit den Nächten, die man unter einem dünnen Laken verbrachte, während der Mond voll und nah am Himmel stand. Im späteren sommerlicheren Sommer ist der Geruchssinn zu Beginn und am Ende des Tages ausgeprägter, vor oder nach der großen, drückenden Nachmittagshitze; der Einbruch der Dämmerung bringt nicht nur das Wiederaufleben menschlicher Bewe-

gung und Geschäftigkeit und den physischen Eindruck
von Weite und Geräumigkeit mit sich, der mit dem Nach-
lassen der Hitze verbunden ist, sondern auch die Wiedergeburt der Gerüche, die auf geheimnisvolle Weise von der
Sonne versiegelt waren und durch die kühlenden Abend-
lüfte freigesetzt werden, so des Geruchs von Bäumen, von
Staub auf den Straßen, von Wasser.

Auch der Winter bringt eine ähnliche starke Erinnerung an Orte mit sich; er versetzt mich in unsere Wohnung in der Rue d'Assas zurück. Der erste richtige
Schneefall war stets Anlaß für große Aufregung: Mary-
Theresa und mein Bruder mußten sich um mich küm-
mern, und zu dritt – Kindermädchen, älterer Bruder
und von Kopf bis Fuß behüteter, behandschuhter, zum
Schutz vor den Elementen so sorgsam in die Blätter-
teigschichten von Schals und Dufflecoat eingemummter
Schützling, daß ich fast wie eine Kugel aussah – machten wir uns auf in den Jardin du Luxembourg, um den
ersten Schneemann der Saison zu bauen. Durch Schnee-
gestöber und Schneeschauer watschelten wir die noch
nicht geräumten Straßen entlang, und wenn wir den
Parkeingang erreichten, stieß mein Bruder einen Freu-
denschrei aus, ließ meine Hand los und formte jauch-
zend einen Schneeball, mit dem er, nachdem er so getan
hatte, als wolle er ihn lebensgefährdend schmettern,
schwerfällig auf Mary-Theresa zielte, die sich kichernd
halb wegdrehte und dem Wurfgeschoß gestattete, an ihrer Schulter zu explodieren.

»Ich kann fliegen!« rief Bartholomew und rannte mit
ausgebreiteten Armen in Nachahmung eines Flugzeugs,
das mit wackelnden Tragflächen von einer Schräglage in
die andere geht, durch den Park. Mary-Theresa und ich
bastelten eilig unsere eigenen Schneebälle, mit denen
wir nach meinem verzückten Bruder warfen – ich mit
kindlich schwachen, aber raffiniert berechneten und genau gezielten Würfen, Mary-Theresa mit wilden, unko-

ordinierten Bewegungen und der merkwürdigen eckigen Unbeholfenheit, die sogar die geschicktesten Frauen an den Tag legen, wenn sie etwas werfen. Dann wurde Bartholomew sein anstrengendes Gehopse leid und gesellte sich uns beim Bau eines Schneemanns zu, der dem klassischen Modell entsprach, das da lautet: großer Klumpen für Bauch und Beine, kleinerer Klumpen für den Oberkörper, ganz kleiner Klumpen für den Kopf, Äpfel als Augen, Möhre als Nase, waagerecht hineingestecktes Kuchenstück als Mund, ausrangierte Kasserolle als Kopfbedeckung.

»Was für ein Bild von einem Mann!« sagte Mary-Theresa jedes Jahr, wenn wir keuchend und dampfend wie die Rennpferde vor dem Werk unserer Hände standen. Danach trotteten wir zur Wohnung zurück. Der Schneesturm, der sich auf behutsamem Rückzug befunden hatte, als wir das Haus verließen, hatte sich inzwischen völlig gelegt, so daß die Sterne vom unbeleuchteten Park aus unnatürlich hell und klar wirkten; als ich zum erstenmal den biblischen Ausdruck »Lebensodem« hörte, sah ich vor meinem inneren Auge sofort die Dampfwolken, die wir auf dem Heimweg durch die Pariser Nacht ausatmeten.

Vor diesem Hintergrund denke ich mir eine Wintermahlzeit, die von ihrem Wesen her auf dem reizvollen Gegensatz zwischen Dunkelheit, Kälte, Unbehaustheit, Ausgeschlossensein (und somit auch Furcht, Unordnung, Wahnsinn) und Licht, Wärme, Häuslichkeit, Einbezogensein (Behaglichkeit, Ordnung, Sicherheit, Normalität) basieren sollte. So gesehen ist die Wintermahlzeit geradezu beispielhaft für die Funktion des Menus als Talisman, wie im Vorwort erwähnt; und obgleich das Essen noch andere zeremonielle Aspekte aufweist, indem im Grad der Intensität so verschiedene Emotionen wie unverhüllter Triumph und schlichtes Familienwohlbehagen zelebriert werden, ist der funda-

mentale Gegensatz zwischen Ordnung und Unordnung,
der allem strukturierten Essen zugrunde liegt, im Winter
besonders offenkundig, wenn der Ruf des Käuzchens
nur allzuleicht als das Wehklagen gespenstischer Feen
mißverstanden wird und unvorstellbare Unholde in den
wabernden Schatten lauern.

Ziegenkäsesalat
Fischeintopf
Zitronentorte

Die Annahme, das Essen im Winter solle den naheliegenden Assoziationen zu dieser Jahreszeit – große Kessel
zähflüssiger Eintöpfe, Suppen von so dicker Konsistenz,
daß man sie nicht verschütten kann, machtvolle Puddings – entsprechen, ist ein verbreiteter Irrtum. Gewiß
wollen wir uns aufwärmen, aber wir wollen uns auch an
bessere Zeiten erinnern, das Nahen der Morgendämmerung in jener dunkelsten Stunde spüren, die ihr vorausgeht. Das folgende Menu ist dafür gedacht, den gleichen
Eindruck von Wärme und Sonnenlicht zu vermitteln,
das gleiche Gefühl, einem Entfalten des kommenden
Jahres beizuwohnen, wie man es empfindet, wenn man
im Januar das erste naseweise, kecke, sorglose, jungfräuliche Schneeglöckchen erblickt. Dabei ist es besonders wichtig, gebührende Aufmerksamkeit auf die Wahl
der Salatsorten zu richten. (Daß Salate mitten im Winter
überhaupt erhältlich sind, bezeugt sowohl eine gewisse
Modernität als auch etwas Veraltetes; unsere Vorfahren
hätten die Vorstellung von Salat im Januar als zutiefst
beunruhigend empfunden.) Am besten gehen Sie so vor,
daß Sie Ihren Gemüsehändler mit Bedacht auswählen
und sich dann seiner Gnade anempfehlen. Vergessen Sie
nicht, verschiedene Lattichsorten (Kopfsalat, Romana-
salat, auf keinen Fall den seinen Namen zu Recht

führenden Eissalat) mit Zichoriengewächsen (Radicchio, Chicorée) zu mischen.

Machen Sie eine Vinaigrette. Ich bevorzuge dafür eine anfechtbare Mischung aus sieben Teilen Olivenöl und einem Teil Balsamico-Essig – das gleiche Mengenverhältnis wie beim idealen trockenen Martini. In der Zeit, die ich im nachhinein als meine ästhetische Periode bezeichnet habe – die Zeit zwischen Anfang und Mitte Zwanzig –, servierte ich gerne eine Sieben-zu-eins-Mischung aus Beefeater und Noilly Prat mit großen Eiswürfeln, die gut umgerührt, in eisgekühlte Cocktailgläser gegossen und mit einem Stückchen Zitronenscheibe serviert wurde, das einen zarten, unsichtbaren Hauch von Zitrussäure ausströmte. Als nächste Verfeinerung entlehnte ich W. H. Audens Technik, Wermut und Gin mittags zu mischen (wenngleich der große Dichter Wodka benutzte) und die Mixtur im Tiefkühlfach zu belassen, bis sie die herrliche gallertige Konsistenz erhielt, die für Alkohol unter dem Gefrierpunkt von Wasser typisch ist. Das Fehlen von Eis bedeutet, daß der audensche Martini in keinerlei Weise verdünnt ist, so daß ihm die Bezeichnung *silver bullet* zu Recht gebührt. In seiner Autobiographie sagt der Regisseur Luis Buñuel, für einen wirklich trockenen Martini genüge es, daß ein Sonnenstrahl auf dem Weg zum Ginglas eine Wermutflasche berühre, gewissermaßen analog zur Unbefleckten Empfängnis Mariä. (Er meint die jungfräuliche Geburt Christi – eine häufige Verwechslung.) Ich muß gestehen, daß ich diese besondere Spielart zutiefst katholischer Irreligiosität noch nie besonders unterhaltsam finden konnte.

Während ein trockener Martini zweifelsohne unversehrt serviert gehört, nämlich durchsichtig – was James Bond mit seinem unnachahmlich arroganten »geschüttelt, nicht gerührt« frech in Frage stellt –, sollte eine Vinaigrette leicht mit der Gabel geschlagen werden, bis sie wolkig emulgiert, was das Werk weniger Sekunden ist. Es

51

ist auffallend, daß die slawische Bezeichnung für den jeweils lokal destillierten Alkohol, das Wort *wodka*, eine Koseform des Wortes *woda* ist, das Wasser bedeutet, und somit den Begriffen verwandt, die in Frankreich *(eau-de-vie)*, Skandinavien *(akvavit)* und Irland *(usquebaugh)* das Wasser des Lebens bezeichnen. Die alten Burschen waren gar nicht so dumm.

Drapieren Sie die Salatblätter um den jeweiligen Tellerrand herum. Benetzen Sie sie großzügig mit Vinaigrette. Toasten Sie Brotscheiben, eine pro Person, die Sie mit je einer Scheibe Ziegenkäse bedecken und unter dem Grill überbacken, bis der Käse braun wird und Blasen wirft. Setzen Sie die Käsetoasts in die Mitte der Teller, servieren Sie. Ein einfaches Gericht, das jedoch einen angenehmen Gegensatz von heiß und kühl bietet, der Frische des Salats und der würzigen Wärme seines proteinhaltigen Antagonisten.

Käse ist in philosophischer Hinsicht ein interessantes Nahrungsmittel, dessen Eigenschaften sich dem Wirken von Bakterien verdanken – ist er doch, wie James Joyce anmerkte, Milch in Leichenform. Tote Milch, lebende Bakterien. Ein ähnlicher Prozeß kontrollierten Verderbens läßt sich beim Abhängen von Wild und Wildgeflügel beobachten, wo ein gewisser Grad an Fäulnis dem Fleisch zu Zartheit und Wohlgeschmack verhilft – auch wenn wir heute nicht mehr aus vollem Herzen die Theorie des 19. Jahrhunderts teilen können, der zufolge ein Fasan erst dann genügend abgehangen ist, wenn die ersten Maden aus ihm zu Boden fallen. Bei Schlachtfleisch und Wild ist das Wirken der Bakterien eher ein Desiderat als eine Notwendigkeit, welch letztere es beim Käse hingegen ist, was schon zu Zeiten des Alten Testaments bekannt war, wie Hiob in seinem Kreuzverhör mit dem Allmächtigen verrät: »Hast du mich nicht wie Milch hingegossen und wie Käse gerinnen lassen?« Der Reifungsprozeß beim Käse ist nicht unähnlich dem Erlangen von Weisheit und

Reife beim Menschen; beide Vorgänge bringen ein Erkennen oder Einverleiben des Wissens mit sich, daß das Leben eine unheilbare Krankheit mit hundertprozentiger Sterblichkeitsrate ist, eine langsame Variante des Todes.

Jedenfalls gibt es in Frankreich eine Menge ausgezeichnete Käsegeschäfte, wie ich früher an diesem Tag festzustellen Gelegenheit hatte (diese Worte diktiere ich in der Badewanne meines annehmbaren kleinen *hôtel* in St.-Malo. Wenn man ein batteriebetriebenes Gerät in die Wanne fallen läßt, ist das Ergebnis dann potentiell tödlich? Muß mir merken, das zu überprüfen). Ich ging die Rue Ste.-Barbe entlang, als eine überraschende Bewegung einige Meter vor mir mich veranlaßte, in einer kleinen *épicerie* Zuflucht zu suchen, in der das Paradox verwirklicht war, daß sie besser war als der Durchschnitt und trotzdem typisch. Der ernst dreinblickende *propriétaire* im weißen Kittel schwenkte ein zwanzig Zentimeter langes Tranchiermesser mit einer Besonnenheit über dem Schleifstein, wie man sie sich bei jedem Flugzeugpiloten oder Neurochirurgen nur wünschen könnte, bevor er sich über den Schinken hermachte, der still vor ihm auf der Marmortheke lag. Vier Kunden, die auf mich in meiner Hektik nur einen uniformen Eindruck bourgeoiser einkaufskorbtragender Wohlanständigkeit machten, drehten sich zur Tür, um mich zu beäugen, und wendeten sich wieder ab. (Man sollte beachten, daß *bourgeois* keineswegs dasselbe bedeutet wie bürgerlich; es beinhaltet ganz bestimmte Verhaltensweisen, Vorurteile, vorgefaßte Meinungen, Lebensstile und politische Ansichten. Ausdrucksformen der Selbstzufriedenheit variieren von Land zu Land – so wie auch *Langeweile* nicht dasselbe ist wie *ennui*, das Gefühl der *Einsamkeit* nicht mit dem der *loneliness* identisch ist und *Gemütlichkeit* nicht mit *comfiness* verwechselt werden darf.) Zu meiner Linken befand sich eine eindrucksvolle Batterie von Konservendosen, von einer bestimmten Marke konservierter Spargelspitzen bis zu jenen Dosenerbsen oder *petits pois*, die für mehr als einen Gaumen immer wieder ein überzeugendes Argument für die sofortige Emigration gewesen sind. Hinter der Theke war eine rekordverdächtige Auswahl von Schinken und Schweinefleischspezialitäten aufgereiht: leckerer *jambon à l'américaine*, nach mehr schmekkender *jambonneau*, verläßlicher *jambon de York* (wie bedauernswert selten in York selbst anzutreffen!), geräuchertes Schäufele, *jambon fumé, jambon de Bayonne, prosciutto crudo di Parma, jambon des Ardennes*, drei Sorten *jambon de campagne, saucisson à l'ail*, dreimal gebrühte *andouille, saucisson d'Arles, de Lyon*, ein ordinärer *chorizo*, vielleicht auch zwei, eine sorgfältig geschriebene *kaszanka, andouillette* (so bedeutsam verschieden von ihrer Beinahe-Namensschwester), delikate *boudins blancs*, zubereitet nach geheimer Familienrezeptur, herzhafte *boudins noirs*, üppige *crépinettes, pâté d'oie, pâté de canard, pâté de foie gras* in handbeschrifteten Dosen, verziert mit etwas, was wie eine von der Hand eines eher mäßig begabten Kindes gemalte Gans aussah, *terrine de lapin, pâté de verglaze*, die ein wenig trübselig und vom Vortag übriggeblieben anmutete, *terrine de gibier*, verschiedene Quiches und Galantines, *gâteau de lièvre*, ein Sammelsurium weiterer Pasteten, Gebäcke und Torten. Zur Rechten der Theke befanden sich in einem Kühlfach mit Plastikstreifen, die den Eindruck einer absichtsvoll durchsichtigen und lockend durchlässigen Jalousie weckten, die Käse – nicht weniger als fünf verschiedene Ausgaben des größten Ruhms der Normandie, des Camemberts, der beispielhaft darstellt, was für einträgliche Ideen bisweilen zu Zeiten historischer Fermentation entstehen, denn seine Erfindung verdankt sich einer Kreuzung lokaler Ingredienzen mit den Käsereitechniken von Meaux, die mit dem jungen Abbé Gobert, der 1792 vor der Terreur floh, nach Camembert gelangten, außerdem Livarot, Pont-l'Evêque, Neufchâtel, ein Brie, der meinem möglicherweise überkritischen

Auge eine Spur kreidig in der Mitte zu sein schien, und eine reiche Auswahl an kleinen lokalen Käsen, die aufzuzählen ich sehr wohl Neigung verspürt hätte, wenn die Luft inzwischen nicht wieder rein gewesen wäre, so daß mir nichts zu tun blieb, als den *épicier* zu grüßen, die Hand an der Baseballmütze, und seinen Laden so zu verlassen, wie ich ihn betreten hatte, durch die Betrachtung seiner Waren nach meinem unsanften Erschrecken kurz zuvor beträchtlich gestärkt.

Am Abend dieses Tages ging ich in St.-Malo Fischsuppe essen. (Vielleicht sollte ich besser sagen: heute abend. Ich sitze noch immer in der Badewanne. Ein geschicktes Manöver mit meiner geschickten rechten großen Zehe hat das heiße Wasser in genau der richtigen Menge nachgefüllt.) Es war der Abend eines Hochsommertages; das warme gelbe Licht fiel am Spätnachmittag, den Geruch des Meeres mit sich bringend, wie eine Erinnerung an Cornwall über den Hafen. So wie jede Liebesgeschichte in Beziehung steht zu unserer ersten Liebesaffäre – in einer Beziehung, die nur Bestand haben kann, wenn man die mögliche Interdependenz so weit faßt, daß sie die Parodie, die Umkehrung, das Zitat, das Pasticcio und eine melodramatische Neubesetzung ebenso einbeziehen kann wie die sklavische, identische Nachempfindung –, erleben wir kein Restaurant im späteren Leben völlig unbeeinflußt von der Erinnerung an unseren allerersten Restaurantbesuch. Und so wie die erste Liebe nicht oder nicht notwendig mit der ersten sexuellen Erfahrung identisch ist – keineswegs unbedingt zu ihrem Nachteil –, ist das erste Restaurant in unserem Leben nicht unbedingt der Ort, wo wir zum erstenmal in der Öffentlichkeit gegessen und dafür bezahlt haben (die vergessene Autobahnraststätte auf dem Weg nach Norden zu Tantchen, der erste Tea-room, wo man für gutes Benehmen während des Einkaufens belohnt wurde), sondern der

Ort, wo sich uns erstmals die geradezu blendende, trostreiche Größe der *Idee* des Restaurants enthüllte. Steifes Leinen; schweres, schwerkraftbewußtes Geschirr; altertümliche Weingläser, aufrecht und stattlich wie Wächter bei der Parade; ein erwartungsvolles Kommando zinkenbewehrten, geschliffenen und aufmerksamen Bestecks; das menschliche Mobiliar der anderen Essensgäste und der uniformierten Kellner; vor allem aber das Bewußtsein, daß man endlich einen Ort erreicht hat, der dazu geschaffen ist, unsere Bedürfnisse zu befriedigen, einen strahlenden Palast der unermüdlichen Aufmerksamkeit. Vielleicht macht dies die Anziehungskraft des Mythischen aus, die Restaurants auszeichnet – schließlich sind sie eine verhältnismäßig neuartige Einrichtung, eine Weiterentwicklung des Gasthofs für Reisende unter Berücksichtigung der zunehmenden Verstädterung des abendländischen Menschen, die sich in ihren modernen, nicht untheatralischen Umrissen erst relativ spät zu erkennen gab, gegen Ende des 18.Jahrhunderts, nicht allzulange vor dem Keimen des romantischen Geniebegriffs (siehe dort). Zu bestimmten Gesprächen, bestimmten Posen kommt es nur in Restaurants, vor allem zu solchen, die mit der Psychodynamik der Beziehung von Paaren in Zusammenhang stehen, welch letztere, wie ich (als einzelner Besucher von Restaurants, der ich häufig bin) oft genug feststelle, offenbar nur deshalb essen gehen, um den Zustand ihrer Beziehung zu kontrollieren, so als wäre ein Zerwürfnis infolge einer festen anthropologischen Gesetzmäßigkeit nur in aller Öffentlichkeit und in Raten erlaubt, als wäre es beruhigend zu sehen, wie viele andere ebenfalls das schwankende Gefährt der Gemeinschaft bestiegen haben, und als wären alle Paare gesetzlich dazu verpflichtet, sich in einem lebenden Bild aller Beziehungsstufen einzufinden, vom ersten schäkernden Überbeanspruchen des Augenkontakts bis zu jener Art von Schweigen, die nur durch eine mindestens zwanzigjährige Inkubationszeit, in der man einer zermürbenden Intimität ausgesetzt war, zu erreichen ist.

Die Empfänglichkeit für dergleichen verdanke ich vielleicht meiner Mutter. In ihrer Gesellschaft erlebte ich meinen eigenen *rite de passage*; auf weniges konnte man sich bei ihr so zuversichtlich verlassen wie auf ihr Gespür für das richtige Verhalten beim richtigen Anlaß. (Selbstverständlich hatte ich schon zuvor Restaurants besucht, vergleichbar – um auf meine obige Metapher zurückzukommen – dem unbeholfenen Gefummel und steinzeitlichen Gegrapsche erster sexueller Erfahrungen.) Die Stadt: Paris. Das Restaurant: La Coupole. Die Darsteller: meine Mutter und ich, unser Pariser Publikum und der Chor aufmerksamer, eilfertiger Pariser Kellner. Die Mahlzeit: Fischsuppe, gefolgt von dem legendären *curry d'agneau* für sie und einem schlichten *steak-frites* für mich kleines Kerlchen, gefolgt von einem zwischen uns geteilten Stück Zitronentorte (und erwarten Sie jetzt bitte nicht, daß ich Ihnen dafür ein Rezept gebe: Kaufen Sie einfach den entsprechenden Pudding bei einem Händler Ihres Vertrauens). Das Kleid meiner Mutter: ein beeindruckend kostspieliges schwarzes Etwas mit bogenförmigem Rückenausschnitt aus dem Atelier eines namhaften Couturiers, zu dem sie keinen Schmuck trug mit Ausnahme der erwähnten Ohrringe. Meine eigene Kleidung: ein rundum entzückender kleiner Matrosenanzug mit weißem Kragen. (Zahlreich waren zweifellos die schmachtenden Blicke, die ich ahnungslos auf mich zog – allerdings mußte ich amüsiert lächeln, als ich in einem Zeitschriftenartikel auf ein Photo des Knaben stieß, der Thomas Mann so heftig beeindruckt und ihm als Vorwurf für Aschenbachs *visione amorosa* gedient hatte, denn das betreffende Kind etwas anderes als einen ungeschlachten Tölpel zu nennen, verbietet die Ehrlichkeit. Wieder einmal ein Triumph der Kunst über das Leben.) Vielleicht kristallisierte sich in dem Augenblick, als sie mich über die Reste der Suppe in ihrer Terrine und die arg mitgenommene *rouille* hinweg anlächelte und sagte: »Eines Tages wirst du große Dinge vollbringen, *chéri*, davon bin ich überzeugt«, meine lebenslange Leidenschaft für das Essen heraus mitsamt der Entscheidung für einen bestimmten *modus vivendi*.

Es wird daher kaum jemanden überraschen zu erfahren, daß Fischsuppen und -eintöpfe sich von jeher meiner größten Achtung und Zuneigung erfreuen. Besonders stark identifiziere ich mich mit dem Gericht, in dem Niederes und Edles sich vermählen, die schäbigen Reste aus dem Netz des Fischers (wie in den meisten Fischsuppen und Fischeintöpfen das ursprüngliche Ausgangsmaterial) mit den edelsten Formen des Raffinements und der Kochkunst, das die unverkäuflichen Elritzen aus dem Mittelmeer mit dem sagenhaften Luxus des Safrans kombiniert (der fast so teuer ist wie Gold, als dessen eßbares Ebenbild er gewissermaßen gelten kann) – einem Gericht, das in den bodenständigen Traditionen der bäuerlichen Küche wurzelt (was sich passenderweise in dem Umstand ausdrückt, daß es in einem einzigen Topf zubereitet wird, dem totemistischen *einen* Topf der bäuerlichen Küche Europas und überhaupt der ganzen Welt, vom Tagelöhner in Connemara bis zum Muschik in Omsk), aber zugleich einen hohen Rang in der weitverzweigten, anspielungsreichen Grammatik der französischen Restaurantküche einnimmt, jener Küche, die in ihrem Heimatland den größten Grad der Annäherung an die Komplexität einer eigentlichen Sprache erreicht hat; kurzum, *bouillabaisse* war schon immer eines meiner Lieblingsgerichte. Wie Curnonsky es ausgedrückt hat: »Die klassischen Gerichte der französischen Küche sind Meisterwerke, die erst im Laufe mehrerer Generationen ihre Vollkommenheit erreicht haben.« Die Mischung aus Luxus und praktischem Denken, aus Romantik und Realismus in der Bouillabaisse läßt sich als Charakterisierung der Marseiller selbst begreifen, die sich durch die besonders ausgeprägte Gewohnheit auszeichnen, einem kollektiven Stereotyp zu entsprechen, wie man es bei Bewohnern von Hafenstädten nicht selten antrifft – denken wir nur an die bewußt rauhe und warmherzige Vitalität des Neapolitaners, die bewußt schalkhafte Sentimentalität des Liverpoolers, die bewußt romantischen Schauerleute von Alexandria oder auch die bewußt muskulösen, ungeschliffenen und groben Hafenarbeiter des alten New York. In diesem Spektrum zeichnen sich die Marseiller dadurch aus, daß sie bewußt romantische Ansichten darüber pflegen, wie realistisch sie sind, und so, wie man meinen könnte, ganz Liverpool sei unablässig damit beschäftigt, sein Eingeborenentum zu schildern, zu feiern, zu preisen, machen auch die Marseiller den Eindruck, als widmeten sie sich der Dauerübung, ihre eigene Ausprägung betont realistischer *méridionalité* aufzulisten, einzuordnen, darzustellen. Beachten Sie, daß sogar der Name *bouillabaisse* (eine Ableitung von *bouillir* und *abaisser*, »kochen« und »verringern«) einen Ton prahlerischer, achselzuckender, stilisierter Hemdsärmeligkeit anschlägt, einen Ton, der sagen will: Na ja, eine Suppe eben, was sonst? Ihn finden wir auch in der Geschichte hinter dem Mythos, dem zufolge die *bouillabaisse* von der Göttin Aphrodite höchstselbst erfunden wurde, der Schutzheiligen und Gründerin der Stadt mit dem kräftigen Lokalkolorit – zweifellos eine dichterische Bearbeitung des historischen Sachverhalts, daß die ersten Bewohner Marseilles die Phönizier waren, angelockt durch den beinahe rechteckigen natürlichen Hafen (dessen Herz der *vieux port* heute noch bildet), und sie brachten ihre Mythologie, ihre Leuchttürme und ihre Geschicklichkeit im Handel mit. Aphrodite soll die *bouillabaisse* kreiert haben, um ihren Gatten Hephaistos – den verkrüppelten Schmied, Schutzheiligen der Handwerker und der Gehörnten – dazu zu bringen, eine große Menge Safran zu verzehren (das damals als Narkotikum galt), damit er einschlief und die Göttin sich zu einem Stelldichein mit ihrem Liebhaber Ares aufmachen konnte (den ich schon immer unter allen Göttern des griechischen Pantheons besonders unattraktiv verschwitzt gefunden habe). Genau wie das Alte Testament zeichnet sich die griechische Mythologie durch die Eigenschaft aus, das Verhalten der Leute ungeschminkt zu schildern.

Die von mir konsultierten Forscher haben es leider versäumt, eine etwaige wissenschaftliche Grundlage dieses Volksglaubens über den Safran zu bestätigen beziehungsweise zu verwerfen; im übrigen handelt es sich um eine Blüte, genauer um die Blütennarben (die den Pollen auffangen) von *Crocus sativus*. Mehr als fünfzehnhundert mühsam (in Handarbeit) geerntete Narben sind für zehn Gramm Safran erforderlich, ein Gewürz, dessen Popularität auch im Namen der Stadt Saffron Walden zum Ausdruck kommt, heute zweifellos ein öder Marktflekken mit den Standardsehenswürdigkeiten eines nervenaufreibenden Einbahnstraßensystems und herumlungernder Skinheads, die auf den Stufen des graffitiverschmierten Kriegerdenkmals Apfelwein in sich hineinschütten.

Ich hatte noch nie das Bedürfnis, Saffron Walden aufzusuchen, obwohl es keinen großen Umweg für mich bedeuten würde, wenn ich von meiner Junggesellenwohnung in Bayswater zu dem Landhaus in Norfolk fahre. Ich denke oft, daß dieser Teil Englands am angenehmsten zur Zeit der römischen Besatzung gewesen sein muß, als togabekleidete Romano-Briten an sauberen Gebäuden vorbei durch ordentlich angelegte gepflasterte Straßen zu den Bädern flanierten, wo sie sich im Bassin bei einem gemütlichen Klatsch und eventuell ein, zwei Glas örtlich angebauten Weins im beruhigenden Bewußtsein entspannen konnten, daß gutaussehende, höfliche und bis an die Zähne bewaffnete Legionäre sie

vor den eigenen Landsleuten beschützten. Vom küchen-
technischen Standpunkt aus ist das wichtige am Safran,
zu bedenken, daß wenige Fäden genügen, weil zuviel
Safran einen bitteren, muffigen Geschmack bewirkt.

Endlose Debatten werden darüber geführt, ob es möglich ist, *bouillabaisse* zu kochen, wenn man sich fern vom
Mittelmeer und den Felsenbuchten befindet, die dem
einst schlichten Gericht die verblüffende Vielfalt dessen
liefern, was mein Vater als »kleine Flossenbiester« zu bezeichnen pflegte. Nach dem Verzehr so mancher trübse-
liger sogenannter *bouillabaisse* in nördlicheren Regionen
neige ich zu der Ansicht, daß diesem Gericht das Reisen,
die Verpflanzung nicht bekommt, daß man es aber ab-
wandeln kann, wenn man die Grundprinzipien begriffen
hat.

Nehmen Sie ein Kilo gemischte Felsenfische, am besten in irgendeinem Mittelmeerhafen in direkter Ver-
handlung mit einem wettergegerbten Großvater und
dessen dito Enkel erstanden, die den langen Tag damit
verbracht haben, in steilen, glühendheißen Felsbuchten
Netze an Bord zu ziehen, und deren beinahe greifbare
Lust auf den ersten *pastis* des Tages in keiner Weise Geschwindigkeit und Verlauf der Transaktionen beeinflußt. Mindestens fünf verschiedene Sorten Fisch sind
erforderlich, darunter – selbstverständlich – der uner-
läßliche *rascasse* oder Drachenkopf, dessen verblüffende
Häßlichkeit mich immer an unseren norwegischen Koch
Mitthaug erinnert. Außerdem benötigt man Knurrhahn,
Seeteufel (*lotte* oder *baudroie* genannt, wobei ersteres die
provenzalische, letzteres die französische Bezeichnung
ist), ebenfalls ein rechter Kinderschreck, Zahn- oder
Goldbrassen und ein, zwei Lippfische (entweder die
girelle genannte Sorte oder die mit dem entzückenden
Namen *vieille coquette*, die ich erstmals in Begleitung meiner Mutter aß). Säubern Sie die Fische, zerteilen Sie die
größeren. Halten Sie zwei Glas provenzalisches Olivenöl

und eine Dose Tomaten bereit – Sie können natürlich auch frische Tomaten enthäuten, entkernen und zerschneiden. Mir persönlich erscheinen Dosentomaten als eine der wenigen Segnungen des modernen Lebens, die keinen Pferdefuß besitzen. (Die Zahnmedizin, die CD.) Schwitzen Sie in einer ausreichend großen Kasserolle zwei gehackte Knoblauchzehen in einem Glas Olivenöl an, geben Sie die Tomaten und eine Prise Safran zu; gießen Sie zwei Liter jener Flüssigkeit zu, die in England gechlortes ehemaliges Abwasser wäre und irreführend »Wasser« hieße, und kochen Sie alles bei großer Hitze. Geben Sie die festeren Fische und das zweite Glas Öl hinein, und lassen Sie das Ganze fünfzehn Minuten lang sprudelnd kochen. Geben Sie die weicheren Fische zu, lassen Sie die Suppe weitere fünf Minuten kochen. Servieren Sie die ganzen Fische und Fischstücke in großen Suppentellern, reichen Sie die Brühe separat mit *croûtons* und *rouille*. Erwarten Sie bitte nicht, daß ich mich genauer über die Herstellung der *rouille* auslasse; meine Finger fangen an, vom Badewasser runzelig zu werden.

Beachten Sie, daß die *bouillabaisse* eines der wenigen Fischgerichte ist, die bei sehr großer Hitze gekocht werden. Dies dient dem Zweck, Öl und Wasser zu einer Emulsion zu machen; es entspricht der Herkunft des Gerichts, daß nicht Öl auf Wogen gegossen wird, um sie zu glätten, sondern daß die Flüssigkeiten mit Gewalt gezwungen werden, sich zu vermischen. Beachten Sie außerdem, daß die *bouillabaisse* ein umstrittenes Gericht ist, ein Gericht, das Meinungsverschiedenheiten und Auseinandersetzungen provoziert und kanonische wie ketzerische Versionen kennt, wobei es um Glaubenssätze geht wie den der geographischen Bedingtheit des Gerichts, die Frage, ob es wünschenswert ist oder nicht, der Öl-Wasser-Verbindung ein Glas Weißwein hinzuzufügen, und die der Unerläßlichkeit oder Unmöglichkeit, Fenchel, Orangenschale, Thymian, Tintenfischtinte oder abgeschnittene Pferdeköpfe zu verwenden. (Wozu meine persönliche Meinung der Reihe nach lautet: »Ja«, »Nein«, »Ja«, »Nein«, »Warum nicht?«, »Ja, wenn Sie die *bouillabaisse noire* von Martigues zubereiten wollen« und: »War nur ein Scherz.«) Manche Gerichte scheinen eine psychische Energie, ein *mana* auszustrahlen, das bewirkt, daß sie die Aufmerksamkeit auf sich ziehen, Interesse wecken, Diskussionen verursachen, Kontroversen und Debatten um Authentizität auslösen. Das gilt auch für manche Künstler, und auch hier denke ich nicht nur an mich.

Der Wall von Bedingungen und Verboten, der das Herstellen einer gelungenen *bouillabaisse* umgibt, macht sie zu einem schwierigen Gericht für den Amateurkoch – zumindest für den Amateur, der weiter als ungefähr eine Stunde Autofahrt von der Küste zwischen Marseille und Toulon entfernt wohnt. Mein Haus im Vaucluse liegt eine Stunde und vierzig Minuten von Marseille entfernt – bei gutem Wetter, wie man es für die Haarnadelkurven des Lubéron benötigt. Andere Fischsuppen sind von weniger anspruchsvoller Zusammensetzung, weshalb sie von jenen geschätzt werden, die im Unterschied zu mir nicht der Faszination dessen erliegen, was Spinoza die unendliche Schwierigkeit des Vortrefflichen nannte. Wie auch immer – im Verlauf der Jahre habe ich in meinen Häusern in der Provence und in Norfolk (in Bayswater weniger) *burrida* gekocht, die herzhafte, volkstümliche Genueser Spezialität, die wärmende und sparsame kartoffelhaltige bretonische *cotriade* (die bisweilen einfach mit Salzwasser gewürzt wird), die trostspendende *matelote normande* (hierzu in Bälde mehr), den üppigen portugiesischen Fischereintopf *caldeirada*, der einen jeden zum Lusitanismus zu bekehren vermöchte und den die zusätzliche Tugend der Wiederaufwärmbarkeit in Form des ausgezeichneten Fischauflaufs *roupa velha de peixe* ziert, die feurigen und zugleich leichten und erfrischenden, lebensbejahenden thailändischen Fischeintöpfe, die mit Chili und Zitronengras und der berauschenden und gleichzeitig erfrischenden Exotik dieses mit einemmal gar nicht so fernen Landes (nur ein paar Flugstunden!) gespickt sind, die paradoxerweise auf Rotwein basierenden *matelotte* und *raïto*, erstere mit ihren beunruhigend phallisch und lebendig wirkenden Aalen, letztere mit ihrem schwer faßbaren, aber seelenwärmenden Kabeljaugeschmack, die ebenfalls kabeljauhaltige baskische *ttoro*, über deren Herkunft die verräterische Unaussprechlichkeit ihres Namens Aufschluß gibt (mein Bruder machte sich gern Gedanken darüber, ob beim baskischen Scrabble die Buchstaben umgekehrt wie sonst bewertet werden, so daß man mit der Verwendung von Q oder X nur einen Punkt erzielt), die ordinäre griechische *kakaviá* und die mit Ei und Zitrone angereicherte *psarósoupa avgolémono*, die schmackhafte provenzalische *soupe de poisson* mit ihrer kräftigen *rouille* und ihrer promiskuitiven Bereitschaft, alles zu akzeptieren, was hineingegeben wird (die vielleicht wandelbarste und anpassungsfähigste all dieser nationalen Suppen), die *chowders* (abgeleitet von *chaudière*, was einen Schmortopf bezeichnet, aber auch einen Haushaltsgasboiler wie den, bei dessen Explosion meine Eltern ums Leben kamen) Nordamerikas, deren herzhafte, nachdrückliche geschmackliche Banalität so bezeichnend für diesen Kontinent ist, die feine *Bergensk fiskesuppe*, die der bedauernswerte Mitthaug mit großer Energieentfaltung bei dem Versuch, den allerfrischesten, den denkbar frischesten Kabeljau und Dorsch zu bekommen, bereitete, indem er vor Morgengrauen aufstand und vom Billingsgate-Markt mit Fischen zurückkam, die zum Leben wiederzuerwecken ein fähiger Veterinärmediziner, wie mein Vater zu bemerken pflegte, eigentlich keine Schwierigkeiten hätte haben dürfen; im übrigen ist unser trübseliges kleines Land fast das einzige ohne eine eigene einheimische Fischsuppe (sogar die Schotten besitzen ihre überraschend genießbare *Cullen Skink*).

Ein Beispiel eines besonders leicht nachzukochenden Gerichts, das trotzdem etwas hermacht, ist die *bourride*, ein für mich ebenfalls zutiefst erinnerungsträchtiges Essen (in diesem Fall sind es Erinnerungen an meine bescheidene Bleibe im Hinterland des Vaucluse-Dorfes St.-Eustache, eigentlich kaum mehr als eine Hütte mit ihren fünf Schlafzimmern und dem Swimmingpool, der meine Beliebtheit bei bestimmten Nachbarn so immens gesteigert hat. In jedem Schlafzimmer ist ein wackeliger Weidenrahmen mit einem Moskitonetz vor den Fenstern angebracht; als ich mit achtzehn Jahren zum erstenmal in Südfrankreich weilte – damals wie später hatte mein Bruder ein Haus in der Nähe von Arles –, pflegte ich seine ähnlich gearteten Fensternetze zwanghaften Untersuchungen zu unterziehen, um sicherzugehen, daß keine Risse oder Löcher das Zimmer einer Insekteninvasion überantworteten. Nicht daß ich an irgendwelchen banalen lawrenceartigen Ängsten vor diesen Wesen laboriert hätte – obgleich die Vorstellung, daß einer dieser großen, flügelschlagenden, unanständig zartgliedrigen und behaarten provenzalischen Nachtfalter mir in den offenen Mund flog, während ich schlief, mir durchaus Augenblicke nächtlichen Unbehagens bereitete. Die Größe der Insekten – Moskitos von Fliegengröße, Fliegen von Hornissengröße, Nachtfalter von Flugeidechsengröße – und ihre Neigung zu lautem, erbittertem Gesumme und Gebrumme bedeutete, daß das Eindringen auch nur eines einzigen dieser Behemoths – iih – in mein Zimmer mir Stunden der Schlaflosigkeit und des Umherschleichens mit einer zusammengerollten Ausgabe von *Nice-Matin* oder *Le Provençal* in der Hand bescherte).

Richtig: *bourride*. Die Zubereitung dieses Gerichts habe ich von Etienne gelernt, einem jungen Franzosen, der als Austauschschüler in den Sommerferien bei uns

wohnte und mir eine lokale Version der Suppe mit
Fischen, die in der Nähe unseres Häuschens in Norfolk
erhältlich waren, beibrachte – unter Verwendung des
Olivenöls, das er umsichtigerweise mitgebracht hatte.
Bereiten Sie dicke Scheiben weißfleischigen Fischs vor,
die der Anzahl der Gäste entsprechen; als Sorte eignet
sich Petersfisch (in Frankreich mit dem gewinnenden
Namen St.-Pierre bezeichnet, weil die auffälligen dunklen Flecken zu beiden Seiten des ausnehmend freund-
lich wirkenden – oder geht es nur mir so? – Kopfs dieses
Fischs Daumenabdrücke des heiligen Petrus sein sollen)
so gut wie Glattbutt oder Seeteufel oder jeder andere
festfleischige Fisch mit der Einschränkung, daß eine
bourride sétoise nur Seeteufel enthalten darf. (Nach einem
Disput über *bourride sétoise* zwischen streitlustigen Verwandten kam es zu einer berühmten Dorffehde, in deren
Verlauf die Gemüter in Wallung gerieten, Beleidigungen
gewechselt, Nudelhölzer drohend geschwenkt, Kochbücher konsultiert, Meinungen verteidigt und hitzig an-
gefochten wurden, bis es zu einem gänzlichen Abbruch
der Beziehungen kam, die erst nach dreißig Jahren wie-
deraufgenommen wurden. Das nenne ich ein Rezept.)
Bereiten Sie aus Fischgräten eine Fischbrühe, und bereiten Sie ein *aïoli* (Rezept folgt, ja, ja), für das Sie pro Person ein Eigelb mehr nehmen. Hacken Sie zwei Stangen
Lauch und zwei Schalotten, die Sie in Öl anschwitzen.
Geben Sie die Fischstücke zu, gießen Sie mit der Fischbrühe auf, und kochen Sie den Fisch gar oder fast gar,
was etwa eine Viertelstunde dauert. Nehmen Sie den
Fisch heraus, reduzieren Sie die Sauce um die Ihnen angemessen erscheinende Menge – mindestens ein Drittel,
höchstens zwei Drittel –, rühren Sie abseits der Herd-
flamme das angereicherte *aïoli* hinein, und erwärmen Sie
die Suppe unter Rühren, bis sie die Konsistenz dicker
Sahne erreicht hat.

An einem Abend, als ich gerade eine *bourride* bereitet

hatte, besuchten mich erstmals Pierre und Jean-Luc, meine provenzalischen Halbnachbarn. Sie waren (sind) zwei hochbetagte Brüder, wettergegerbt, mißtrauisch, bauernschlau im höchsten Maße, schroff, voller unerwarteter und unmöglich abzulehnender Freundlichkeit, nicht besonders groß und außerdem – trotz beider beinahe sprichwörtlicher Halbblindheit, wobei im Dorf Meinungsunterschiede bestehen, welcher der beiden der Blindere ist – ins Jagen vernarrt. Pierre, der ältere Bruder, ist der dunklere und größere, der altersfleckigere und unternehmungslustigere, der eher aus freien Stükken auf einen Sprung vorbeikommt als Jean-Luc, und er ist auch der womöglich noch schweigsamere. Er sieht einem nie in die Augen, aber es gelingt ihm, dabei weder ausweichend noch unterwürfig zu wirken; es ist eher so, als würde ein höflicher Basilisk entgegenkommenderweise davon absehen, seine Fähigkeit, andere zu versteinern, in Anwendung zu bringen. Die drei, vier halbverwilderten Katzen, die in meinem Haus verkehren, wenn ich mich in St.-Eustache aufhalte, und die mir den Aufenthalt immer mit einer gewissen katzenhaften Herablassung gestatten, sind merkwürdigerweise nie anzutreffen, wenn Pierre zu Besuch kommt, vielleicht aus Furcht, seiner Gorgonenausstrahlung zum Opfer zu fallen, während sie zu entkommen versuchen, und im Wortsinn zu Stein zu erstarren. Andererseits verdanken die Katzen möglicherweise einer Art übersinnlicher Wahrnehmung das Wissen, daß sie Gefahr laufen, erschossen zu werden, wenn sie den Brüdern vor die Flinte geraten. Jean-Luc, der sich in der oben beschriebenen Weise rein äußerlich von seinem Bruder unterscheidet, unterscheidet sich auch im Auftreten von ihm; er strahlt eine milde Leutseligkeit aus, keineswegs beeinträchtigt durch den Umstand, daß er nie ohne sein Schießgewehr zu sehen ist, ein langes, furchterregendes, einläufiges Gerät, das eine aufdringliche Ähnlichkeit mit Comic-

Heft-Donnerbüchsen besitzt; diese Waffe trägt er unfehlbar entweder geöffnet über der Armbeuge oder – weitaus furchteinflößender – vertikal in »geschulterter« Position. Beide wohnen in einem kleinen *cabanon*, einer Hirtenhütte, etwa fünf Kilometer von meinem Haus entfernt, und sind übrigens verhältnismäßig reich, denn ihnen gehört ziemlich viel Land, darunter die ganze unmittelbare Umgebung meiner eigenen bescheidenen Bleibe. Während der Jagdsaison macht alle Welt einen weiten Bogen um ihr Territorium. Sie sind gefürchtete und geachtete Esser. Ihre Besuche führen unweigerlich zu einem rätselhaften Austausch über das Wetter und über die Preise, ein paar deutschenfeindlichen Scherzen, einer schweigsamen und unzweifelhaft unbarmherzigen Prüfung dessen, was zum Abendessen bereitet wird, und einer oft ebenfalls rätselhaften, leicht bedrohlich wirkenden Präsentation von Geschenken: beispielsweise ein Perlhuhn, das in selbstgebranntem *eau-de-vie* den Tod fand, von Jean-Lucs kräftigen und schmutzigen Händen ertränkt, oder ein selbstgeangelter Fisch, der erstickt und nicht erschlagen wurde. Beim ersten Besuch, den Pierre und Jean-Luc mir unangemeldet abstatteten, um sich vorzustellen, erblickten sie jedenfalls die *bourride*, die ich gerade kochte, und sprachen, ohne mich aus den Augen zu lassen, während ich die Suppe abschmeckte, das gewichtige Urteil »*bon*« aus, welches Kompliment unsere Beziehung von Anfang an positiv einfärbte. Ich entwickelte eine Zuneigung zu den Brüdern, die nachfolgende Ereignisse in nichts zu schmälern vermocht haben.

Von gedachten, theoretischen, hypothetischen, erinnerten und virtuellen Suppen muß ich nun zum wirklichen Gegenstand zurückkehren – wenngleich leider nicht mein Leser, was um so bedauerlicher ist, als dieser es gewiß genossen hätte. Nach einem herrlichen Abend an der Küste von St.-Malo befand ich, der ich den Nach-

mittag vergnügt damit zugebracht hatte, durch die wie-
deraufgebauten Straßen zu bummeln, mich auf der
Suche nach jener erstrebenswerten Speise, die wie so
manches ein ständiger Vorwurf an die Adresse der dar-
niederliegenden kulinarischen Kultur unseres Landes
ist, der *matelote normande*. (Warum gibt es keine entsprechenden Suppen im Vereinigten Königreich? Warum
wetteifern Orte wie Newcastle und Ramsgate nicht darum, sich in der Verfeinerung ihrer lokalen Spezialitäten
zu übertreffen? Warum werden keine erbitterten Debatten darüber geführt, ob Meerfenchel zu Recht in die
Suppe gehört, die Cardiff ihren Namen verdankt?) Angenehm spaziert es sich scheinbar ziellos durch die
Straßen einer Stadt wie St.-Malo, die zu einem Achtel
provinziell verschlafen ist, zu einem Achtel praktisch
und fischereihandwerklich geprägt und zu drei Vierteln
mit Andenkenläden und zahllosen Hotels touristisch aus-
gerichtet. Die engen, dem Autoverkehr abholden Straßen lassen die Stadt wirken, als verberge sie sich vor dem
Meer, als bildeten die Häuser einen kollektiven Schutz-
wall, eine zusammengedrängte menschliche Identität,
die sich durch den Gegensatz zur lebenerhaltenden, tod-
bringenden, fischspendenden, witwenmachenden fremd-
artigen Wasserwüste definiert. Wie in vielen Küstenstäd-
ten sind Architektur und Topographie dergestalt, daß
das Meer plötzlich überraschend am Ende einer steilen
Gasse zu sehen ist oder zwischen zwei Häusern auf-
scheint oder widerwillig dort zur Kenntnis genommen
wurde, wo man auf eine befestigte Seepromenade oder
Esplanade stößt, wenn man um die Ecke biegt (allein
schon die Breite der Anlage ist ein weiterer Versuch, das
Wasser in Schach zu halten), indes der Ozongeruch und
das zeternde Gekreische hungriger Möwen stets von seiner Nähe künden.

Mein Schlendern durch diese Straßen führte mich zu
einem kleinen Restaurant, das, wie frühere Recherchen

mir bereits verraten hatten, in Reiseführern als auf *fruits de mer* spezialisiert erwähnt ist. Die mit sympathischem Ernst dreinblickende *patronne* führte mich zu einem schmeichelhaften Ecktisch und demonstrierte damit – als wäre das nötig! – die immer wieder erfreuliche Haltung ehrfürchtiger Aufmerksamkeit des Franzosen gegenüber dem allein speisenden Gast. Der enge, L-förmige Raum, in dem ich am Ende des kürzeren Teils saß, war mit Fischernetzen, Drucken und Töpfen an den Wänden in erträglich unironisch kitschiger Manier dekoriert. Ohne einen Blick auf die Speisekarte zu werfen, bestellte ich eine *matelote*; der Kellner war beeindruckt.

Das Beobachten der anderen Gäste ist einer der allseits bekannten Reize des Auswärtsessens. An diesem Abend war es ruhig im Restaurant. Am Nebentisch diskutierten Touristen die jeweilige Verkehrsdichte verschiedener Ferienorte, wobei ihre süddeutschen »ch«-Laute glitschig und schlüpfrig klangen; ein französisches Paar mittleren Alters aß in typisch gallischem konzentrierten und ehrfürchtigen Schweigen; eine Witwe aß allein, und ihr Schoßhündchen lag dabei auf ihren Füßen; und dann war noch ein junges britisches Paar da – er ganz und gar nichtssagend und von keinerlei Interesse, sie mit sonnengebleichtem honigbraunem Haar und haselnußbraunen Augen, die den Raum anzuziehen schienen, als wären sie und nicht man selbst der Mittelpunkt des belebten Universums, etwas ägyptisch Anmutendem in der Länge und der Schönheit ihres Halses, in einem eierschalfarbenen Kleid, das wie vom Wind bewegter Weizen schimmerte, wenn sie sich bewegte, an einem ihrer langen Finger einen schlichten, entsetzlich sichtbaren Goldring enthüllend, als sie die Finger gedankenverloren um ein hohes Weinglas schloß (Entre-Deux-Mers hatte er in seiner Einfallslosigkeit bestellt), mit eleganten und ungezierten Gesten, mit denen sie das Brot brach, alles an ihr leuchtend, verklärt und verschwendet. Dieses

Paar war so unklug gewesen, vor seiner nunmehr zweifellos nicht zu bewältigenden *marmite dieppoise* einen ersten Gang zu bestellen. Ich erhaschte den Blick des Kell-
ners und lächelte hinter meinem »Augenschutz« hervor.

Die Entdeckung der Ohrringe meiner Mutter unter
Mary-Theresas Habseligkeiten (der höfliche, hellhaarige
obenerwähnte Gendarm fand sie unter ihrer Matratze;
es war, als hätte Mary-Theresa eine der glücklosen Rollen des Märchens von der Prinzessin auf der Erbse verkörpert) war selbstverständlich ein Schock, und die Szene, die sich daraufhin ereignete, war schrecklich, nicht
zuletzt – wie durchsickerte – wegen der Vehemenz und
Leidenschaftlichkeit, mit der sie hartnäckig ihre Un-
schuld beteuerte. Uns Kindern wurde die Nachricht auf
die Weise mitgeteilt, wie es bei Skandalen der Erwachsenen stets der Fall ist – indem sie sich dem kindlichen
Gemüt durch ein Gefühl des Unausgesprochenen ver-
mittelte, durch kleine Anomalien im Alltagsgewebe,
durch den Eindruck elterlicher Zerstreutheit und Gei-
stesabwesenheit, durch das Wissen, daß hitzige Erörte-
rungen knapp außerhalb der eigenen Hörweite stattfan-
den. Man wußte also seit dem Zeitpunkt am frühen
Nachmittag, als unser Vater zu Hause eingetroffen war –
»Stippvisite an der Heimatfront« nannte er das –, daß ir-
gend etwas in der Luft lag. Etwa gegen sechs Uhr, als mein
Bruder und ich durch alle möglichen Verschiebungen im
Alltagsablauf vorgewarnt waren (kein von der Hand
Mary-Theresas zubereiteter Imbiß, sondern statt dessen
Sandwiches von – wie mir auffiel – ungewohnter und be-
unruhigender Dicke, die meine verstörte Mutter zusam-
menbastelte; keine Mary-Theresa, die die Jungen für den
Mittagsschlaf ins Bett brachte; keine Anwesenheit Mary-
Theresas als Aufpasserin bei unserem nachmittäglichen
Herumgebalge; keine Begeisterung Mary-Theresas über
das, was mein Bruder am Nachmittag fabriziert haben
mochte, willkommenes und auffälliges Fehlen ihres hyste-

rischen Geschreis: »Seht nur, was Barry gerade gemacht hat!«, wenn sie sein letztes Gekleckse oder Geschmiere hochhielt; und schließlich wie gesagt ein Imbiß ohne Mary-Theresa, was uns wie ein leichter Aufschub bei Vorgängen erschien, die sich allmählich zu einem akuten gastrischen Notfall auswuchsen), intervenierte mein Vater mit ernsten und erschütternden Nachrichten.

»Jungs, ich muß euch was sagen.«

Das Wort »Jungs« diente unweigerlich als Einleitung zu Eröffnungen von mehr als gewöhnlicher Tragweite – »Jungs, eure Mutter geht für eine Zeitlang in eine Art Klinik«. In diesem Fall:

»Mary-Theresa war gar nicht brav, und sie mußte uns verlassen.«

»Aber Papa!«

»Fragt bitte nicht weiter, Jungs. Eurer Mutter macht die Sache sehr zu schaffen, und ihr müßt ihr zeigen, daß ihr stark seid und ihr helft.«

Selbstverständlich dauerte es nicht lange, bis man die ganze Geschichte rekonstruiert hatte, nicht zuletzt weil die offizielle Behauptung meiner Eltern, eine Mauer des Schweigens zu errichten, gegen das histrionische Temperament meiner Mutter den kürzeren ziehen mußte. Die nächsten Tage verbrachte sie, wie es in bestimmten Situationen ihre Art war, immer wieder minutenlang vor dem Spiegel, wo sie die wiedergefundenen Ohrringe anstarrte und es nicht lassen konnte, wie im Selbstgespräch das Wort »Betrogen...« zu murmeln. An jenem Abend kochte ausnahmsweise mein Vater; er servierte uns ein erstaunlich gelungenes Sauerampferomelett, das er offenbar auf einer seiner Reisen erlernt hatte, so wie er von einem neapolitanischen Aristokraten im Jonglieren unterwiesen worden war, als beide während eines Dienst-nach-Vorschrift-Streiks der Regierungsbeamten in Port Said am Zoll Schlange standen. Zum Glück hatte ich an diesem Tag den Gaskanister nicht um einen Teil seines Inhalts erleichtert.

Lammbraten

*Ein Mittagessen
zum Thema
Curry*

*

Lammbraten

*D*er Frühling, die beste Zeit des Jahres für Selbst-
morde, ist auch eine dem Koch gewogene Jahreszeit. Allerdings muß ich gestehen, daß ich mich schon oft
gefragt habe, ob T. S. Eliot nicht, so wie Turner den Son-
nenuntergang erfunden hat, möglicherweise für das jah-
reszeitlich bedingte Ansteigen der Rate jener, die mit
ihrem Leben Schluß machen wollen, verantwortlich ist
und ob der April vor dem Erscheinen von *The Waste Land*
nicht ein völlig harmloser Monat war. Wie auch immer,
jedenfalls ist der April, wenn er nicht früher schon der
grausamste Monat war, dies heutigentags zweifellos, und
eine empirische Bestätigung der saisonal bedingten
Selbstmordrate verschaffte uns Mary-Theresas augenscheinlich schuldgepeinigte Verzweiflungstat, als sie sich
eines frischen Ostermorgens unmittelbar nach ihrer
Entlarvung vom Pont-Neuf stürzte. Ihre Leiche war so
sehr mit Steinen beschwert (mit Pflastersteinen, die sie
bei Straßenbauarbeiten auf der Ile de la Cité entwendet
oder ausgeliehen hatte), daß die Polizisten, die uns die
Nachricht überbrachten, zwei kräftige junge Gendarmen, die der Aufstieg zu unserer Wohnung im vierten
Stock nicht aus der Puste gebracht hatte, sichtlich davon
beeindruckt waren, wie es ihr gelungen war, sich bis zu
der berühmten Brücke zu schleppen, mit den Steinen in
einer Einkaufstasche, die sie dann an sich festband, ganz
davon zu schweigen, wie sie es fertiggebracht hatte, sich
mitsamt der Last über das Geländer zu hieven. Derber
Bauernschlag, wie mein Vater, der sich selten in Leuten
täuschte, bemerkt hatte, als er sie einstellte.

Die Faktoren, die den Frühling zu einer schwierigen Zeit für manisch Depressive, ältere Menschen, von ihren Erinnerungen Geplagte und Schwache machen, machen ihn zu einer ausgezeichneten Jahreszeit für jene, die sich in der glücklichen Lage befinden, sich dazu gratulieren zu können, daß sie den Winter überlebt haben. Vielleicht macht ebendieses Element, die wiederbelebte, triumphierende, selbstverliebte, aggressive, primitive Frühlingsgesundheit, die Jahreszeit so paradox kräfteaufzehrend für den eingangs geschilderten Personenkreis, genau wie das Leben in schöner Umgebung und bei schönem Wetter individuelles Elend überbetonen kann, indem es dessen Opfer drastisch vor Augen führt, welchem Standard es sich als nicht gewachsen erweist. Wie eine junge Bekannte von mir ihr Zögern, eine lukrative akademische Stelle in Südkalifornien anzutreten, erklärte: »Zweihundertfünfzig Tage Sonnenschein im Jahr – und wenn man sich dann immer noch unglücklich fühlt?« Anders ausgedrückt, wie der volkstümliche amerikanische Ausspruch sagt: Zeige mir einen guten Verlierer, und ich zeige dir einen Verlierer – und der Frühling ist die Jahreszeit, die dem Verlierer sein Verlierertum, sein Verliererwesen schonungslos vor Augen führt. Die übrigen von uns frohlocken (in den Worten des Alten Testaments), wenn die Sonne erscheint, wie ein Bräutigam aus seiner Kammer tritt, begierig, ihren Lauf zu tun.

Die passende Nahrung für diese Jahreszeit ist kampflustig, aufbrausend, blutig.

Lamm ist natürlich die Fleischsorte, die in der christlichen Überlieferung mit Vorstellungen von Gewalt und Opferung am engsten verbunden ist – und selbst den dickhäutigsten unter uns selbstzufrieden heidnischen modernen Menschen hat das Bild von den Auferstandenen, die *durch das Blut des Lammes* Erlösung finden, einen leisen Widerwillen verursacht (man wüßte gern, wie es um die mythologische Aussagekraft dieses Bildes bestellt wäre, wenn das Lösemittel – sagen wir – Baked Beans wären). Und tatsächlich manifestiert sich die verstörende Wörtlichkeit christlicher Symbolik nirgends deutlicher als in dem Brauch, zu Ostern Lammfleisch zu essen. Also *wirklich*. Ein besonders ausgefallenes Brauchtum, wenn man bedenkt, daß Schafffleisch von alters her in den vom Islam beherrschten Ländern eine große Rolle spielt. Hammelfleisch war ursprünglich ein Grundnahrungsmittel der Nomadenstämme, die ihre Speisen mit Vorliebe im Fett der Schwänze garten und ihre Schäflein am liebsten an der Spitze ihres Schwerts brieten. Man kann sich lebhaft vorstellen, wie Dschingis-Khan dem Blöken seines künftigen Abendessens auf der Wiese hinter seiner Jurte lauscht, wenn er im hohen, sternenbestückten Amphitheater der Steppen Innerasiens steht und zum erstenmal die Last der Jahre zu spüren beginnt... Die Verbindung zwischen Schafffleisch und Islam festigte sich durch die Entwicklung der Küche des Vorderen Orients, die Gerichte kennt wie das unvorstellbar zarte und wohlschmeckende *inmos*, bei dem Hammel mit Joghurt und Kreuzkümmel geschmort wird, wobei wir es fraglos mit einer bewußten Umkehr des jüdischen Verbots, das Zicklein in der Milch seiner Mutter zu bereiten, zu tun haben, bis ins islamisierte und wiederchristianisierte Spanien, wo der unselige Gourmand durch eine ausgeprägte Liebe zu Lammfleisch (mit all seinen religiösen und rassischen Assoziationen) die Aufmerksamkeit der Inquisition auf sich ziehen konnte, und bis ins heutige Großbritannien, wo der altehrwürdigen kulinarisch-religiösen Koppelung neuerdings durch die zunehmende Verbreitung günstig gelegener Kebab-Imbisse mit großen Schaufenstern Rechnung getragen wird, wie sich allein im näheren Umkreis meiner Junggesellenwohnung in Bayswater feststellen läßt.

Das Aufwallen animalischer Regungen in uns, das die

Ankunft des Frühlings begleitet, ist (teilweise) tatsächlich nichts anderes – eine überschwengliche Intifada unserer animalischen Natur, des Tieres in uns, das im Winter abgemagert ist und nun durch die Stäbe seines jahreszeitlichen Käfigs schlüpft. Viele der Bilder von aufsteigenden Säften, vom schneller schlagenden Puls und so fort sind schlicht und einfach wortwörtlich wahr: Ich selbst hatte zu der Jahreszeit, zu der die wiederkehrende Flora meine Nase kitzelte, den Eindruck, ein paar Zentimeter zu wachsen; mein Vater holte dann stets einen beschämend abgetragenen zweiteiligen grauen Strickanzug hervor, einen fossilen Vorfahren des modernen Trainingsanzugs, um, noch recht unsicher im Sattel, seine erste Fahrradfahrt des Jahres zu unternehmen; die Hüte meiner Mutter veränderten wie infolge einer chemischen Reaktion auf mysteriöse Weise ihre Farbe, und mein Bruder behauptete mit seinem gewohnten marktschreierischen Gehabe, von einer Migräne zu Boden gestreckt zu sein (im großen und ganzen von robuster, um nicht zu sagen geradezu unverzeihlich überrobuster Konstitution, erlaubte er sich diesen einen jährlichen Anfall von Unwohlsein). Und dann gab es die befremdliche Euphorie, die Mitthaug überfiel. Er war ein Alkoholiker »auf dem Weg der Besserung«, was ich mir allmählich, wie man es als Kind zu tun pflegt, aus Schweigen, Ausrufen, Absenzen und dem undeutlichen Eindruck von etwas nicht ganz Geheurem, den Kinder so schnell empfinden und der einer der Gründe ist, warum sie uns Erwachsenen so wenig geheuer sind, zusammenreimte. Seine normalerweise überschäumende Laune erreichte gegen Mitte Dezember einen unübersehbaren saisonbedingten Tiefstand. Vielleicht war für ihn der erste Schnee ein allzu greifbarer Beweis des drohenden ernsthaften Winterbeginns: die klaustrophobisch-melancholische Ausstrahlung des endenden Jahres. (Der skandinavische Winter, das beinahe physische Gefühl von Enge, das er der Psyche auferlegt, muß ursächlich an der typisch skandinavischen Gepflogenheit des depressiven, trübsinnigen, winterlichen Trinkens beteiligt sein.) Mit dem Nahen des Frühlings jedoch wurde Mitthaug ganz erstaunlich munter und erhielt seine gewohnte, ans Krankhafte grenzende Gutgelauntheit zurück. Seine schwierige Abstinenz mit ihrer paradoxen Fröhlichkeit war eine Art Umkehrung dessen, wie er sich wahrscheinlich als Betrunkener aufgeführt hätte; da für einen ernstzunehmenden Berufstrinker die Berauschtheit das Normale und die Unberauschtheit das Ungewohnte ist, war seine Nüchternheit im wahrsten Sinn des Wortes nichts anderes als »nicht bei Sinnen« zu sein.

Es nimmt kaum wunder, daß der Frühling, sichtbare Metapher für die Prozesse von Wiedergeburt, Wachstum, Geburt und Auferstehung, auch mit anderen Arten des Entstehens und Erblühens in Zusammenhang gebracht wird, was besonders, nein doppelt für den Künstler gilt, dem die Vorgänge des Entfaltens und Entstehens so vertraut sind, das Gefühl tastender Erkenntnis, das zu ekstatischem Begreifen, dem die völlige Gewißheit noch fehlt, mit der unerwarteten Plötzlichkeit anschwillt, mit der raffinierte Paketchen, wenn man sie ins Wasser wirft, so verblüffend und geheimnisvoll zu richtig aufgeblasenen, ausgestatteten und verproviantierten Schlauchbooten werden.

Es war zu dieser Jahreszeit, am Tag nach einer knoblauchwürzigen, von weißen Bohnen begleiteten klassischen Lammkeule, mit meinen eigenen zarten Händen in dem Landhaus in Norfolk zubereitet, wo ich noch heute meinen Hauptwohnsitz habe, daß das künstlerische Projekt, welches zu meiner Lebensaufgabe werden sollte, sich in ersten undeutlichen Andeutungen in meinem Geist zu regen begann, wobei es ein Licht verbreitete, das schwach und trügerisch war, nur mit den allerfeinsten und empfindlichsten Instrumenten zu erfassen, nur mit den dunkelheitgestähltesten Augen wahrnehmbar, so wie das Licht, das nicht von Laternen, Fackeln oder Kerzen in eine Höhle fällt, sondern vom unwirklichen Leuchten sich zersetzenden Mooses stammt.

»Ich ging nach dem Lunch im Garten spazieren«, erinnerte ich mich kürzlich in einem Gespräch, während wir beide, ohne es auszusprechen, die exquisite Seelengleichheit genossen, mit der wir träge zwischen den eiförmigen Beeten in besagtem Garten unsere Kurven beschrieben. »Die Ringellöckchen der Weiden wurden grün. Ein leichter Wind ging. Und mit einemmal fiel mir auf, daß Gärten ein Symbol der Kunst sind, die nicht wie Kunst wirken soll.«

»Ich weiß nicht, ob ich Ihnen da folgen kann«, sagte meine bezaubernde Gesprächspartnerin mit gespielter Naivität und schelmischer Kleinmädchenhaftigkeit und bewies damit ihre Fähigkeit, einen zu provozieren und zum Weiterspinnen der Gedanken zu stimulieren, eine Fähigkeit, die bei jedem Famulus oder Boswell so unverzichtbar ist – nicht daß sie auch nur im geringsten (körperlich am allerwenigsten) dem behäbigen, opportunistischen kaledonischen Tagebuchschreiber ähnelte. Während sie sprach, beugte sie sich vor und sah seitwärts durch einen dünnen Vorhang windbewegten hellen Haars, das die erotisierende Macht ihres Blicks ganz genauso verstärkte, wie die Bewegung eines dünnen Sommerkleids die Wohlgestalt und den sinnlichen Zauber des weiblichen Beins betont, das es geschmeidig halb enthüllt und halb verbirgt. Ihre Augen waren haselnußbraun (jedermanns Augen sind haselnußbraun), allerdings mit grünen Streifen gesprenkelt.

»Ich habe angefangen, mich mit dem Zusammenhang zwischen der Gartenkunst und allgemeineren ästhetischen Mustern zu beschäftigen«, sagte ich in meiner augenzwinkernd altväterlichen Art, die zugleich von einer Spur sexueller Eroberungslust gefärbt ist. »Die

Grundidee eines Gartens ist der Wunsch, ein Abbild der Natur vermittels des denkbar höchsten künstlerischen Niveaus zu schaffen und sich gleichzeitig des Vorhandenseins dieser Kunst nur partiell bewußt zu sein. Der Felsgarten im Zen-Tempel von Kioto beispielsweise erzielt seine Wirkung durch die Intensität des Abwesenden – er ist er selbst durch das, was er nicht ist. Es geht hier nicht so sehr um ›weniger ist mehr‹ – verzeihen Sie die Ironie –, als darum, daß weniger mehr *ist*, um die Maximierung des Weglassens.«

Das Weiß der Blumen, die Reinheit der Geliebten, der nahende Frühling.

»Ich weiß nicht so recht, was das mit irgendwas zu tun haben soll«, sagte meine muntere Empirikerin. Beide waren wir stehengeblieben; ich setzte sie in Bewegung, indem ich meinen Arm bis auf einen Zentimeter Entfernung an ihren Ellbogen führte und meine Augenbrauen in Richtung des Geranienbeets verzog.

»Tja, aber was hat schon mit irgendwas anderem zu tun?« fragte ich in meinem allerbesten nichtbritischen Hochstaplerton. »An ebenjenem glühendheißen Nachmittag habe ich erstmals ernsthaft über die Ästhetik der Abwesenheit, des Fehlens nachzudenken begonnen. Die Moderne hat dem verantwortlich empfindenden Künstler die Erfahrung verschafft, daß bestimmte künstlerische Entscheidungen nicht länger möglich sind. Zu schreiben wie X, zu malen wie Y, zu komponieren wie Z – all das war ein Zeichen mangelnder Ernsthaftigkeit geworden, ein Zeichen, daß man nicht gewillt war, die künstlerische Gegenwart ernstlich in Besitz zu nehmen.

Von dort gelangt man unmittelbar zu der Erkenntnis, daß die Ernsthaftigkeit eines Künstlers, das Maß seiner Begabung, der Umfang dessen, was er erreicht hat – der Dreisatz, der einem erlaubt, die Höhe des eigenen Bergmassivs abzuschätzen –, das ist, was ihm selbst als unmöglich, unerreichbar, unzugänglich, unerlaubt, nicht zu bewerkstelligen, verboten, untersagt erscheint. Ein Künstler sollte aufgrund dessen beurteilt werden, was er nicht leistet: ein Maler anhand seiner aufgegebenen, unvollendeten Leinwände, ein Komponist anhand des Ausmaßes und der Intensität seines Schweigens, ein Schriftsteller anhand seiner Weigerung, etwas zu veröffentlichen oder auch nur niederzuschreiben. Man wird schnell begreifen, daß *der wichtigste Teil des Werks eines jeden Künstlers die Arbeiten sind, von denen er weiß, daß sie auszuführen keinen Sinn mehr hat.* Für jene Künstler, die blindlings den vulgären Weg der Gewöhnlichkeit, Durchschnittlichkeit und Veröffentlichung entlanghasten, kann man nur die elitäre, mitleidige Halbverachtung empfinden, wie sie einen berühmten Koch überkommt, der verkleidet einer Revolution entflieht, inkognito reist und in einem Dorfgasthof miterleben muß, wie die Wirtin durch zu lange Kochzeiten und unausgegorene Methoden das Essen ruiniert – verkohltes Rindfleisch, wäßrig-klumpige Suppe, schlaffes Gemüse, hygienische Zustände, die jeder Beschreibung spotten; aber er darf sein Wissen nicht durchscheinen lassen, da dies seine Identität verraten und ihn aufs Schafott führen könnte, so wie der Marquis von Chamfort es seiner Dummheit verdankte, daß er auf der Flucht vor der Französischen Revolution ergriffen und guillotiniert wurde, weil er die Meinung, für ein Omelett sei ein Dutzend Eier erforderlich, nicht für sich behalten konnte. So sind die Werke, die ein Künstler im *profundesten* Sinn des Wortes geschaffen hat, die Werke, die er am gründlichsten durchdacht und erfaßt hat, diejenigen, an denen er sich nicht versucht. Der Künstler lebt mit einer Idee, er bewohnt sie, er sondiert sie, er erprobt sie, bis er begreift, warum sie undurchführbar ist – und dann hat er sie zweifelsohne umfassender verstanden, dann hat er sie im wahrsten Sinne umfassender *geschaffen* als sein geistig weniger bemittelter Doppelgänger, der in seiner Gedankenlosigkeit den verhängnisvollen, naiven und daher rührenden, aber dennoch idiotischen Irrtum begeht, seine Gedanken tatsächlich dem Papier, der Leinwand oder dem Pianoforte aufzudrängen.«

»Aha«, sagte meine entzückende Inquisitorin im Versuch, eine Gleichgültigkeit oder ein Desinteresse vorzuspiegeln, die dem geschulten Auge nur um so erkennbarer ihre wachsende Faszination verraten mußten, »aber wie soll man das wissen? Ich meine, wie soll irgend jemand wissen, welche Bücher Sie nicht schreiben und welche Skulpturen Sie nicht machen? Wo ist der Unterschied dazu, daß man bloß auf den eigenen vier Buchstaben sitzt?«

Diese Frage deutete ich als unwiderlegbaren Beweis, daß unsere Gedanken auf identischen Gleisen verliefen.

»Die geheimen Fürsten des Geistes«, sagte ich leise, »die sich unerkannt unter uns bewegen. Aber wer weiß, wer sie sind, wohin sie gehen, woher sie kommen? Ihre Erkenntnis ist aufrüttelnd und scharfsichtig. Das Genie ist der Hochstapelei nicht fern; die Korrelation zwischen dem Besonderen und dem Betrug ist ›beunruhigend‹ groß. Aber vielleicht ist es von Vorteil, den Unterschied zwischen beiden zu verwischen, wie es von Vorteil ist, den zwischen Kunst und Leben zu verwischen.«

Am Ende des Gartens befindet sich eine erfrischend kühle Marmorbank, von der man auf einen Teich blickt, der eine Spur zu klein ist, um von Wasservögeln bewohnt zu werden, aber größer als der goldfischverseuchte, liliengesäumte Tümpel des typischen Landhausgartens. Riedgras erzeugt einen Eindruck unberührter Natur. Schilfrohr und Binsen neigten sich in pharaonischem Gruß, als wir auf dem kühlen Stein Platz nahmen.

»Nehmen wir einen Fall, der kürzlich in der Zeitung stand. Ein Ehepaar, das sich auf die einem Oxymoron nahekommende Disziplin der ›Performancekunst‹ spezialisiert hatte, war an eine neue ›Arbeit‹ herangegangen, bei der die beiden von den entgegengesetzten Enden der Großen Mauer aus einander entgegenwandern wollten, bis sie in der Mitte aufeinandertrafen. Diese ›Arbeit‹ sollte sich mit Vorstellungen von Trennung, Schwierigkeiten, Distanz, mit der Existenz fester Unterscheidungen zwischen Kunstwerk und Lebensentwurf, mit dem Bankrott althergebrachter Ausdrucksformen ›auseinandersetzen‹. Kleine (oder möglicherweise große) Abenteuer, die sich unterwegs ereigneten – Verpflegungsnöte, Mißgeschicke im Pfadfinden bei abwesenden Mauerabschnitten, vergnügliche Mißverständnisse und Verständigungsschwierigkeiten seitens der Chinesen und der Künstler –, waren als Teil der ›Arbeit‹ eingeplant.

So war es beabsichtigt. Das Ergebnis aber sah so aus, daß die ganze Veranstaltung als Fiasko endete. Die männliche Hälfte des Paars, ein Holländer, scheint einem *coup de foudre* erlegen zu sein; er verliebte sich in einem Dorf, durch das er kam, in eine junge Chinesin. Ihre Augen, die sich über der gemeinschaftlich benutzten Reisschale begegnen, Sie wissen schon. Auf der Stelle wußte er, daß diese Frau sein Schicksal war, und er sagte sich von seiner ›anderen Hälfte‹ und von der ›Performance‹ los und ließ sich im Dorf nieder, wo er auf die behördliche Erlaubnis wartete, das Mädchen zu heiraten. Seine unglückselige einstige Geliebte gab das Projekt ebenfalls auf und flog in ihr heimatliches Heidelberg zurück, wo sie sich der wichtigen Aufgabe widmete, diffamierende Interviews über ihren gewesenen Partner zu geben.

Dieses Ereignis, diese ›Katastrophe‹, scheint mir jedoch als Kunstwerk nicht minder bewegend und packend zu sein als alles andere, was in der zweiten Hälfte unseres Jahrhunderts geschaffen wurde – denn wer wollte es wagen zu bestimmen, ob die Arbeit beendet ist? Die augenscheinliche Desertion, der *coup de foudre*, die

Zerstörung des ursprünglichen Projekts, all das ist zweifellos Teil eines übergeordneten Projekts, eines Kunstwerks, das, indem es Themen wie Unbeständigkeit, Zufall, Verliebtheit, die Magie des Ostens und so weiter
behandelt, zugleich die Grenzen zwischen Kunst und
Leben *tatsächlich* aufhebt und die begrenzende und be-
griffliche Struktur der überkommenen ästhetischen Vorstellungen *radikal* in Frage stellt. Die ursprüngliche Idee
hinter dem Projekt, die Große Mauer zu begehen, ent-
sprang einem banalen Heroismus, einer veralteten rhe-
torischen Spinnerei. Das umgewidmete Werk hingegen
besitzt echte transzendierende Kraft, Pathos, Überraschung, Reichweite, Chiaroscuro und enthält eine ausgesprochen moderne Bestätigung der absoluten Macht
des Zufälligen.

Das aber bringt uns zu der Frage zurück, die Sie eben
so zwingend und nachdrücklich in den Raum stellten:
Wie soll das irgend jemand wissen? Auch wenn der
schweigende Autor, der nichtmalende Maler, der stum-
me Komponist aufgrund der Tatsache, daß er nicht zur
Aktualität herabgewürdigt ist, wahrer Größe teilhaftig
ist, müssen wir uns eingestehen, daß sein Lebenswerk
Gefahr läuft, unerkannt und ungewürdigt zu bleiben,
weil er es niemandem enthüllt. Was also tun? Wie Sie
wissen, wurde der Geniebegriff von Giorgio Vasari in
die Welt gesetzt, einem geschwätzigen, intelligenten
Mann mit erstaunlich und überwältigend sicherem Ur-
teilsvermögen; als exemplarisches Beispiel des Genies
betrachtete er Michelangelo, was man ihm kaum zum
Vorwurf machen kann. Doch unter all den Anekdoten
über das Spannungsverhältnis zwischen dem Genie und
seiner Umgebung (dem widerspenstigen Material, der
eigenen widerborstigen Natur, den stupiden Mäzenen)
gibt es einen Moment von überzeugender Aussagekraft.
Piero de' Medici, der Sohn des berühmteren Lorenzo,
lädt den Künstler nach einem besonders ausgiebigen

Schneefall in Florenz – einer Stadt, deren Klima wandelbarer ist, als man gemeinhin vermuten könnte – in seinen Palast, damit er einen Schneemann baut. Wir erfahren lediglich, daß das Ergebnis ›von großer Schönheit‹ war, doch wer wollte seine überwältigende und transzendente Vollkommenheit in Frage stellen, seinen Status als das, was ein anderer Schriftsteller den ›herrlichsten Schneemann aller Zeiten‹ nannte? Vielleicht ist dieses unbeständigste, flüchtigste und vergänglichste aller Werke Buonarrotis das, welches unsere eigene Vergänglichkeit und Erdgebundenheit am nachhaltigsten anspricht, unser eigenes Gefangensein im vorbeigehenden Augenblick – kurzum, vielleicht darf man diesen Schneemann zu Recht (wenn auch nicht ohne zu provozieren) für *Michelangelos größtes Kunstwerk* halten.

Und wie haben wir Kenntnis von diesem Meisterwerk? Antwort: Ohne Vasaris Zeugnis wüßten wir nichts von diesem *chef d'œuvre*. Hier figuriert der Biograph, der Anekdotenüberlieferer als Mitarbeiter, als grundlegende (als *die* grundlegende) Komponente im Überliefern des Kunstwerks an die Adresse der Nachwelt, des Publikums. Und hier haben wir die Antwort auf Ihre Frage, die Frage, wie man das wissen soll. Wir wissen es, weil man uns davon berichtet, weil es einen Zeugen gibt – ›und ich bin allein entronnen, daß ich dir's ansagte‹ –, weil so das Vorhaben des Künstlers, sein Wunsch, das eigene Schweigen nicht zu brechen, nicht gefährdet und gleichzeitig erkennbar gemacht wird. Anders gesagt gibt es das Kunstwerk, weil es den Zeugen gibt, und die Qualität des Zeugen bestimmt die Qualität der höchsten aller Kunstformen, des Kunstwerks, welches als vollkommenes, als ideales, als makelloses existiert – des Kunstwerks, das nur im Geist des Künstlers und dem seines Mitarbeiters, des Zeugen, existiert. Als mir dieser Umstand zu Bewußtsein kam, erkannte ich, daß meine eigenen künstlerischen Arbeiten, die, deren Gestalt mir erstmals in diesem Garten bewußt geworden war – die Arbeiten, die allein aus der Absicht bestehen –, einen Mitarbeiter benötigen, einen Apostel, einen Zeugen. Nach diesem Partner, diesem Gefährten, diesem Evangelisten habe ich seither gesucht, und mir will scheinen, daß wir beide – wenn wir für den Augenblick von jeglichen Spielchen und vorgeblicher Indifferenz absehen – zu ahnen beginnen, daß ich ihn nun vielleicht endlich gefunden habe.«

Es war ein außerordentlich feierlicher Augenblick. Bedeutsame Momente in unserem Leben begleitet oft ein Gefühl der verhaltenen Emotion, der Druck *erwarteter* Emotionen – jenes Gefühl, das wir im Verlauf unserer Sozialisation als richtig und geziemend eingeimpft bekommen haben. Die Falschheit dieser Emotionen (Triumph und Katastrophe – Zwillingshochstapler im wahrsten Sinn des Wortes –, Liebe, Kummer oder – um zu einem speziellen Beispiel zu greifen – Dankbarkeit; ich bezweifle, daß je explizit genug berücksichtigt wurde, daß es keine Dankbarkeit gibt; der Begriff wurde geprägt, um eine Empfindung zu beschreiben, deren Existenz wir verlangen sollen, um der Ethik Genüge zu leisten, um eine Art moralische Algebra zu exerzieren, um Gleichungen aufgehen zu lassen, so wie Astronomen die Existenz unsichtbarer Sternenmaterie – die heute etwas allzuoft erwähnten »schwarzen Löcher« – mittels ihres Interagierens mit anderer, sichtbarer Materie unterstellen; in diesem Fall jedoch ist das schwarze Loch eine wirkliche Absenz und nicht eine Art Präsenz, die sich hinter der Absenz verbirgt, da sich dort, wo die »Dankbarkeit« für gewöhnlich vermutet wird, in Wahrheit ein Gemisch aus Pflichtgefühl, Schuldgefühlen und vor allem Ressentiment befindet; keine Handlung in der ganzen Weltgeschichte wurde jemals aus Dankbarkeit begangen) – wie ich also sagen wollte, manifestiert sich die Falschheit dieser Emotionen in unserem Bewußtsein als Eindruck einer inneren Leere, als Wissen darum, daß wir etwas nicht empfinden. Und gleichzeitig sind wir uns dessen bewußt, daß etwas vorhanden sein sollte – wir sind uns der Art der Emotion bewußt, des strukturellen Raums, den sie einnehmen sollte, aber nicht ihres Gehalts, nicht des Gefühls selbst. Diese Diskrepanz oder Kluft äußert sich als Erwartungsdruck, und deshalb begleitet die großen Augenblicke unseres Lebens ein gewisser Eindruck dumpfer Antiklimax. Diesmal jedoch war die Vereinigung zweier Geister perfekt: Die Emotion war so überwältigend, daß meine Begleiterin ihre Auswirkungen auf eine Weise äußerte, die zu den lebhaftesten und bewegendsten menschlichen Ausdrucksformen überhaupt gehört: in unbändigem Gegacker.

Und als sie diesen Anfall hatte, dessen eruptiver Charakter bezeugte, wie sehr sie dem Bann des Augenblicks unterlag, sprach sie die Worte, die sie unwiderruflich an unser nunmehr gemeinsames Vorhaben binden sollten. In früheren, freundlicheren und zuversichtlicheren Zeiten hätte man vielleicht gesagt, daß der heilige Eid dem Gehege ihrer Zähne entwich, wie eine Priesterin die Stufen eines Tempels hinabschreitet; ich will mich damit begnügen zu sagen, daß sie ein Versprechen ablegte. Das letzte Kichern, das ihren Körper schüttelte wie die letzten Nachbeben einer Erdbewegung, schwebte noch auf ihren Lippen und verlieh ihrem Ton etwas Schwebendes, das an die Leichtigkeit eines tanzenden Derwischs erinnerte, eine buddhistische Fröhlichkeit und Leichtherzigkeit neben der denkbar größten Ernsthaftigkeit und Feierlichkeit, eine *sprezzatura*, als sie die Worte sprach: »Allmächtiger!«

Nicht alle Rezepte für Lammfleisch sind notgedrungen blutig. (Was auch gut so ist, wenn man bedenkt, daß manche heiklen Menschen kein Fleisch essen, an dem Blutspuren zu sehen sind. Meine Nachbarin in St.-Eustache, die mit einer Regelmäßigkeit vorbeikam, um meinen Swimmingpool zu benutzen, welche einen beneidenswerten Mangel an Hemmungen verriet, bevor sie ein so tragisches Ende fand, verlangte ihr Fleisch immer »gut durch«, so gut durch, daß es keinen Saft mehr besaß. Oder wie ich einen Franzosen zu einem anderen sagen hörte, der etwas *bien cuit* bestellt hatte: »Warum soll man es überhaupt essen, wenn man es so ißt?«) Das Irish Stew der armen Mary-Theresa war ganz gewiß alles andere als blutig, und viele Gerichte, die langsames Kochen oder Schmoren des vielseitigen Tieres erfordern, fallen unter die gleiche Kategorie. Northumbrische Ente beispielsweise, das nordenglische Rezept für entbeinte und gefüllte Lammschulter, die den namengebenden Wasservogel darstellen soll: ein Gericht, das innerhalb des allgemeinen Bezugsrahmens unserer unanfechtbar schwerfälligen nationalen Küche eine grelle, exzentrische, phantasievolle Art schlechter Küche verkörpert, vergleichbar einer ansonsten untadelig gekleideten Figur des Establishments (einem Bischof beispielsweise), die für einen Augenblick die Hosenbeine hochzieht und den atemberaubenden Anblick limonengrüner Socken bietet; andere vergleichbare Gerichte sind *djuredi*, einer der wenigen bleibenden Glanzpunkte dessen, was einst die jugoslawische Küche war, das herzhafte walisische *cwl*, das duftgesättigte griechische *arní ladorigani*, das mit Oregano gewürzt ist, jenem mißverstandenen Küchenkraut, das für die Herstellung einer gelungenen Pizza so unverzichtbar ist, das bulgarische *kapama* in seinen zwei Spielarten, deren eine sich im Frühjahr anbietet (mit Zwiebeln und Knoblauch) und die andere im Herbst (mit Pilzen), und das nicht sonderlich erlesene rumänische Gericht namens *tokana*. Es fällt ins Auge, wie viele dieser Gerichte aus Ländern stammen, deren Küchen der Ruch anhängt, ein ganz kleines bißchen primitiv zu sein. Und vergessen wir nicht die klassische islamische Fleischzubereitungsweise, die sich im Vereinigten Königreich durch die obenerwähnten

Kebab-Läden und die erfreulich brüskierenden Schaufensterauslagen moslemischer Metzger ebenso ausdrückt wie durch Gerichte wie *inmos* und *tajine* sowie in jenen Meisterleistungen der persischen Küche, die sich durch die faszinierend intelligente Verwendung von Aprikosen auszeichnen.

Entbeinte und mit Aprikosen gefüllte Lammschulter ist in der Tat eines jener revolutionären Gerichte, die der Kopernikanischen oder der Einsteinschen Revolution ebenbürtig sind oder den mathematischen Entdeckungen, die zu der Frage führen, ob der Betreffende die Existenz eines bereits existierenden Gegenstands in irgendeiner idealen oder potentiellen Entität entdeckt hat, oder ob er das Ganze schlicht und einfach erfunden hat, wie man einen neuen Typ von Korkenzieher oder Bratpfanne erfinden kann (Penrose' Parkettierungstheorie, Mandelbrots Fraktale). Damit will ich ausdrücken, daß besagtes Rezept Lamm und Aprikosen als eine jener Kombinationen zeigt, deren Beziehung nicht lediglich komplementärer Natur ist, sondern von einer höheren Schicksalhaftigkeit zu künden scheint – von einem Geschmack, den nur Gott erfunden haben kann. Solche Kombinationen besitzen alle Eigenschaften einer logischen Entdeckung: Eier mit Speck, Reis mit Sojasauce, Sauternes mit Gänseleber, weiße Trüffeln mit *pasta*, Beefsteak mit Pommes frites, Erdbeeren mit Sahne, Lamm mit Knoblauch, Armagnac mit Pflaumen, Portwein mit Stilton, Fischsuppe mit *rouille*, Huhn mit Pilzen; für den leidenschaftlichen Erforscher der Sinne wird das erste Erleben jeder dieser Kombinationen Auswirkungen haben, die sich denen der Entdeckung eines neuen Planeten durch einen Astronomen vergleichen lassen. Die nächstliegende Analogie ist vielleicht die zu den Künsten: Im Verlauf einer lebenslänglichen Beziehung zu einer von ihnen durchlebt man Phasen des Angeödetseins, von *ennui, anomie, déjà vu*, von »alles schon dagewesen«; doch dann, gerade wenn Ermüdung und Ermattung sich breitmachen wollen, wenn man Gewißheit erlangt zu haben glaubt, daß kein Genuß unter der Sonne einem mehr fremd ist, trifft man auf eine neue Stimme, eine neue Technik oder Manier, die sich so belebend auswirkt wie die Entdeckung eines schon verloren geglaubten Vorratslagers von Forschungsreisenden in der Arktis, das es dem furchtlosen Polarforscher erspart, sich schicksalsergeben von den eigenen Schlittenhunden zu ernähren. So ist die Entdeckung eines neuen Künstlers auch die Entdeckung neuer Ressourcen: siehe die eigene erste Begegnung mit Mallarmé oder dem späten Beethoven. (Dumme Menschen haben bisweilen sogar geglaubt, etwas Ähnliches im Werk meines Bruders zu finden.)

Die Komplementarität ist ein unergründliches Geheimnis – im Hinblick auf den Geschmack wie im Hinblick auf Menschen. Sobald man einem Geist begegnet, der auf den gleichen Frequenzen liegt wie der eigene, tritt ein starkes Moment der Einheit innerhalb der Vielfalt in Kraft (wobei wir nicht vergessen wollen, daß Töne in einer bestimmten Höhe eine veritable Naturgewalt sind – man denke nur an den Orgelton, der die Kathedrale zum Einsturz bringt, oder an die destruktive Kraft jener Windstärke, die Hängebrücken in Schwingung versetzt, bis sie zusammenbrechen). Das entgegengesetzte Prinzip der Abneigung, der Disharmonie, ist natürlich nicht weniger wirkkräftig (vielleicht mehr?). Nachdem ich Hercule, den Hamster, der in Bartholomews Obhut gegeben worden war, vergiftet hatte, trug ich die halbleere Packung Rattengift eine Zeitlang in meinem ledernen Schulranzen herum und nahm sie ab und zu heraus, um sie zu betrachten, wie man das Photo eines besonders teuren Cousins studiert. Der Mann, bei dem ich das Gift mit meinem beharrlich zusammengesparten Taschengeld kaufte (ich rechnete mir aus, wie viele Süßigkeiten ich gern gehabt hätte, und halbierte die Menge, die ich mir erlaubte), sah selbst wie ein Exponat in einer besonders abgelegenen und kaum frequentierten Tierhandlung aus; mit seinen schütteren Augenbrauen und rotgesäumten Nasenlöchern wirkte er fast wie ein Hamster mit ersten Vergiftungssymptomen oder wie eine Schildkröte, die noch nicht ganz aus ihrem Winterschlaf aufgewacht ist. Als er die blaue Schachtel mit dem krümeligen, harmlos aussehenden weißen Pulver zutage förderte, war sein Benehmen so leichenbestatterisch (ich erinnere mich an einen steifgestärkten Manschettenzipfel und an einen nachlässig gewaschenen weißen Kittel), daß ein Kobold der Unbekümmertheit mich in dem Augenblick, als das Päckchen und meine sorgsam ersparten Francs den Besitzer wechselten, dazu verleitete zu flüstern: »*Pour empoisonner le hamster de mon frère.*« Er lächelte; und ob dieses Lächeln nur senile Belustigung über die vermeintlichen extravaganten Hirngespinste eines kleinen Jungen oder tatsächliches Verständnis und Komplizentum verriet, kann ich bis heute nicht mit Gewißheit sagen. Als ich das Pulver in Hercules Vogelfutter krümelte, ahnte ich glücklicherweise nicht, daß der Tag kommen würde, an dem meine Mitmenschen solches Haustierfutter als geeignete Nahrung für den menschlichen Gebrauch betrachten würden – wenngleich ich zugeben muß, daß es ein recht brauchbares persisches Rezept für einen Sonnenblumenkernkuchen gibt.

Das Lammfleischgericht, dessen Rezept ich im folgenden nennen werde, ist die klassischste und ehrlichste und auch die herausragendste französische Zubereitungsweise von *gigot d'agneau*: das bretonische Rezept für Lamm, das auf Salzwiesen geweidet hat, für *agneau pré-salé*. (Als ich diesen Begriff zum erstenmal hörte, dachte ich, *pré-salé* bedeute »vorgesalzen« und beziehe sich darauf, daß das betreffende Lamm durch das Weiden auf salzigen

Wiesen, insbesondere jenen um Mont-St.-Michel in der Normandie, eine Art inneres Salzen durchgemacht habe, sozusagen ein Vorwürzen von Mutter Naturs wohltätiger Hand. Diese Vorstellung ist etwas weniger lächerlich, als man meinen könnte, wenn man bedenkt, wie hartnäckig sich gerade in meiner geliebten Provence der Aberglaube hält, den einheimischen Lämmern seien die wildwachsenden, sonnengedörrten Kräuter der *garrigue*, die sie jeden Tag rupfen, anzuschmecken. Den Ausdruck »vorgesalzen« hielt ich für ein typisches Beispiel des unsentimentalen Pragmatismus, mit dem in Frankreich alles Gastronomische angegangen wird – so als würden Kinder aus dem Autofenster sehen und rufen: »Sieh nur, *maman*, vorgesalzenes Lamm!« Die trügerische Ähnlichkeit von *pre* und *pré* ist ein klassisches Beispiel des falschen Freundes oder *faux ami*, der im Englischen und Französischen allenthalben sein Unwesen treibt. Die grammatische Übereinstimmung zwischen beiden Sprachen fördert oder vervielfacht jene Momente, wo Sätze einander entsprechen oder zueinander passen wie Zahnräder oder Reißverschlußhälften, während sich gleichzeitig die Wörter, die nicht bedeuten, was sie zu bedeuten scheinen, wie von selbst vermehren. In der Tat ist dies in so großem Maß der Fall, daß man die beiden Sprachen als solche mit *le faux ami* vergleichen könnte. Eine interessante Idee. Das Bild des falschen Freundes ist selbstverständlich von allgemeinerer Anwendbarkeit und Nützlichkeit als nur auf grammatischer Ebene – nicht zuletzt im familiären Bereich.)

Heizen Sie den Backofen vor, bestreichen Sie die Lammkeule – sechs Pfund oder drei Kilo für acht Esser – mit Butter und Öl, braten Sie sie so lange, wie es dauert. Benutzen Sie ein Fleischthermometer, wenn Sie sich nicht sicher sind. Man kann auch mit einem kleinen Messer Einschnitte in die Keule machen und Knoblauch und Kräuter hineinstopfen. Die klassische bretonische

Beilage zu diesem Essen sind Flageolet-Bohnen, kleine grüne Bohnenkerne.

Der aufmerksame Leser wird festgestellt haben, daß ich kein Menu zu diesem Gericht angegeben habe. Tun wir es also.

Omelett
Lammbraten mit Bohnenkernen
Pfirsiche in Rotwein

Die Sitte, dem Fleischgang ein Omelett vorauszuschicken, ist natürlich die, der im Restaurant La Mère Poulard gehuldigt wird, der Touristenfalle auf Mont-St.-Michel, wohin, wie ich gestehen muß, meine Schritte mich bisweilen führen, wenn ich die Nordküste Frankreichs aufsuche. (Nicht bei dieser Gelegenheit.) Um die am ausgiebigsten besuchten Naturschönheiten und »interessanten« Orte der Welt ist ein Fluidum, das den erstaunlichsten Panoramen eine gewisse Banalität verleiht. Die Tempelfriese von Mahabalipuram, die Wolkenkratzer von New York haben die Ausstrahlung dessen, was schon im voraus durch Fernsehen und Reiseführer vertraut gemacht wurde. Mont-St.-Michel gehört selbstredend zur gleichen Kategorie, und die Schlangen von Touristen, die seine engen Gassen entlangströmen, sind nicht gerade dazu angetan, diesem außergewöhnlichen Ort seine Aura des Außergewöhnlichen zurückzugeben – eine Aura, die wir wie so manche natürliche oder künstlerische Schönheit der obenerwähnten Art des Vertraut-Berühmten nur in den wenigen Sekunden der ersten Begegnung zu empfinden vermögen, bevor der Filter der Routine sich wie eine laut klirrende Jalousie herabsenkt und einem ist, als wende man lustlos die Seiten eines Zeitschriftenartikels, und nicht, als stehe man begeistert vor einem Weltwunder. Bei meinem ersten Besuch Mont-St.-Michels auf einem Ausflug von Paris aus parkte meine Mutter den Wagen am Ende der so häufig überfluteten *chaussée* und ließ mich den in gewisser Weise ausgesprochen keltischen Anblick des Felsens schweigend aufnehmen. Furchtsam über nebelverhangene Zinnen spähende Maiden, Hunde, die satt und zufrieden unter der kerbenübersäten Festtafel schlummern. Obwohl es ganz allgemein leichter ist zu geben als zu nehmen (und das Talent, Geschenke anzunehmen, ist weitaus seltener als das, sie zu machen – der Umstand des Annehmens bringt einen in die Lage dessen, der Zugeständnisse macht, während der Gebende über alle psychischen Embleme von Macht, Gönnerschaft und Herrschaft verfügt), gilt dies nicht für zeitliche Erlebnisse. Die Fähigkeit, einem anderen einen Moment der Stille, einen Anblick oder einen Wachtraum zu schenken, erfordert einen ungewöhnlich hohen Grad an Taktgefühl, und es dürfte nicht schwierig sein, sich das Gefühl von Entweihung und Ruhestörung vorzustellen, das sich in diesen vollkommenen Augenblick stummer Einkehr einschlich, als mein Bruder die wortlose Ekstase mit einem widerhallenden Rülpsen und der mürrischen Frage nach dem Zeitpunkt des Mittagessens unterbrach, gefolgt von der boshaften Erkundigung, wie oft Leute auf dem Damm von der Flut überrascht würden und ertränken.

Das Mittagessen an jenem Tag bei La Mère Poulard war meine erste Mahlzeit in einem Restaurant mit Michelin-Stern. Die Dramatik des Omelettschlagens beeindruckte mich nachhaltig, und die Luftigkeit und der Wohlgeschmack des Omeletts überzeugte mich vom Wahrheitsgehalt der Überlieferung bezüglich kupferner Bratpfannen. Ich erinnere mich, daß ich eine bezaubernde Skizze dieser Szene aus dem Gedächtnis zeichnete und meiner Mutter abends bescheiden überreichte; sie hatte gerade die Hotelleitung besänftigt, nachdem mein Bruder die Toilette mit zwei (!) in Stücke gerissenen Ausgaben des *Figaro* verstopft hatte. Er hatte primitive Experimente zur Herstellung von Pappmaché durchgeführt.

Das Rezept für das Omelett der Mère Poulard gibt die unvergleichliche Elizabeth David in *French Provincial Cooking*. Ein Pariser Gourmand hatte sie in einem Brief um das Geheimnis ihres gefeierten Gerichts gebeten. Ihre Antwort: *»Voici la recette de l'omelette: je casse de bons œufs dans une terrine, je les bats bien, je mets un bon morceau de beurre dans la poêle, j'y jette les œufs et je remue constamment. Je suis heureuse, monsieur, si cette recette vous fait plaisir.«* Beachten Sie die abweisende übertriebene Höflichkeit der abschließenden Floskel: Das Französische eignet sich besonders gut für diese unaufrichtigen Freundlichkeiten, wie es Formulierungen in der Art von *»je vous prie d'accepter, cher monsieur, l'expression de mes sentiments les plus distingués«* überzeugend belegen. Was sich hinter diesen Liebenswürdigkeiten verbirgt, bringen die Worte einer von Bartholomews Ehefrauen ziemlich gut auf den Punkt: »Verpiß dich bloß!«

Mein eigenes Omelettrezept ist weniger ein Rezept als eine Sammlung von Beobachtungen. Erstens kann die Bedeutung der richtigen Pfanne gar nicht genug betont werden. Eine Gußeisenpfanne mit dickem Boden von etwa achtzehn Zentimeter Durchmesser ist unerläßlich. Diese Pfanne wird ausgewischt, aber nie gewaschen. Betrachten Sie sie als Familienmitglied. Zweitens sollte man die Eier mit zwei Gabeln kurz durchrühren, aber keineswegs kräftig schlagen, ohne daß wir damit Mme. Poulard nahetreten wollen. Drittens muß die Butter von guter Qualität sein. Geben Sie die Eier hinein, wenn die Butter nicht mehr schäumt, aber ihre Farbe noch nicht verändert.

Wie ich jedoch bereits bemerkte, gehörte zu dieser Frankreichreise kein Besuch im Hotel und Restaurant der Mutter Poulard. Am Morgen nach der erwähnten Fischsuppe begab ich mich zum Frühstück in dem erfreulich ruhigen und abgelegenen Hotelchen, das ich am Vortag entdeckt hatte. Meine Frühstücksgefährten saßen stumm an ihren Tischen; das Sonnenlicht fiel schräg durch die Fensterkreuze ins Zimmer. Zwei Botschafter des *troisième âge*, er mit militärisch kurzgeschnittenem Silberhaar, sie durch eine einreihige Perlenkette eine Spur von *arrivisme* verratend (nie vor Mittag!), die mich bei meinem liederlich späten Erscheinen mit leichtem Nicken und gemurmeltem *m'sieur* grüßten, ein Amerikaner ohne Begleitung, der mit gerunzelter Stirn über dem Wirtschaftsteil der *Herald Tribune* brütete, ein Paar lesbischer, mit bequemen Hosen bekleideter Lehrerinnen, wie ich vermutete, die eine Auswahl von Reiseführern konsultierten, und eine Familie von Briten, deren Elternteile sich bemühten, ihren quengeligen und pöbelhaften Nachwuchs zu gutem Benehmen anzuhalten – ein neuerlicher Beweis einer inzwischen häufig anzutreffenden Umkehrung: Während sich in früheren Generationen die Kinder ihren Eltern gegenüber sozial verbesserten – wenn auch bisweilen mit schwerwiegenden menschlichen Folgen –, hat sich inzwischen das umgekehrte Prozedere eingebürgert, und man trifft immer häufiger auf den schockierenden, aber keineswegs überraschenden (wie vieles in unserem modernen Leben bietet ebendiese Kombination aus Schockierendem und dennoch nicht Überraschendem!) Anblick gebildeter und unstreitig kultivierter Eltern in Begleitung einer Nachkommenschaft, die sich in Sprache, Benehmen und Beschäftigungen ungeniert proletarisch gebärdet. Außerdem wohnten zwei Priester in diesem Hotel, das man als ein bißchen zu teuer für sie eingeschätzt hätte; der ältere hatte ein längliches, gespenstisches El-Greco-Gesicht unter einem Mop ergrauenden braunen Haars, dem sichtlich unerfahrene Hände einen Topfschnitt verpaßt hatten. Die

Hochzeitsreisenden waren noch nicht zum Frühstück erschienen.

Mit einem rechts befindlichen Steuer im französischen Rechtsverkehr zu fahren kann unerquicklich sein: Die landwirtschaftlichen Nutzfahrzeuge, die hier sowohl lauter als auch weit weniger unterhaltsam als in England sind, stellen ganz besondere Anforderungen an die Gelenkigkeit des Halses, an die Unerschütterlichkeit der Nerven, die Beschleunigungsfähigkeit des Motors von null auf sechzig und auf Landstraßen an das Vermögen zu erraten, ob Gegenverkehr droht, während man näher, als einem lieb ist, an einem stoischen Maultiertreiber vorbeisaust. Die Umstellung von Links- auf Rechtsverkehr fällt leichter, wenn das Fahrzeug ebenfalls umgestellt ist. Immer wenn ich die ersten märchenhaften Momente nach meiner Ankunft in Frankreich erlebe, die Momente, da die Luft, das Licht, das Dasein selbst auf undefinierbare Weise verändert erscheinen, verklärt, mehr Erkenntnis und Vergnügen bergend als zuvor, wobei der Wechsel der Straßenseite nur ein Aspekt oder Beweis dieser allgemeineren Veränderung ist, in jenen ersten Sekunden, in denen man sich zu der geistigen Disziplin zwingen muß, in die richtige Richtung zu blicken, mit dem angelernten Reflex eines Menschen, der sich eine Gewohnheit einzuimpfen versucht, so wie man sich um korrekte Redeweise oder eine aufrechte Haltung bemüht, muß ich an den armen Mitthaug denken und daran, wie er vor seinen herandonnernden Zug taumelte. Aus diesem und anderen Gründen verbrachte ich den Vormittag damit, einen Wagen zu mieten oder besser gesagt den Mietwagen, den ich einige Tage vorher telephonisch bestellt hatte, abzuholen – eine solche Aktion ist allerdings, wie jeder bestätigen kann, der auch nur die geringste Erfahrung mit der französischen Leidenschaft für bürokratische Spitzfindigkeiten besitzt, stets mit der Gefahr des Scheiterns verbunden, weil man zum Beispiel nicht die weise Voraussicht besaß, die Geburtsurkunde des Urgroßvaters mütterlicherseits oder fünf verschiedene Bescheinigungen über den eigenen Wohnsitz mitzubringen. Doch kein derartiges Verhängnis vereitelte obige Transaktion. Der Angestellte der Leihwagenfirma trug einen Blazer und war von einer flotten amerikanischen Effizienz, die möglicherweise vom gleichen Geist transatlantischen Nachahmungseifers zeugte wie die Impertinenz, mit der er im Büro eine Sonnenbrille trug. Ich suchte mir einen kämpferisch wirkenden kleinen Renault 5 mit Sonnendach und Knüppelschaltung aus, eher schnell als kraftvoll, genau das Richtige für mein Vorhaben.

Schlauerweise hatte ich davon abgesehen, mein Zimmer zu räumen, bevor ich den Wagen abholte, so daß ich nun meinen Weg durch die engen *malouine*-Gassen zurück bahnte, wobei mir nur ein einziger Navigationsfehler unterlief (der mich in einem geleckt sauberen, kopfsteingepflasterten Innenhof stranden ließ, einem herrschaftlichen Miniplatz, der so gründlich vom Sonnenlicht abgeschirmt war, als befänden seine Bewohner sich in Trauer oder hätten kollektiv den Schleier genommen). Das Bezahlen einer Rechnung kann in Frankreich wie jede andere finanzielle Transaktion in den unterschiedlichsten Tonarten abgewickelt werden – schroff, abrupt, unverhüllt gierig, unangemessen vertraulich, vertrauensvoll, geringschätzig –, aber fast immer zeichnet es sich durch eine gewisse gallische Andacht aus. (Dazu gehört, daß ich ungeachtet der berüchtigten französischen Geldgier noch nie erlebt, gehört oder gelesen habe, daß an einer Restaurantrechnung in irgendeiner Weise herummanipuliert worden wäre, obwohl in der Küche Pfusch und Betrug an der Tagesordnung sind – ein tiefes, unbeabsichtigtes Kompliment an die Ernsthaftigkeit des Geldes.) In diesem Fall bezahlte ich die *addition* bei *madame la propriétaire* persönlich, und sie bewies die gutherzige Variante der nie versiegenden gallischen Freude am Geld, die sich in ihrem Fall darin äußerte, daß sie das, was ihr zustand, gnädig annahm und dabei eine ganz kleine Spur schmieriger Fügsamkeit zur Schau trug, so als wäre sie eine Puffmutter, die mit einem geschätzten Kunden des Hauses Höflichkeiten austauscht, ohne dabei ihr Wissen um seine Sonderwünsche gänzlich unterdrücken zu können.

Ich nahm meinen Koffer, knallte Türen zu, ließ mich mit einem Haufen Landkarten auf dem Beifahrersitz im Wagen nieder und observierte den Hoteleingang mit Hilfe des Seitenspiegels von der gegenüberliegenden Straßenseite aus. Höchstwahrscheinlich würde die Fahrt an diesem Tag die Küste entlang westwärts in die Bretagne führen und nicht nordöstlich in die eigentliche Normandie. (Nebenbei bemerkt sollte man nicht vergessen, daß die Sahne- und Apfelküche der Normandie lebhaft an die harten Winter und erschreckend langen Dunkelheiten gemahnt, die die ursprünglichen Nordmannen auf die Suche nach wärmeren und weniger monotonen Gegenden getrieben haben müssen.) Auf Mont-St.-Michel und die verblaßten Reize der von Proust so liebenswert überschätzten Seebäder der Normandie würde ich diesmal verzichten. Zuerst würden wir jedoch Dinan durchqueren, ein Seebad, das in England von schäbiger Vornehmheit und gleichzeitig ordinär wäre, während es in Frankreich alle Eigenschaften einer soliden (und vorsichtig dosierten) Ausschweifung besitzt. Nicht zufällig haben die Franzosen das Spielcasino erfunden (mit welchem Begriff die Italiener ursprünglich ein Bordell bezeichneten), indem sie ihre Begabung zum Kategorisieren und Schematisieren auf den Müßiggang anwendeten, den Zufall zu einer Wissenschaft ummodelten, einer Taxonomie des Wahrscheinlichen, deren Grundlage die menschlichen Empfindungen von Jubel und Verzweiflung bilden – und nebenbei selbstverständlich ein bißchen Geld verdienten. Ich setzte mich anders hin; meine Sonnenbrille schützte die Augen elegant vor der morgendlichen Helligkeit. Auf der anderen Straßenseite mühte eine Matrone mit Kopftuch sich vom Markt zurück.

Unsere Mahlzeit, die bisher aus einem Omelett und einem gebratenen *gigot d'agneau* besteht, ist ein bißchen schwer. Als Dessert würde sich etwas Erfrischendes, Leichtes, Spritziges, Klares empfehlen, um der beinahe michelangelesken *terribilità* der ersten zwei Gänge eine Spur poussinscher Ordnung, Grazie und Gefälligkeit zu verleihen. Meine persönliche Empfehlung wären Pfirsiche in Rotwein als ein Dessert, das ebenjene Schlichtheit und Unmittelbarkeit besitzt, die sich als höhere Form von Komplexität erweisen kann, ganz so, wie eine der raffiniertesten Modeaussagen überhaupt die unvergleichliche und unübertreffliche Schlichtheit des kleinen Schwarzen ist, das seine Trägerin als Inbegriff der Eleganz kennzeichnet, sogar in einer so raffiniert gewöhnlichen, so dramatisch unvertrauten und unvertraut vertrauten Szenerie wie der, mit schlenkernder Handtasche aus dem Hotel zu treten und zum Mietwagen zu gehen, wobei man dem keuchenden, sich mit Koffern abmühenden männlichen Begleiter eine Bemerkung über die Schulter zuwirft, als würde man einen Schalzipfel nach hinten werfen, worauf der Begleiter einen Augenblick innehält, bevor er sich ans Beladen des Wagens macht (die Geliebte ist unterdessen so unbeschwert ins Hotel zurückgeschlüpft, wie Ariel in den Kulissen verschwindet), und sich dabei wie ein Offiziersanwärter in der Prüfung mit einer Kombination aus Rechenexempel und psychologischem Test auf Führungseigenschaften konfrontiert sieht: Wie bauen Sie eine Brücke über die und die Schlucht mit soundso viel Mann, soundso viel Seil und soundso viel Holzbalken?

Tauchen Sie einen Pfirsich pro Person für dreißig Sekunden in kochendes Wasser; enthäuten und entkernen Sie die Pfirsiche. Kalkulieren Sie für jeden Gast ein Glas Rotwein oder Sauternes, sofern Sie letzteren bevorzugen (ich ja). Tunken Sie die in Scheiben geschnittenen Pfirsiche in den Wein. Zuckern Sie das Ganze, falls Ihnen danach zumute ist – *de gustibus non est disputandum.*

»Sie haben einmal gesagt, Pfirsiche würden Sie an Ihren Bruder erinnern«, bemerkte meine Biographin vor einiger Zeit zu mir. Ich tat so, als könnte ich mich partout nicht daran erinnern. In Wahrheit verhält es sich so, daß die pelzige Frucht mich tatsächlich an meinen Bruder erinnert, und zwar dank eines bedauerlichen Zwischenfalls, der sich ereignete, als wir beide noch klein waren, einer Vergiftung mit um ein Haar tödlichem Ausgang, Ergebnis meines frühen Wagemuts auf dem Gebiet kulinarischer Experimente, der mich zur Zubereitung einer Marmelade aus Pfirsichen – und Pfirsichkernen – verführte; letztere enthalten jedoch das Glykosid Amygdalin, das (wie der Chemiker sagen würde) bei Hydrolyse das berüchtigte Gift Blausäure freisetzt, was auch bewirkt wird, wenn man die Kerne im Mörser zerstampft. In jenem Sommer fielen die Früchte bei unserem Ferienhaus buchstäblich von den Bäumen und machten beim Auftreffen auf den Boden ein so sichtbares »Plopp«, daß es beinahe hörbar war, weshalb ich der Versuchung, Marmelade zu kochen, nicht widerstehen konnte; die Grundlagen des Einmachens hatte mir Mitthaug beigebracht, der als typischer Vertreter der nordischen Küche Spezialist und begeisterter Anhänger aller Arten von Süß- und Sauerkonserven und Würzzubereitungen war. Die Magenverstimmung meines Bruders war heftig – seine Vorliebe für Pfirsiche erwähnte ich bereits –, aber (allem Anschein nach) nicht lebensbedrohlich, wenngleich der *médecin*, eine düstere Erscheinung mit einer Ausstrahlung von verborgener Macht und Traurigkeit, wie sie eines Fürsten von Anjou auf einem Basrelief nicht unwürdig gewesen wäre, ebenso wie meine Mutter achtundvierzig bange Stunden verbrachte. Nichts für ungut. Übrigens riecht nicht die Blausäure nach Mandeln, wie es das Klischee des *film noir* will, sondern das mit Blausäure vergiftete Fleisch (dies nur nebenbei). Mit gerösteten Apfelkernen kann man einen ähnlichen Vergiftungseffekt erzielen.

Ich erinnere mich, Bartholomew einmal erklärt zu haben, daß der Einfluß der asiatischen auf die westliche Kunst – selbstverständlich dachte ich in diesem gehobenen Zusammenhang nicht an die Schmierereien und das Herumgeklopfe meines Bruders – mit der Einführung asiatischer Pflanzen und Gemüse vergleichbar ist, die um so vieles folgenreicher war als irgendwelche geschichtlichen Großveranstaltungen wie Kriege, Revolutionen, Völkerwanderungen und dergleichen mehr. Man nehme nur die Geschichte des Pfirsichs, der, ursprünglich in China beheimatet, von den Persern in den Westen gebracht wurde (daher sein Name *Prunus persica*, wenngleich es auch die Legende gibt, Alexander der Große persönlich habe die Frucht nebst allem anderen, was er zusammengerafft hatte, in seinem Troß mitbefördert), bevor die Römer ihn noch weiter nach Westen brachten, ins eigentliche Europa. Ein Blick in die Geschichte kommt einem Blick in den Abgrund gleich. Verfügte man beispielsweise über ein fundiertes historisches Verständnis der Kartoffel von ihren Ursprüngen in Peru, wo die höchste Zivilisation, die es je gab (was ihre Lage betrifft), so abhängig von diesem Nahrungsmittel war, daß das Zeitmaß der Inkas die Zeitdauer zur Grundeinheit hatte, die eine Kartoffel benötigt, bis sie gegart ist, über ihre Ankunft in Europa Mitte des 16. Jahrhunderts, wo sie schnell zu einem Grundnahrungsmittel wurde, weil sie keine Ansprüche an Boden und Pflege stellt, reich an Kohlehydraten und Vitaminen ist und sich somit für den Anbau in jedermanns Gemüsegarten geradezu anbot, den Widerstand der Franzosen gegen ihren Genuß, weil sie dem weitverbreiteten Aberglauben huldigten, der Kartoffelverzehr verursache Aussatz, und die Art und Weise, wie Antoine-Augustin Parmentier, der in preußischer Gefangenschaft eine Leidenschaft für Kartoffelsuppe entwickelt hatte, diesen Aberglauben ausmerzte und nach seiner Rückkehr die Knolle so erfolgreich in Mode brachte, daß die Höflinge Ludwigs XVI. an ihren Rockaufschlägen Kartoffelblüten trugen (und der Verursacher dieser Mode lebt bis heute in den Namen *potage parmentier* und *crêpes parmentier* fort, wenngleich es scheint, als habe er sich erhofft, dem Gemüse selbst einmal seinen Namen zu leihen, denn bei einem Essen zu Ehren Benjamin Franklins ließ er jeden Gang mit Kartoffeln bereiten), bis hin zu ihrer tragischen Apotheose im 19. Jahrhundert in Irland, wo ihre praktischen Eigenschaften dazu geführt hatten, daß sie fast in Monokultur angebaut wurde und dadurch auslösender Faktor einer Hungersnot werden konnte, die eine Million Opfer forderte – wäre man sich dieser Geschichte wirklich und wahrhaftig bewußt, dann müßte jeder einzelne Kartoffelbissen wie Asche schmecken und uns im Hals steckenbleiben. Aber natürlich sind wir uns dieser Dinge mehr oder weniger bewußt und essen trotzdem weiter, so wie das Wissen, daß überall auf der Welt alle paar Sekunden Kinder verhungern oder an Krankheiten sterben, die leicht zu kurieren wären, unsere Fähigkeit, sorglos und unbeschwert durchs Leben zu bummeln, in keiner Weise beeinträchtigt. Solche Tatsachen zu vergessen, zu ignorieren, sich ihnen zu entziehen ist eine der Grundgegebenheiten aller zivilisierten Lebensformen. »Jeder zivilisatorische Akt ist auch ein Akt der Barbarei« – das ist eine Wahrheit, an die uns die Kartoffel gemahnt und die zu vergessen uns die nachsichtige Knolle sodann sinnenbetörend nahelegt.

Wie erwartet verbrachten wir den Vormittag damit, nach Westen in die Bretagne zu fahren, die Landschaft der Buchten und Meeresarme, wo das eisige Wasser durch die *abers* schäumt und die Strömungen bei Flut bis ins Herz Frankreichs vorzudringen versuchen. Von Buchten zerklüftete und zerteilte Landschaften haben immer etwas von einer Insel – einer Insel, wo die Zeit schwer auf stillen Landstraßen lastet und inmitten der Weizenfelder alles Leben stillzustehen scheint. Man kann die Bretagne für ein maßstabgerechtes Modell Cornwalls in anderthalbfacher Vergrößerung halten, mit einem größeren und weiteren Himmel, ungeschlachteren Mauern, Zäunen und Hecken, spärlicheren, aber größeren Bäumen und einer unmittelbareren Anschauung von Größe und Gewalt des Atlantiks. Obendrein zeichnet sich die krümmungsreiche bretonische Küste durch die schwindelerregende Ausdehnung von Entfernungen aus, wie man sie aus der fraktalen Mathematik kennt: Eine wirkliche Rundreise entlang dieser dreitausend Meilen Küste entspräche in etwa einem Fußmarsch von Brest nach Peking oder von Marrakesch nach Durban. Um Zenons Paradoxa abzuwandeln: Je kürzer die Brennweite, desto weiter die Perspektive.

Wir fuhren an Feldern mit Rüben und Wiesen mit Kühen vorbei und einmal an einem überraschenden, nicht landschaftskonformen Lavendelfeld, dessen Violett mit den ein, zwei Sekunden Verspätung, die es dauerte, bis die durch seine augenscheinliche Undenkbarkeit errichteten neuronalen Sperren überwunden waren, vom Bewußtsein zur Kenntnis genommen wurde. Als ich einmal nach einem allein, doch fruchtbringend verbrachten Wochenende vom Landhaus in Norfolk nach London zurückfahren wollte, fiel mir ein, daß ich ein paar Unterlagen mitzunehmen vergessen hatte. Das Haus war zugesperrt, das Licht abgedreht, aber ich befand mich noch nicht im Auto und hatte die Scheinwerfer noch nicht eingeschaltet. Mein Widerstreben, in das dunkle Haus zurückzugehen (dichte Wolkendecke, kein

Mond, kein einziger Stern am Himmel), potenzierte sich mit jedem Augenblick mehr, und ich wußte, daß ich mich davor fürchtete, einem Gespenst zu begegnen. Die Furcht bei dieser Vorstellung war jedoch weniger die vor einem Gespenst an sich – welche Macht hat denn schon ein Revenant, abgesehen von der Macht, zu erscheinen? Welche weitere Macht benötigt er? Ich fürchtete mich nicht vor irgendeiner extravaganten Horrorfilmsituation (die schwankende Mumie, die einen uralten Fluch erfüllt, der kettensägenschwingende Irre, der aus der Klapsmühle entflohen ist), nein, ich fürchtete mich schlicht davor, etwas zu sehen, was zu sehen nicht möglich war. Das ist der wahre Grund unserer Furcht vor Gespenstern: daß es sie gar nicht gibt. Was würde es folglich bedeuten, wenn man eines zu Gesicht bekäme?

Die Bretagne besitzt einen reichen Schatz an Mythen und Legenden, die im Bereich des Übersinnlichen angesiedelt sind, und in diesen Überlieferungen wird den Gespenstern nur von Omen, Vorbedeutungen und Warnzeichen der Rang streitig gemacht: Keine andere Mythologie räumt den Unheil oder anderes ankündigenden Wiedergängern eine ähnliche Rolle ein wie der bretonische Volksglaube. Das ist ein Indiz für die bretonische Überzeugung, daß die Schranken zwischen Toten und Lebenden durchlässig sind, und diese Überzeugung erfüllt die ganze bretonische Kultur mit etwas, was sich nur als Spökenkiekerei bezeichnen läßt; der Glaube an die Vorahnung ähnelt natürlich ganz erstaunlich der Haltung neurotischer Antizipation, dem Gefühl, daß die bevorstehende Katastrophe hinter den zerfetzten Tapeten der Realität nur notdürftig verborgen ist. Die alten Römer, die für solche Sachen ebenfalls eine gewaltige Schwäche hatten, müssen in einem Dauerzustand der Nervenkrise gelebt haben, denn jeder Schritt vor die Tür konnte einen mit einem verhängnisvollen Omen konfrontieren wie einem einzelnen Raben, dem Anblick

des eigenen Abbilds auf der falschen spiegelnden Oberfläche oder auch nur einer Wolke von der falschen Form,
die sich mit der falschen Geschwindigkeit in die falsche
Richtung bewegte. Vielleicht besteht eine Analogie zwischen den psychischen Strukturen, auf denen die Vorahnung basiert, und jenen, die der Kunst zugrunde liegen,
da beide vom geballten Zusammenwirken von Andeutungen, Hinweisen und der allmählichen Verdichtung
jenes unguten Gefühls zehren, das man auch unter der
Bezeichnung »Bedeutung« kennt.

Der Tod also verleiht der Bretagne ihre kulturelle Ein-
zigartigkeit, so, als wäre das ganze bretonische Getue –
die komischen Namen, die behauptete eigenwillige Psychologie, die auszumachen keinem Außenstehenden je
gelingt, die kulinarischen Eigentümlichkeiten, die sich in
Fischen, Schalentieren und Pfannkuchen und im Fehlen
von Wein und anständigem Käse äußern, die pankelti-
schen Bezüge, manifest in den Auswüchsen der bretoni-
schen Sprache, diesen ganzen Kers und Kars und Yanns,
die aus der allgegenwärtigen Klarheit des Französischen
wie ein Riff aus ruhiger See ragen und in verlogenen
Gesten wie dem Aufstellen zweisprachiger Wegweiser
ein parodistisches Scheinleben zur touristischen Erbau-
ung verpaßt bekommen – nichts als eine Ansammlung
von Requisiten und Kostümen aus dem Fundus, die dazu dienen sollen, die tiefe und wahre Erkenntnis der Bre-
tonen zu verdeutlichen (die sie statt dessen verschleiern),
die im Wissen um die Vertrautheit und Nicht-Unwider-
ruflichkeit allen Verkehrs zwischen dieser Welt und dem
Jenseits besteht. Ähnlich farbig und auf groteske Weise
lebendig wie der halb komische, furchterregende und
grimassenschneidende Knochenmann, der bretonische
Ankou, ist nur das mexikanische Bild des Todes (farben-
prächtig, von ebenfalls vorchristlicher Roheit und dem
Karneval zugehörig – *carne vale*, Fleisch, ade). Und in
beiden Kulturen ist die Energie, mit der man den Tod

feiert und ausschmückt, ein Tribut, ein sehr heidnischer Tribut, an die drängende Gegenwärtigkeit und Diesseitigkeit des Lebens. Anders ausgedrückt: Hat irgend jemand in der Geschichte der Menschheit jemals ernsthaft an die Existenz eines Lebens nach dem Tod geglaubt? Als Mitthaug im Bahnhof Parsons Green vor seinen Zug fiel, hat er sich da gedacht, er würde sofort einen Nachschlag bekommen? Vermutlich eher nicht.

Ich beförderte den Wagen auf einen spärlich mit Gras bewachsenen Seitenstreifen und ging die letzten hundert Meter bis zum *enclos paroissial* von Kerneval zu Fuß. Es ist ein geradezu klassischer Musterfall eines solchen *enclos*, der für die Bretagne typischen Kombination aus Kirchengebäude, Denkmal und Beinhaus. Als erstes fällt dem Besucher der eindrucksvolle Eingang zum Kirchplatz auf, ein großer Steinbogen mit drei kleineren, von Säulen getragenen Bögen über einem reichgeschmückten Geländer. Das ganze Denkmal entlang sieht man eine Unmenge von Relieffiguren, die in chronologischer Abfolge von links nach rechts darstellen: Eva, die aus Adams Rippe geboren wird (Adam ist eine bärtige, friedfertige Erscheinung; Eva blickt ausdruckslos drein und scheint Zöpfe zu tragen; eine Kuh und ein Schaf, die Tiere des Feldes, sehen offenkundig überrascht zu), die Zerstörung Sodoms und Gomorrhas oder – genauer – die Flucht Lots und seiner Familie, dargestellt mittels dreier Figürchen von zunehmender Größe, die nach rechts gehen und einander an der Hand halten, während hinter ihnen ein rätselhaftes tropfenförmiges Etwas kauert, vermutlich Frau Lot nach ihrem fatalen Blick zurück (das Alte Testament mit seinen ungeschminkten Schilderungen, wie die Leute sich verhalten), Noahs Arche, ein kleines, tonnenförmiges Gefährt, in dem sich befindet, was eine Ziege zu sein scheint, ein Schwein, eine Kuh (schon wieder) und ein nicht sehr maßstabgetreuer Elefant nebst einem stabbewehrten Hirten, bei dem es sich wahrscheinlich um Noah handelt; wenn wir weitergehen, erblicken wir eine lebensecht triumphierende und überzeugend martialische Judith, die den Kopf des Holofernes in die Höhe hält (dessen Augen wie die Adams geschlossen sind), einen herumhopsenden Erwachsenen vor einem Kasten, den kleinere Männer auf Stangen tragen – mutmaßlich David, der vor der Bundeslade tanzt –, und eine untersetzte Frauengestalt, die sich über einen fetten Säugling in einem steinernen Körbchen beugt – Moses in den Binsen, mit Waschfrau.

Hinter dem Portal, das auf seine Weise ein Triumphbogen ist, befinden sich Vorplatz und Friedhof, von einer niedrigen Mauer eingefaßt. Zur Linken duckt sich ein massiges Granitgebäude mit kranzgesimsgesäumtem Dach; es war nicht schwierig, den funktionalen und drohenden Memento-mori-Charakter des Beinhauses zu erkennen. Durch diese Nähe wurde der ummauerte Platz um die Kirche herum in einen Bereich verwandelt, der unter der Herrschaft, der im Zeichen toter Vorfahren stand. Man verrichtete seine Gebete in Gegenwart ihrer Gebeine. Die tiefere Wahrheit, die diese Anlage ausdrückt, lautet natürlich, daß wir unsere Vorfahren in jeder unserer Gesten mit uns herumtragen: Wer hat sich noch nicht dabei ertappt, eine so gewöhnliche Handlung zu vollführen, wie ein Glas zu ergreifen oder den Staub vom Kaminsims zu wischen, und ist dann nicht bei der Erkenntnis zusammengezuckt (einer der ganz wenigen Anlässe, bei denen man tatsächlich »zusammenzuckt«), daß man unbewußt, aber minutiös die entsprechende Geste seines Vaters oder seiner Mutter nachgeahmt hat? Und vielleicht gilt das gleiche für extremere Situationen, so daß das eigene Stöhnen (Weinen, Seufzen, Röhren oder Miauen) im Augenblick der Ejakulation das Geräusch nachäfft – Spiegelbild des Geräuschs ist –, das der Vater machte, als man von ihm gezeugt wurde.

Die Kirche von Kerneval kann mit ihrem gewaltigen

Torbogen nicht mithalten. Die Proportionen sind auf unauffällige Weise falsch. Das spitze Dach und die rechteckigen, massigen Mauern tun ihr Bestes, um auf keinen Fall den Eindruck zu erwecken, sie spotteten der Schwerkraft; die Bildhauerarbeiten über den Fenstern mit geteilter Laibung, die sich unter dem steilen Dach ducken, haben nicht das Niveau der alttestamentarischen Bildfolgen, von denen bereits die Rede war, was daran liegen kann, daß sie keine Geschichten erzählen, sondern lediglich eine Anzahl Gestalten aus dem Neuen Testament mit den Emblemen ihrer jeweiligen Identität vorführen (Matthäus mit seiner Geldtasche, Lukas mit seinem Malerwerkzeug). »Stein sieht am meisten nach Stein aus, wenn es einem nicht gelingt, ihn nach etwas anderem aussehen zu lassen«, bemerkte Bartholomew einmal anläßlich der ausgesprochen unbewegten Gewänder dieser Steinfiguren. Kurzum, diesen Bildhauerarbeiten fehlt der belebende Odem des Meisters. War er gestorben, gefeuert worden, hatte er die Lust verloren oder sich einfach davongemacht, mit seiner Leinentasche, die das Werkzeug enthielt, auf seinem Esel, mit einer Bewegung der wohlvertrauten Hand den Wachhund beruhigend, als er verstohlen und ohne ein Wort des Abschieds in die große umgestülpte Schüssel davonzog, die der bretonische Nachthimmel ist? Meine eigenen Arbeiten, in denen es ebenfalls um Abschiede und Abwesenheit geht, vibrieren im Nachhall dieses Geheimnisses.

Diesmal zögerte ich, die Kirche zu betreten. Am Morgen hatte ich mich für keine meiner zahlreichen Perükken entscheiden können und schließlich einen anthrazitgrauen Filzhut aufgesetzt. Diese abgetragene, versnobt lässige Kopfbedeckung – wie sie früher gerne in Boulevardstücken getragen wurde, die man Ealing-Komödien nannte – ruhte nun mit einem nicht unangenehmen Kratzen auf meiner kühlen, frischrasierten Kopfhaut. Ein Betreten der Kirche hätte jedoch das ehrerbietige

Lüpfen des Hutes erfordert, was keinesfalls in Frage kam. Außerdem waren sie schon eine ganze Weile drinnen und konnten jeden Augenblick herauskommen. Ohnedies ist das Innere der Kirche von keinem großen Interesse, sieht man ab von einem anachronistischerweise beinahe abstrakt wirkenden Wandteppich, der den Sieg irgendeines Grafen in irgendeinem Kampf darstellt, und von einem überdekorierten Altar, den ein scheußliches modernes, frömmelnd-didaktisches Altartuch bedeckt, bestickt mit Lämmern, die neben Löwen liegen, Pflugscharen, die aus Schwertern geschmiedet werden, und so weiter. Als Raum betrachtet, weist das Kircheninnere die gleichen Proportionsmängel auf wie das Äußere des Gebäudes (»Ja, genau«, sagte mein Bruder gern – oft durchaus zutreffend, aber dennoch erstaunlich häufig). Es mangelt ihm an der richtigen Umsetzung des Wissens um die fundamentalen Regeln des Bauens. Ich persönlich habe alles, was ich über die Gesetze der Proportionen zu wissen brauchte, aus dem trockenen Martini abgeleitet. (Wenn man eine Zwiebel hinzufügt, wird aus dem Martini ein Gibson. Cocktailnamen vermehren sich so heftig wie Ränge in der ruritanischen Armee.) Die Grundregel lautet: Hauptbestandteil (Gin), Nebenbestandteil (Wermut) und Verzierung (Zitronenschnitz, Olive). Dieses Gesetz regiert Proportionen und Rhythmus aller plastischen Künste vom Cocktailmischen und Kochen bis zur Architektur, Skulptur, Töpferei und Schneiderei. Vergessen Sie nicht, wer Ihnen das verraten hat.

Es war nicht sehr klug, neben dem Portal herumzulungern. Ich beschloß, mich zum Lunch zu begeben. Schräg gegenüber dem *enclos* befand sich ein Hotel, vor dem sechs Tischen Sonnenschirme mit Pastisreklame gewachsen waren wie mutierte Riesenpilze, die die Julisonne hervorgelockt hatte. (Eine der Annehmlichkeiten kultivierten Reisens ist die Entdeckung künftiger Speise-

111

möglichkeiten. Aha! sagt man sich. *Dort* wird man meinen Bedürfnissen Rechnung tragen.) Auf dem Weg zu dieser Lokalität wich ich einem asthmatischen Mercedes aus, der von einem Geisterfahrer, dessen Tage wahrscheinlich gezählt waren, in falscher Richtung um den Platz gelenkt wurde, während die künstlich erblondete Ehefrau des Fahrers verdrießlich einen *Guide vert* konsultierte.

Natürlich kann man zur französischen Küche ein übertrieben sentimentales Verhältnis haben. Auf dem Niveau der Haute Cuisine ist unbestreitbar, daß sie Exzesse nicht zuläßt, sondern aus ihnen besteht. Ein Gericht wie *volaille truffée au beurre d'asperges à la crème de patates »Elysée Palace«* existiert in einem Bereich, dem es gelungen ist, die albernsten Phantastereien der Parodie zu übertreffen; solche Erfindungen entspringen krankhaften Hirnen unter hohen weißen Kochmützen. Und dennoch gibt es in Frankreich eine alltägliche Kennerschaft in Küchendingen auf einem Niveau, das in keinem anderen mir bekannten Land übertroffen wird, eine Kennerschaft, die sich als sinnliche Wissenschaft des Alltagslebens manifestiert, als auf den Genuß verwendete Intelligenz. Pierre und Jean-Luc, meine bäuerischen Nachbarn, äußerten sich nur dann ungehemmt – und zwar auf würdevolle, knappe, genaue, technische Weise –, wenn sie über das Kochen sprachen, und Pierre verdanke ich so manches in meiner gastronomischen Ausrüstung, darunter die richtige Methode, Kutteln einzuweichen, das Wissen, welche der Singvögel, die die zwei Brüder mit ihren furchterregenden Donnerbüchsen vom Himmel zu holen pflegten, ein eßbares Gehirn haben, und meine Kenntnis der bindenden Eigenschaft von Kaninchenblut. Mrs. Willoughby, meine Nachbarin, die so gern uneingeladen vorbeikam, um meinen Swimmingpool zu benutzen, kam einmal uneingeladen vorbei, als Pierre und ich gerade einen enthaupteten Hasen in einen Steinkrug mit breitem Hals ausbluten ließen (den Krug hatte ich auf dem Samstagsmarkt in Cavaillon von einer Töpferin im Arbeitskittel erstanden); Mrs. Willoughby mußte sich stehenden Fußes (und wiederum ohne Einladung) in das *cabinet de toilette* begeben, aus dem wir dann die unmißverständlichen Geräusche ausgiebigen Erbrechens vernahmen.

Eine der praktischen Auswirkungen dieses kartesianisch verfeinerten Hedonismus (kartesianisch nenne ich ihn, weil die französische Haltung zum Genuß nicht etwa die einer in sich ruhenden, ganz eins mit sich seienden epikureisch-ästhetischen Einstellung zu sich selbst ist, wie man sie vielleicht bei einem idealisierten Südsee-Insulaner findet, sondern eher das Ergebnis einer tiefgehenden Bejahung der Unvereinbarkeit von Körper und Geist darstellt, die besagt: Ja, mein Körper und mein Geist sind ganz und gar verschieden voneinander, und deshalb muß ich alle Kraft meines Geistes darauf verwenden, aus dem Besitz dieses Körpers soviel Nutzen wie irgend möglich zu ziehen – und nichts kündet wahrhaftiger von der Erkenntnis der dualistischen Natur des Menschen als ein akribisch zubereitetes *poulet à l'estragon*) besteht darin, daß die Franzosen zwei Stunden für ihre Mittagspause benötigen und daß die Mittagsmenus meistens äußerst preiswert sind. Das Menu zum *prix fixe* in Kerneval enthielt für 75 Francs eine Auswahl anständiger bürgerlicher Gerichte – Terrinen, Pasteten, *célerie remoulade, moules marinières, gigot d'agneau,* Pferdesteak, *brandade de morue,* einen halben gegrillten Hummer (50 F *supplément*), Obst, Käse, *crème caramel, mousse au chocolat, crème brûlée.* Ich mußte gegenüber der schüchternen und entzückend errötenden Kellnerin (der unmißverständlich anzumerken war, wie sehr mein perfektes Französisch sie beeindruckte und verwirrte) insistieren, um einen Tisch zu bekommen, von dem aus der *enclos* und die davor geparkten Autos gut zu sehen waren.

Ich bestellte Kressesuppe, gegrillte Rotzunge und – da die Bretagne nun einmal keinen eigenen Wein erzeugt und mir Apfelwein für meine milde Mittagslaune etwas zu rustikal erschien – eine jüngferliche halbe Flasche Ménétou-Salon mit einem Liter Mineralwasser *du pays* (in einer rettungssignalroten Flasche), um sie hinunterzuspülen.

Ein junges Paar verließ händchenhaltend die Kirche und wanderte zum Beinhaus.

Die appetitlich servierte Kressesuppe hatte durch einen Prozeß der Verwandlung eine sämige Beschaffenheit erlangt, die sie nicht immer besitzt. Manche Suppen erreichen eine unerwartete Derbheit, eine Schwere des Geschmacks und oft auch der Textur – Mandelsuppe beispielsweise, Erbsensuppe, Liebstöckelsuppe und so weiter. Diese Suppen ähneln jenen Kunstwerken (ich denke hier nicht in erster Linie an die Arbeiten meines Bruders), wo filigranzarte Feinheiten einzelner Details die verdichtete Massigkeit des Ganzen betonen helfen.

Inzwischen hatte das Restaurant des Hotels sich merklich gefüllt. Am Nachbartisch erörterte ein elegantes Paar in Lederhosen – Pariser, dem Nummernschild ihres BMWs nach zu schließen, nicht gerade in der ersten Jugend Maienblüte, und seine Gucci-Tasche war eine Spur größer als ihre –, ob es den Hummer bestellen sollte. Das Erröten der Kellnerin war infolge der hektischen Betriebsamkeit zu einer heftigen Röte geworden, die die Helligkeit ihrer Haut, der Haut blonder Menschen normannischer Herkunft, temperierte, so wie man es bei den Mädchen sieht, die in der Nähe des Landhauses in Norfolk mit dem Fahrrad von der Schule nach Hause fahren.

Das junge Paar hatte sich, noch immer Hand in Hand, dem monumentalen Torbogen zugewandt, dessen Bilderschmuck es eingehend betrachtete. Das Reden besorgte weitgehend sie.

Die Rotzunge, ein meiner Ansicht nach unterschätzter Fisch, kommt ihrer angeseheneren Cousine, der Seezunge, qualitativ weit näher, als die öffentliche Meinung für gewöhnlich einzuräumen bereit ist, obgleich die untadelige Frische des Exemplars auf meinem Teller durch leicht unsachgemäßes Grillen etwas geschmälert war. Den Fisch begleiteten ausgezeichnete *frites*, und danach gab es einen annehmbaren grünen Salat. Wolken, die den ganzen Vormittag geschwind über den Himmel gezogen waren, begannen sich jetzt zusammenzuballen und fünf bis zehn Minuten lang kühle Schatten zu werfen. Wolkenformen zu deuten gehörte zu den Lieblingsbeschäftigungen meiner Mutter, wenn sie sich wieder einmal einbildete, die beste Mutter der Welt spielen zu müssen. Sieh nur, ein Pferd. Sieh nur, eine Antilope. Ein Marabu. Ein *loup garou*. Ein *loup de mer*. Ein *sale voyeur*. Ein *hypocrite lecteur*.

Der Rotzunge ließ ich eine *crème brûlée* folgen. Diese gebrannte Creme war ursprünglich ein englischer Pudding, auch wenn jede Art von Eiercreme ein europaweites Phänomen ist – Quiche beispielsweise ist nichts anderes als eine salzige Eiercreme, und Apicius, der sein Kochbuch um die Zeitenwende verfaßte, gibt ein Rezept für eine mit Pfeffer gewürzte Eiercreme an. Meiner Mitarbeiterin erzählte ich mit der Mischung aus Rührung und Melancholie, die jeden von uns beim Erinnern unserer Jugendtorheiten übermannt (freilich liegt meine Jugendzeit in nicht gar so ferner Vergangenheit), was ich in jener Zeit, die ich meine ästhetische Phase nenne, einmal tat. Die Idee, die ich von Huysmans entlehnt hatte, war die, ein Menu ausschließlich schwarzer Speisen zu servieren. Dies geschah während meines kurzen Gastspiels an der Universität, die ich nach zwei Semestern verließ (der *Krach*, nein wirklich, und der *Plebs* dort). Mein Zimmer, ein banales Heptagon in einem banalen heptagonalen Gebäude in einem der vornehmeren Colleges von Cambridge, hatte ich (in stiller Mißachtung der penetranteren Regeln der Hausordnung) schwarz angestrichen. Bett, Bettwäsche, Zimmereinrichtung, Lampen, Glühbirnen – alles schwarz.

»Ich hab mal in einem schicken Hotel in New York gewohnt, wo es so ähnlich war«, unterbrach mich meine Gesprächspartnerin mit dem eigenwilligen Ungestüm, das Begleiterscheinung eines gewissen Mangels an Jahren ist und keineswegs – dem Anschein zum Trotz – Mangel an Respekt für das Gegenüber bekunden muß, sondern eher ein allzu heftiges Interesse an ihm bezeugt, das hin und wieder überschäumt wie ein Milchtopf, der bei voller Hitze auf dem Herd gelassen wurde. »Es war so trendig, daß man nicht mal was sah, wenn das Licht angeschaltet war.«

In meinem schwarzen Zimmer arrangierte ich in schwarzer Kleidung – schwarzer Samtanzug, schwarze Seidenkrawatte, und die der Orchidee in meinem Knopfloch inhärente Farbe brauchte man nicht einmal zu verändern – Gastmahle, die zur Gänze aus schwarzen Dingen bestanden: Tintenfischnudeln, über die Trüffeln geraspelt waren, gefolgt von *boudin noir* auf einem Bett von fritiertem schwarzem Radicchio. Beim Dessert ging es mir darum, die grundsätzliche Künstlichkeit der Veranstaltung zu betonen, das, was sie als Zelebration der Kunst auswies, der Laune, des Einfalls, als den brutalen Kräften von Natur und Tod gegenübergestellt: Folglich gab es eine schwarzgefärbte *crème brûlée*. Selbstverständlich tranken wir Black Velvet, diese ausgesprochen englische Mixtur, und vereinten so das Savoir vivre des Clubhabitués mit dem ritualisierten Ästhetizismus der Jahrhundertwende à la Café Royal, in die mein Vater mich auf seine großzügige Art in einer Hotelbar in Dublin – im Shelbourne? im Gresham? – eingeführt hatte, wobei er der klassischen Bemerkung »Schade um das gute Guinness« zuvorkam, indem er darauf bestand, daß das Getränk mit Courage's Imperial Russian Stout gemacht wurde, das schwer zu bekommen, ölig, süß und schwer ist, so als verkörpere es die *douceur de vivre*, von der Talleyrand sagte, niemand, der nicht vor der Französischen Revolution gelebt habe, habe sie kennenlernen können. (Talleyrand verbrachte jeden Tag eine Stunde mit seinem Küchenchef, der zu einer bestimmten Zeit der unvergleichliche Carême war. Als der große Diplomat den großen Koch auf die Gefährlichkeit von Öfen mit Kohlenfeuerung hinwies, erwiderte das Genie mit der Kochmütze stellvertretend für alle Mitglieder der kreativen Gewerbe: »Kürzeres Leben, längere Kunst.«)

In diese ausgesuchte Szenerie platzte Bartholomew mit einhalb Stunden Verspätung geradewegs aus seinem Atelier im Overall (entgegen der Kleiderordnung, die ich eigens ausgegeben hatte) und sagte: »Zum Teufel auch, ist jemand gestorben?«

Dieser bewußt hemdsärmelige Grobianston des Mannes von der Straße, dieses ungenierte Aussprechen ungeschminkter Meinungen war bezeichnend für meinen Bruder. Er hatte eine Direktheit an sich, eine Unempfindlichkeit gegenüber Schattierungen und Abstufungen, eine grobschlächtige pragmatische Zielgerichtetheit, die auch seinen Bildhauerarbeiten abzulesen ist (obgleich dies keinem Kunstkritiker je aufgefallen zu sein scheint), weniger ihrer stofflichen Beschaffenheit (wenngleich ein besonders feines Auge sie auch dort aufzuspüren verstünde) als vielmehr des Umstands wegen, daß es diese Arbeiten überhaupt gibt. Wie ich bereits sagte, hat jedes fertige Kunstwerk etwas geistlos Buchstäbliches, etwas dumpf und gedankenlos Vergeßliches an sich, vergleichbar dem stumpfsinnigen, fühllosen Kitzel der Roheit, den ein Polizist empfindet, wenn er Touristen berühmte Mordschauplätze zeigt. Anders ausgedrückt: Obwohl Shakespeares Prospero – weise, müde, frei von Mißtrauen und im Besitz der Macht – als

Sprachrohr seines Schöpfers gilt, stellt der verbitterte, verletzte, verunstaltete, nicht zum Schweigen zu bringende Poet Kaliban vielleicht sein genauestes Selbstporträt dar.

Wie es der Zufall will, beherbergt die kleine bretonische Stadt Kerneval, in der ich zu Mittag aß (oder in der ich, sofern Sie bereit sind, sich für einen Augenblick der beliebten Illusion des historischen Präsens zu überlassen, zu Mittag esse, obwohl ich diese Worte in einem Hotelzimmer in Lorient diktiere, dessen Jalousien in Kooperation mit der schaukelnden gelben Lampe vor dem Fenster ein Flackern erzeugen, das einer Versuchsanordnung mit dem Ziel, einen Anfall von *le petit mal* herbeizuführen, ziemlich nahekommt), einige der kraftmeierischen Bilder, die mein Bruder in jener Periode zusammenschmierte, zu der Zeit, bevor er seine Bemühungen auf die Bildhauerei richtete. Das Gekleckse wird im kleinen örtlichen *musée de l'art contemporain* aufbewahrt, einem klobigen Gebäude aus dem 19. Jahrhundert, das an der geschlossenen Seite des Platzes liegt und infolge einer donquichottischen Mixtur aus Lokalpatriotismus und mißverstandener Ehrerbietung (sobald es darum geht, die künstlerischen Hervorbringungen des anglophonen Teils der Welt zu würdigen, unterliegen die Franzosen fast ähnlich chronischen Fehlurteilen wie die in Jack London vernarrten Russen) kurioserweise nach meinem Bruder benannt wurde. Fast meint man, den Parteienhickhack in der *mairie* vor Augen zu haben: die Kumpel des Bürgermeisters, die über einem *pastis* ihre Ränke schmieden, während sein Schwager und geschworener Erzfeind, der Anführer der kommunistischen Opposition vor Ort, mit seinen Spießgesellen über einem Krug Apfelwein eine machiavellistische Schiebung ausbrütet; das nachfolgende unheroische Patt in der schlechtgelüfteten Stadthalle, die in *le style pompier* gehalten ist, mit dem Ergebnis der Kompromißlösung, das Museum nach Bartholomew zu nennen. Das Hauptexponat unter seinen hier befindlichen Arbeiten, das durch den Torbogen des *enclos* »inspiriert« ist – wie bezeichnend überheblich von meinem Bruder, sich damit zu brüsten, seinen Kram an etwas so offenkundig Überlegenem (ob in Größe, Können oder *Endgültigkeit*) zu orientieren –, besteht in einer Reihe von Bildern der Apostel und Evangelisten, die nicht durch Porträts identifizierbar sind, sondern durch ihre entsprechend modernisierten Embleme: Peters Fischernetz, Lukas' Pinsel, Matthäus' Rechenmaschine, Johannes' was auch immer, die alle wirken, als wären sie hastig hingeworfen worden, um zu versinnbildlichen, auf welche Weise die Jünger ihr früheres Leben von sich warfen, als sie beschlossen, Christus zu folgen.

Unser junges Paar kam aus dem Museum und ging zum Torbogen zurück, um ihn ein letztes Mal zu betrachten. Aus der Entfernung sah das Portal aus wie von Bewegung, wie von Empfindungen durchzuckt, als wäre ein Moment echten Lebens unter einem vesuvianischen Aschenregen erhalten worden – Architektur nicht in Form erstarrter Musik, sondern in Form beständigen Films. Die Flitterwöchner wanderten um den Platz zu ihrem Wagen und gingen dabei auf dem Gehsteig, der so eng und mauernah war, daß es aussah, als entschuldige er sich bei jedem Autofahrer, der sich durch ihn gestört fühlen mochte, für seine Existenz.

Ein Mittagessen
zum Thema
Curry

Die Rolle des Currys im zeitgenössischen englischen Leben wird oft mißverstanden. Es (das Curry, nicht das zeitgenössische englische Leben) wird gern für nostalgisches Schwelgen in etwas gehalten, was der Franzose *le style rétro* nennen würde. (Franzosen sind große Freunde von Slang als Mittel der Systematisierung des Prozesses von Ein- und Ausschließen, eines diskreten Prozesses, dessen unauffällige Indikatoren dem Uneingeweihten zu verstehen geben, daß er nicht dazugehört, indem er die kleinen seelischen Niederlagen erleiden muß, die darin bestehen, daß man eine Pointe nicht begreift, eine Anspielung nicht errät; zum Beispiel benutzte der Hotelier dieses sehr ordentlichen Hauses in Lorient – eines Drei-Sterne-Hotels mit Michelin-Stern, hundert und ein paar zerquetschte Kilometer vom Schauplatz unseres Mittagessens entfernt, welche Entfernung ich mittels der ausgezeichneten *routes nationales* zurückgelegt habe und nicht auf der überfüllten, terroristischen, lebensgefährlichen und überraschend kostspieligen *autoroute* und zudem natürlich dank meines wackeren, wendigen Renaults, ganz zu schweigen vom Wetter, dem leichten Wind, der über den Filzhut blies, den man bedenkenlos abgenommen hatte, dem Wechsel von Sonnenlicht und Wolkendüsternis über den Feldern, der an die Seele des Menschen erinnerte, die auf Gottes Eingebungen reagiert – das Wort *resto* im Versuch, meine Beherrschung der französischen Umgangssprache in die Schranken zu weisen; als ich erwiderte: *»Oui, un bon resto«*, erkannte ich mit geübtem Pokerspielerblick an dem plötzlichen Aufflackern in seinen Augen, daß ich ihm eine unerwartete Schlappe beigebracht hatte.) Dieser Ansicht zufolge spielt Curry eine nostalgische, rückwärtsgewandte Rolle in der britischen Küchentradition, stellt die Vielzahl indischer Restaurants eine Art Trostpreis für den Verlust weltgeschichtlicher Bedeutung dar – wir haben, gibt man uns zu verstehen, das Empire verspielt und mit geraumer Verzögerung als kleine Entschädigung für diesen beträchtlichen Einsatz das Tandoori-Lokal um die Ecke bekommen.

Nichts dergleichen trifft zu. Wenn es irgendein Grundthema in der historischen Entwicklung des Appetits in England gibt, dann ist es die Vorliebe für Gewürze und starkgewürzte Speisen; die nationale Liebe zu diesen Geschmacksverstärkern und Stimulantia des Gaumens kommt einer tausendjährigen Sauftour gleich. Rufen wir uns Carêmes Beobachtung anläßlich seiner Ankunft am Hof des Prinzregenten ins Gedächtnis, der zufolge so heftig gewürzt wurde, daß »der Prinz oftmals tage- und nächtelang unter Schmerzen litt«. Man könnte sogar so weit gehen zu sagen, daß die Vorliebe für Gewürze ein Ingrediens (!) unseres Nationalcharakters ist, ein Instinkt, vergleichbar der walisischen Gesangsbegabung, dem deutschen Hang zu Wäldern, der Schweizer Eignung zum Hotelier, der italienischen Leidenschaft für Automobile. Gewürzter Speck, Schinken aus Barbados, Pfeffersteak, Hackbraten mit Gewürzen, Kohl mit Paprika – die englische Vernarrtheit in Gewürze durchzieht unsere Geschichte wie ein Leitmotiv oder wie der Generalbaß, vor dessen Hintergrund die tägliche Musik der Zeit und der Küche sich aufschwingt und zwitschert. So belegen die Verzeichnisse englischen Gewürzverzehrs eine heroische Hingabe an den (überaus) überschätzten Zimt, an die noch mehr überschätzten, fast schon widerlichen Nelken, an die würzige, einschläfernde Muskatnuß und ihre enge Verwandte, die Muskatblüte, an den aromatischen Nelkenpfeffer, den auffälligen Paprika, den historischen Senfsamen, den beliebten Ingwer, an Chilipfeffer (der, wie wir nicht vergessen dürfen, nach Europa gelangte, bevor die Portugiesen ihn nach Indien brachten, wo die feurige Frucht einige ihrer kulinarisch bedeutendsten Effekte erzielen sollte), an den herzerwärmenden, von mir persönlich geschätzten, das Wohlleben des Orients evozierenden Kreuzkümmel, an den durch und durch nahöstlichen Koriander (dessen griechische Ableitung von *koris* den Sachverhalt würdigt, daß er genauso riecht wie die nicht gerade edle Wanze), an den heiklen Kardamom, den unverwechselbaren Kümmel, das grellfarbene Kurkuma – die Liste ließe sich fortsetzen.

Immer wieder stößt man auf die irrige Annahme, diese Begeisterung für Gewürze gehe auf den Wunsch zurück, die minderwertige Qualität der vorhandenen Lebensmittel zu kaschieren oder zu bemänteln und insbesondere den Verwesungsgeruch verdorbenen Fleisches zu überdecken. Das ist eine bösartige und wahnwitzige Unterstellung. Das dominierende Element der englischen Küche ist die Verwendung von Gewürzen um ihrer selbst willen, vor allem um Effekte zu erzielen, die – und hier haben wir den wahren Schlüssel zum historisch gewachsenen Nationalgaumen – Süßes mit Saurem kombinieren. Seit dem Zeitpunkt der Zusammenlegung der Sopers Lane Pepperers und der Cheap Spicers im Jahre 1345 bis zum kommerziellen Einsatz der Worcestershiresauce 1868 – und seither erst recht – herrscht in englischen Eßgewohnheiten die Vorliebe für Mischungen aus süßen und sauren Geschmacksrichtungen vor; nationale Spezialitäten wie Minzsauce zum Lammbraten – was die Franzosen als unbegreifliche Perversion betrachten, eng verwandt dem nationalen Hang zur Flagellation und zu unverständlichen Kreuzworträtseln – belegen diesen Sachverhalt. Die zeitgenössische Leidenschaft für grelle Kombinationen wie die süßsauren Gerichte der Chinarestaurants (die die Kantonesen selbst ohne zu erröten als *lupsup*, als Dreck bezeichnen) ist kein letztes Aufzucken kolonialistischen Heimwehs, sondern die gesunde Fortsetzung eines Appetits, der schon vor der Zeit der Freisassen bestand und ein besserer Beweis historischer Kontinuität ist als der ganze Mummenschanz mit Beefeatern, Kricket, dem Book of Common Prayer und Promenadenkonzerten.

Die gleiche Vorliebe äußert sich in der nationalen Leidenschaft für gesetzlich geschützte Saucen-, Ketchup-, Hefeextraktmarken und dergleichen mehr, deren Produkte in der Regel auffällig gefärbt und geschmacklich relativ wenig subtil sind und die meinen Bruder mit grenzenlosem Entzücken erfüllten. Man findet diese Gebräue in den Regalen der Lebensmittelläden stets in enggeschlossenen Reihen, wachsam, alert und blankpoliert wie Spielzeugsoldaten, und auf den Tischen der Arbeiterkneipen, in denen Bartholomew gern verkehrte, im Kreis um die ketchupgefüllte Plastiktomate gruppiert, die noch die Fingerabdrücke vom kraftvollen Griff des letzten Gasts trägt.

Ich erinnere mich, diese oder ähnliche interessante Feststellungen mit meinem gewohnten sympathischen Habitus unanfechtbarer Allwissenheit gegenüber meiner Mitarbeiterin gemacht zu haben. Wir aßen in einem besseren (Leinentischwäsche, Silberbesteck) indischen Restaurant der Hauptstadt zu Abend; ich war soeben aus Norfolk zurückgekehrt, und sie hatte selbstverständlich ihre anderen Termine sausenlassen, um sich mit mir zu treffen. Unsere Verhandlungen und Gespräche befanden sich in einer frühen Phase, und deshalb wollte ich in der Öffentlichkeit mit ihr essen, um dem Anlaß etwas

Theatralisches zu verleihen und ihn mittels der Parado-
xie, die öffentliche Orte an sich haben, und entsprechend
der thermodynamischen Gesetzmäßigkeit des Paar-
wesens – wie ich sie bereits darlegte und der zufolge eine
in der Öffentlichkeit eingenommene Mahlzeit stets ein
Vortasten oder einen Rückzug innerhalb der Partner-
schaft veranschaulicht, aber niemals einen Status quo –
intimer erscheinen zu lassen. Die Atmosphäre des Restaurants, wie die gelassene Autorität seines wuchtigen
Mobiliars von etablierter Solidität gekennzeichnet, entsprach dem Geist eines Londoner Clubs, und der Speise-
saal im ersten Stock mit seinen hohen Fenstern und ernsten tamilischen Kellnern kündete von Dauerhaftigkeit
und den unerklärlich beständigen Destillaten des Empire.

Worüber unterhielten wir uns? Über das Wetter, die
vergleichbare Beschaffenheit des Lichts in den von
Malern bevorzugten Städten Südfrankreichs und Cornwalls (Collioure, St. Ives), über Curryrezepte, darüber,
warum Leute gerne Biographien lesen, über den Irrtum
der Idee vom Irrtum des Biographienschreibens, das *Lob
der Torheit*, unsere gemeinsame Leidenschaft für Antiqui-
tätengeschäfte, die Rolle von Hochstaplern in den
Büchern von P. G. Wodehouse, die Bauwerke Sir John
Soanes, darüber, wie lähmend wir beide die Idee des »englischen Exzentrikers« fanden, über den Einzug in die Da-
menmode von etwas, was sie »Ra-ra-Röcke« nannte und
was mir, wie ich sagte, wie eine absichtlich weniger
schmeichelnde Weiterentwicklung des Tutus vorkam.

Unsere *entrées* (ein merkwürdig bildlicher Begriff: die
Süßspeisen nennt man ja auch nicht *sorties*) holten wir
uns am reichhaltigen Büffet. Ich wählte eine erfreulich
knusprig in Teig fritierte Aubergine, einen gutbemesse-
nen Klecks Gurken*raita* und ein Stück Pappadum.

»Als Kind hatte ich einen Horror vor indischen Lokalen, weil ich dachte, daß man dort junge Hunde essen
müßte«, vertraute meine Begleiterin mir an.

»Hund habe ich bisher nur während einer experimentellen und einmaligen Reise nach Macao gegessen. Meine Wenigkeit hatte ziemlich spektakulär im Roulette gewonnen und wollte dieses Ereignis mit einem ausgefallenen Essen feiern. Deshalb gab es eine Flasche Krug und geschmorten jungen Hund. Alles in allem kein überwältigender Erfolg – das Fleisch ist zäh und gleichzeitig fett. Serviert wurde es in einem riesigen Kessel, wie man es aus Aufführungen von *Macbeth* kennt. Es schmeckte wie Huhn. Das Beste am ganzen Essen waren die dampfgebratenen Gemüse – so wie es einem oft in nicht ganz erstklassigen Chinarestaurants widerfährt. Die Kantonesen sagen vom korrekten Dampfbraten, es ›dufte nach dem Wok‹.«

»Ich könnte nie Hund essen. Davon würde mir übel.«

»*J'aime les sensations fortes.*«

Als nächstes gab es ein bengalisches Fischcurrygericht mit Seehecht und etwas zuviel Kurkuma (für ihn) und auf Holzkohlenfeuer geröstete Wachteln in einem das Auge erfreuenden schwärzlichen Kräutermantel auf einem offenbar obligaten, aber zutiefst unindischen Salatbett (für sie).

Bei den Wachteln fiel mir Pierre ein.

»Ich habe da dieses Häuschen in der Provence, eigentlich eher eine Hütte, wirklich nichts Besonderes. Für die Sommerfrische eben. Natürlich schon seit Jahren, lange vor der Invasion durch die Engländer. Als Nachbarn hat man da ein reizendes Brüderpaar, so bäuerlich, so schlicht, so echt provenzalisch – zum Glück hat die eigene Calvacanti-Lektüre einem ein paar Brocken Dialekt vermittelt. Hin und wieder bringen die beiden abwechselnd etwas vorbei, was sie gefischt oder geschossen haben; ich weiß noch, daß Pierre einmal Singvögel mitbrachte, nur wenig kleiner als diese Wachteln. Nie werde ich vergessen, wie er sie mit einer einzigen Handbewegung ausnahm und dann mit der anderen Hand flachdrückte, mit dem ganzen Gewicht der Handfläche – so, *krrcks*. Ich habe sie eine gute Stunde lang mariniert und dann einfach auf Holzkohle gegrillt – *magnifique*. Obwohl es mir immer ein Rätsel war, wie die beiden es fertigbringen, jemals irgend etwas zu erwischen.«

»Hat Ihr Bruder sich groß mit dem Essen abgegeben? Hat ihn das sehr interessiert?«

Stets verbinde ich mit ihr die Vorstellung von Licht, des unerwarteten Einfalls von Licht, das durch windgezauste Zweige tanzt oder sich schräg in einen Raum schleicht wie der als Sonnenstrahl verkleidete Zeus, der Danae verführen will.

»Ich bin mir nicht sicher, wie ernst man das Interesse nehmen soll. Es ist doch eine ziemlich prosaische Definition geistiger Aktivitäten, eine Definition von ausgesprochener Inhaltsleere, finden Sie nicht? Schwer vorstellbar, daß Dante oder Pascal sich für irgendwas ›interessiert‹ haben sollen. Pascals ›Interesse‹ am Roulettespiel war eine furchtbare Konfrontation mit der allgegenwärtigen Immanenz seines Schöpfers, eine unmittelbare Auseinandersetzung mit Gott. Man käme ebensowenig auf den Gedanken, ihn zu fragen, ob das ein ›interessantes‹ Erlebnis war, wie man einen Matador fragen würde, ob er sich für Stiere ›interessiert‹, einen Seemann im Ausguck eines Segelschiffs während eines Sturms, ob er sich für Reffs ›interessiert‹, einen Ballettänzer mitten im Sprung, ob er sich für die Schwerkraft ›interessiert‹, oder eine Hure, die ihr Erspartes nachzählt, ob sie sich für Männer ›interessiert‹. Es gehört untrennbar zu unserer Belanglosigkeit, daß wir uns für alles ›interessieren‹, daß wir dem Begriff des Interesses auch nur die geringste Aussagekraft unterstellen. Keines der wichtigsten Ereignisse unseres Lebens ist ›interessant‹ – weder Geburt noch Begattung, noch Tod. Ein Mensch, der am Abgrund steht, ist darüber hinaus, für die Leere ›Interesse‹ zu empfinden. *Abyssum abyssum vocat.* Mein Bruder hatte kein Interesse im entwürdigten, wenn auch zugegebenermaßen funktionalen Sinn des Wortes, aber er hatte eine ausgesprochene Vorliebe für die wohlbekannten Markensaucen und -ketchups. Als er sich in der Bretagne niederließ, nahm er eine große Kiste HP-Sauce mit. Vielleicht wäre es richtiger, von einer Leidenschaft als von einem Interesse zu sprechen. Unsere Mutter stimmte es jedenfalls besorgt, obgleich sie so tat, als finde sie es amüsant, daß er seine *œufs sur le plat* (unseren Spiegeleiern so unendlich überlegen, wie ich Ihnen hoffentlich eines Tages einmal werde demonstrieren können) in brauner Saucenwürze mit aufdringlichem Geruch ertränkte. Er war begeistert von den Sauerkonserven unseres norwegischen Kochs, und ich habe persönlich miterlebt, daß er ein ganzes Glas von Mitthaugs eingelegten Perlzwiebeln auf einmal aß, die so gut waren, daß es in unserer Familie scherzweise hieß, er solle sich auf ihre Herstellung spezialisieren.«

»Ich nehme an, er hatte normalerweise zuviel zu tun, um zu kochen.«

»Tink, tink, tink, tink, tink, tink, tonk, tonk, tonk. Seinen Meißel legte er so gut wie nie aus der Hand – wenngleich er ein Faible für das Herstellen von Ragouts und *daubes* und anderen handfesten Hausmannsgerichten hatte. Einer unserer Dienstboten, eine Irin, brachte ihm ein passables Irish Stew bei. Damit debütierte er etwa um die Zeit, als er die Malerei mehr und mehr zugunsten der Bildhauerei aufgab. Einer seiner Vermieter wollte ihn wegen statischer Schäden infolge der ganzen Steine, die er in sein Dachatelier schleppte, vor Gericht bringen. Steinblöcke stemmende schwitzende Arbeiter mühten sich schwerbeladen hintereinander die gefährlich steilen Stufen hinauf, als sollte der Bau der Pyramiden in häuslichem Maßstab nachgestellt werden, und die ganze Szenerie durchdrang der Geruch geschmorten Lammfleischs. Ich sehe, daß auf der Speisekarte eine gewürzreiche Abwandlung von Irish Stew steht, wie sie dem Gaumen der Missionare in Madras schmeichelt.«

»Sie erinnern sich nicht zufällig an den Namen des Hausbesitzers, der ihn verklagen wollte?«

»Die angloindische Küche ist tatsächlich ein weitgehend vernachlässigtes, aber faszinierendes Thema.«

Dann erklärte ich, daß bei meinem eigenen Kochen Gewürze im allgemeinen und Curry im besonderen keine geringe Rolle spielen. (Soweit ist die vorhin gebotene Schilderung der nationalen Zuneigung zu scharfgewürzten Speisen eine Selbstbeschreibung. Vielleicht ist jede Beschreibung eine Selbstbeschreibung und jedes Wort, das wir äußern, nichts anderes als ein Fragment der Autobiographie unseres Körpers, unseres Bewußtseins, die zur Gänze so wie die Linien in der Wüste von Nazca nur für einen Beobachter wahrnehmbar wäre, dessen Position und Motiv sich selbst die kühnste Phantasie kaum vorstellen kann. Landebahnen für UFOs? Riesige astronomische Kalender? Keats: »Jedes Menschenleben, das auch nur den geringsten Wert hat, ist eine fortwährende Allegorie.« Diskutieren Sie das.) Allerdings sollte ich die Einschränkung machen, daß mein Geschmack die subtilere, feinere Palette orientalischer Aromen den schwereren, »glibberigen« Currymischungen und Saucen vorzieht, die in der asiatischen Küche, wie sie in unserem Land praktiziert wird, vorherrschen. Die Textur der uniformen Currylokalversion dessen, was zum britischen Nationalgericht geworden ist, verdankt sich hauptsächlich dem Mischungsverhältnis der Ingredienzen, darunter einer Standardsauce, die mit Geschmacksmodifikatoren unterschiedlicher Toxizität versetzt wird: Standardglibber + Vindaloospratz = fertiges Gericht. In diesem Zusammenhang sei vermerkt, daß so gut wie jedes »indische« Restaurant dieses Landes von Sylhetis geführt wird, den Bewohnern der entsprechend benannten Provinz im tiefsten Bengalen, was etwa so ist, als wäre jedes »europäische« Restaurant der Welt fest in der Hand von Eingeborenen des Zwergenstaates Andorra.

Meine selbstgemachten Currys sind abwechslungsreicher und vom Wissen um die Schärfe der Konturen der Dinge durchdrungen, das so charakteristisch für den echten (im Unterschied zum eingebildeten und pseudo-orientalischen) Orient ist. Bei besonderen Anlässen bereite ich *korma*, das milde Curry, dem Sauermilch eine milde Würzigkeit verleiht; es muß zweimal erwärmt werden, vor und nach dem Zufügen des unbeständigen und potentiell unzuverlässigen Joghurts, und ist deshalb, wie meine junge Freundin sich anläßlich meiner an jeden professionellen Standard heranreichenden Technik des Zwiebelschneidens ausdrückte, etwas »knifflig«. An Festtagen und Feuerwerksabenden habe ich schon so manches *pilaff* oder *biryani* gezaubert, wo die aufregend vielseitigen Aromen des Reises sich den schweren oder feinen Eigenschaften des dazugehörigen Currygerichts vermählen, was durch die traditionell als glückverheißend geltende Verzierung mit Blattgold besonders festlich wirkt, obgleich ich nicht verschweigen will, daß mich persönlich die eßbare Anwendung des schillernden Metalls allen medizinischen Eigenschaften zum Trotz, die man ihm von alters her zuschreibt, nie besonders überzeugen konnte (im übrigen ist es laut EU-Richtlinien ein erlaubter Zusatzstoff, der die berauschend unaufregende Nummer E 175 trägt). Beide Gerichte wurden von den Moghulherrschern eingeführt, den arischen hellhäutigen Eroberern aus dem Norden, deren geschichtliche Rolle als Eroberer und Zivilisatoren der der Normannen in England so ähnlich ist. Mein Bruder besaß einen Goldbecher, den ihm irgendein übereifriger Wohltäter verehrt hatte und in dem er Pinsel aufbewahrte, was in meinen Augen selbst unter seinem subproletarischen Niveau war. Nicht alles, was glänzt, ist E 175.

Unser Menu besteht aus:

Eiercurry
Krabbencurry
Beilagen
Mangosorbet

Das Prinzip, das dieser Zusammenstellung zugrunde liegt, besteht darin, daß das Krabbengericht kräftig, scharf und anregend ist, während die Eierspeise mild, säuerlich und beruhigend ist. Das Mangosorbet fügt eine willkommene Note des Süßen, Kühlenden und Sauren hinzu, und das Essen als Ganzes besitzt jene Einheit von Zweck und Wirkung innerhalb eines Rahmens unterschiedlicher Kräfte, die man im allgemeinen – wenn auch nicht ausschließlich – den großen Leistungen der klassischen Küchen des Okzidents zuschreibt.

Bei der Auswahl der Beilagen sollten Sie berücksichtigen, daß man die Schärfe des Chilis im Essen am besten mit stärkehaltigen und kühlen Speisen bekämpft – Reis, Kartoffeln, Bananen, Bier, Joghurt – statt mit neutralem und konfliktscheuem Wasser. Was das Mangosorbet betrifft, sollten Sie 1. eine Sorbetiere kaufen, 2. Mangos kaufen und 3. die Gebrauchsanweisung befolgen. Die Curryrezepte können Sie im Kochbuch nachschlagen. Vergessen Sie nicht, daß die Praxis, Hummerkrabben von ihrem Darm zu befreien, indem man sie am Rücken aufschneidet und den dunklen Faden entfernt, nur in tropischen Ländern geboten ist, weil Lebensmittel dort schnell »hinüber sind« (wie Menschen oder wie ein Leinenanzug an einem schwülwarmen Nachmittag), aber dann auch dringend geboten, es sei denn, man hat unbedingt vor, jemanden zu vergiften.

»Vielleicht koche ich es einmal für Sie«, schloß ich in schäkerndem Ton, nachdem ich oben umrissenes Curryessen beschrieben hatte und während ich mit lasziver Geste den letzten Schnitz einer reifen Papaya, Gottes verbessertem Anlauf nach der Melone, an meine erwartungsvoll geöffneten Lippen führte. Kellner machten sich aufräumend, umräumend, aufkehrend und ordnend an anderen Tischen im Restaurant zu schaffen, Chirurgen oder Plünderer, die auf dem Trümmer- und Schlachtfeld der Mahlzeit ausschwärmten.

»Das wäre nett. Haben Sie das oft für Ihren Bruder gekocht?«

»Es war eines von Bartholomews Lieblingsgerichten, ein Essen, das ich sicher in einem halben Dutzend unterschiedlicher Ambientes für ihn gezaubert habe – behaglich in Norfolk, improvisiert in der Provence, einmal campingartig in seinem schmutzstarrenden Atelier in New York, wobei ich stets, um dem Bruder etwas Gutes zukommen zu lassen, in einer von ihrem Etikett befreiten Kaffeedose, deren einstige Identität an der Farbe und der verräterisch polygonalen Form des Deckels noch erkennbar war, kleine Gewürzpäckchen in Papiertütchen mitbrachte; er hatte die schlechte Gewohnheit, deprimierende Mengen Chutney aus dem Glas zu verzehren.«

Curry war vielleicht eines der Dinge, die Bartholomew wirklich fehlten, als er in Frankreich lebte. Im Verlauf dieses Abends in Lorient, da der Geruch des Meeres ganz leicht in der sanften Brise mitschwingt, hatte ich Anlaß, über all diese Dinge nachzudenken. Das Essen im Hotelrestaurant war teuer, zu ambitioniert und durch die ungenügend durchdachte Verwendung von Gewürzen, wie es den Franzosen leicht passieren kann, beeinträchtigt gewesen. (Nur im vorerwähnten *curry d'agneau* im La Coupole ist mir ein echtes Verständnis von *les épices* untergekommen.) Hier war das inkriminierte Gericht ein zusammengeschustertes Amalgam von Gewürzen zu sogenannten frischen Meeresfrüchten (Jakobsmuscheln, Langustinen, zähe Meeresschnecken und ein, zwei muffig riechende Austern), obwohl die Affinität zwischen Schalentieren und Kreuzkümmel schon zu Zeiten des

Apicius wohlbekannt war. Zu jener Zeit war es auch eine beliebte Beschäftigung besserbemittelter Römer, große, frische Meerbarben zu kaufen, ein paar Freunde für den Abend einzuladen, den Fisch aus seinem Wasserbassin zu nehmen und mit sadistischem und blasiertem Vergnügen zuzusehen, wie seine Farbe sich veränderte (von Rot über Orange, Zimtfarben, Violett und Grau zu Silber), während er starb. Dem heutigen Betrachter erscheint dieser Zeitvertreib (ebenso wie manch andere römische Praktiken) bei aller gebotenen Dekadenz und Anmaßung und erfrischenden Rücksichtslosigkeit im Umgang mit den anderen Spezies unseres Planeten als eine Spur *übertrieben*.

Nach dem Abendessen brach ich in ein Zimmer im Stockwerk unter mir ein. Die Technik, ein Sicherheitsschloß mit einer Kreditkarte zu öffnen, fand ich schon immer merklich, um nicht zu sagen erheiternd umständlicher, als in Film und Fernsehen dargestellt, und nicht ohne Genugtuung nahm ich zur Kenntnis, daß das *Mossad-Handbuch der Überwachungstechniken* (*nicht* in Ihrer Buchhandlung erhältlich, aber in photokopierter Form über Mail-Order-Kleinanzeigen in den paranoideren Söldnerzeitschriften zu bekommen) lediglich die Beschaffung (was in der Praxis auf den Erwerb mittels Concierge oder Hausmeister hinauslaufen dürfte) eines Satzes Hauptschlüssel empfiehlt.

Die Zimmereinrichtung war mit der meines Zimmers identisch – geschmackvoller Schreibtisch hier, als Teakholzschränkchen verkleidete Minibar dort –, wenngleich der Raum, wie ich feststellte, etwas größer als meiner war, ohne deshalb, wie die aushängenden *tarifs* demonstrierten, teurer zu sein. Ein großer, prahlerischer, männlicher Lederkoffer thronte auf einem aufgeklappten hölzernen Ständer, ein kleinerer, brauner Damenkoffer mit versteiften Seiten lag offen auf dem Bett, und die eleganteren Kleider waren bereits ordentlich und intelligent im Schrank aufgehängt. Aus der weitgeöffneten, sexuell anspielungsreichen Reisetasche sah ich verführerisch den Wirrwarr sauberer Unterwäsche lugen, doch die Zeit drängte. Ich schob die Hand in einen der Koffer und entnahm ihm einen großen Packen Reiseunterlagen, deren wichtigsten Bestandteil ich suchte – eine handschriftlich verfaßte Reiseroute, die entgegenkommenderweise zuoberst lag. Es war das Werk eines Augenblicks, die benötigten Daten, Zeiten und Reservierungen in mein kleines Moleskin-Notizbuch abzuschreiben, bevor ich die Dokumente säuberlich wieder zusammenlegte und dorthin zurückbeförderte, wo ich sie entwendet hatte. Die hohe, schmale, übertrieben ambitioniert gestaltete Lampe auf dem Nachttisch (neben einer mit Hotelinformationen, Touristenbroschüren und Briefpapier prall gefüllten Mappe) war unter dem Bett in eine normale kontinentale Verlängerung mit drei Buchsen gesteckt, die ich eilig gegen eine nur unwesentlich größer aussehende mitgebrachte Vorrichtung austauschte, bevor ich den Raum nach einem letzten wehmütigen Blick und einem schnellen Vergewissern, ob Spuren meines Eindringens zu sehen waren, verließ.

Zeit für ein Schlückchen. Vom Kellner, der vor schlecht verhehlter obligater Erheiterung beim Gedanken an die Aktivitäten unserer Hochzeitsreisenden schier platzte, erfuhr ich, daß das englische Paar (das in Wirklichkeit zu fünfzig Prozent walisisch war, wenngleich ich selbstredend der Versuchung widerstand, ihn über diesen Punkt aufzuklären) sich heimlich in die Stadt aufgemacht hatte, um in einer schlichten Creperie eine billigere und bessere Mahlzeit einzunehmen, und in etwa einer halben Stunde zurückerwartet wurde. Diese Information verdaute ich mit Hilfe eines fruchtigen jungen Calvados. Dann schlenderte ich nach oben, ohne den Aufzug (zum Entsetzen der Hotelbelegschaft) eines Blickes zu würdigen, und blieb unterwegs nur stehen,

um ein paar Landschaftsaquarelle mit Hohn zu bedenken, die verständlicherweise auf den Treppenabsatz ver-
bannt waren. Eine Straßenlampe warf einen Klecks na-
triumgelbes Licht auf meine Bettstelle, noch ein Grund
mehr, sich über den Zimmerpreis zu ärgern.

Ich wartete eine dreiviertel Stunde lang, und dann,
um fünf nach zehn, holte ich den Empfänger hervor, ein
sperriges Gerät von etwa den Ausmaßen der Penguin-
Ausgabe von *Mastering the Art of French Cooking* mit bereits
angeschlossenem Kopfhörer. Die Frequenz war schon
eingestellt. (»Funktioniert wie ein Babyphone«, hatte der
Mann im Laden gesagt, der sich beim Rasieren so furcht-
bar geschnitten hatte, daß er aussah wie jemand, der einen nicht ganz ernstgemeinten Selbstmordversuch hinter sich hat.)

»...und es ist überhaupt nicht gesagt, daß du etwas
über ihn rausfindest, wenn du dir seine Arbeiten an-
schaust«, sagte gerade eine auf Anhieb unsympathische
Männerstimme.

»Ich bin gestochen worden. Warum werde immer nur
ich gestochen?« Badezimmergeräusche. »Und ich habe
nie behauptet, daß die Arbeiten einem zwangsläufig etwas über ihn verraten, und das Gegenteil ist ebensowenig der Fall. Es ist einfach nur interessant, die Sachen
dort zu sehen, wo er sie gemacht hat, vor allem dann,
wenn sie an Orten sind, für die er sie gemacht hat. Im
übrigen hast du genau gewußt, worauf du dich einläßt,
als du dich auf die Sache eingelassen hast. Tut mir leid,
wenn es nicht ganz deiner Idee von einer Hochzeitsreise
entspricht. Faß mich jetzt nicht an, ich muß meine Sti-
che kratzen.«

Die Geräusche schweigender Versöhnung waren zu
hören, Herumlaufen im Zimmer, Wasserhähne, Koffer,
Schränke. Dann waren andere Geräusche zu hören.

SOMMER

Allgemeine Erwägungen

Ein Aperitif

*Gemüse
und Salatartiges*

*Einige kalte
Platten*

*

Allgemeine Erwägungen

Im Sommer wird der intelligente Koch oft genug feststellen, daß feststrukturierte Menus in den Hintergrund treten. Die Zwänge der anderen Jahreszeiten, die sich in geschlossenen Türen, gegen Zugluft verrammelten Fenstern und zugeknöpfter Kleidung äußern, sind gelockert, und zum Aufatmen gesellt sich ein Gefühl seelischer Befreiung, vergleichbar den sommerlichen Freiheiten, die man in Mitthaugs skandinavischer Heimat den Kindern einräumt, indem angesichts des die Nacht hindurch anhaltenden Tageslichts vom Zubettgehen nicht einmal mehr die Rede ist und man ohnedies weiß, daß der Winter einen strafenden Ausgleich in Form endloser Dunkelheit bereithält. Zweifellos kann das Gefühl vermehrter Freiheit einen paradoxen Eindruck des Zwangs mit sich bringen, der in Worte gefaßt lauten könnte: »Ich muß mich amüsieren – amüsiere ich mich? – Ich entspanne mich ja nicht – ich bin zu angespannt – ich müßte mich mehr anstrengen, um mich zu entspannen – ich muß mich amüsieren –« Es wollte mir fast scheinen, als könnte ich ein, zwei dieser Symptome an der weiblichen Hälfte des jungen Paars, unserer schamlosen Flitterwöchner, entdecken, als ich die beiden am nächsten Morgen über den eindeutig alles andere als vollen Frühstücksraum hinweg mittels eines kleinen Lochs observierte, das ich mit einer heißen Kompaßspitze in meine Ausgabe von *Le Monde* gebohrt und dann zuerst durch Drehen eines Füllfederhalters und anschließend durch vorsichtiges Nachdrehen mit dem Zeigefinger vergrößert hatte. Die schlechten Ölgemälde im Raum reproduzierten synästhetisch den leicht ranzigen Geruch des abgestandenen Kaffees in den angeberisch anspruchslosen französischen Mammuttrinkschalen.

Dieser Teil des Buches wird nicht aus durchkomponierten Menus bestehen. Eher ließe sich sagen, daß, soweit ein Menu mit einem Satz verglichen werden kann – einem Gebilde, in dem einzelne syntaktische Einheiten, Energieknoten, Säbelhiebe durch grammatische Prinzipien miteinander verbunden sind, welche die Einheiten aneinander anschließen, die Energie ordnen und kontrollieren und die individuellen Ausdrucksmomente zu einer zusammenhängenden Aussage choreographieren und koordinieren –, dieses Kapitel den einzelnen Brocken psychischer Stoffe ähnelt, die dem fertigen Satz vorausgehen. An Stelle von Rezepten und Menus als solchen wird der Leser Vorschläge für Rezepte finden, Funken, die vom Schleifstein springen.

Ein Aperitif

Obwohl das Wort *apéritif* ganz allein ein Bild von *luxe, calme et volupté* vermittelt, ein Gefühl von einem großzügig gelebten Leben, ziehe ich persönlich für das alkoholische Getränk, das man am Ende eines Arbeitstages zu sich nimmt, die Bezeichnung *sundowner* vor. Dieser Begriff definiert die Funktion des Getränks, das dazu dient, das bewußt wollende, effiziente Alltagsselbst vom entspannten, gelassenen, lockeren Feierabendselbst abzugrenzen, wobei der Augenblick, in dem man den *sundowner* trinkt, eine Schwelle darstellt, einen Übergang, der sich der Veränderung vergleichen läßt, die ein Schamane erlebt, der soeben eine ordentliche Portion Rentierurin hinuntergestürzt hat, in welcher Flüssigkeit das Halluzinogen aus *Amanita muscaria* gebührend konzentriert enthalten war, und nun noch nicht ganz von der Alltagswahrnehmung frei ist (der Schmutz, das kratzende Fell des Totemtiers auf seinen behaarten Schultern, der feuchte Rauch des Lagerfeuers, der ihm beißend in die tränenden Augen weht), aber auch noch nicht ganz die Reise ins andere Bewußtsein angetreten hat, die schwindelerregende Tunnelfahrt in die psychische Andersartigkeit. Der Drink am Ende des Tages symbolisiert den Moment, in dem wir die Rollen wechseln, was einer der Gründe ist, warum – wie der Volksmund es ausdrückt – »ein Workaholic das Gegenteil eines Alkoholikers« ist. Zufällig war mein Bruder allerdings beides; er war einfach nicht davon abzuhalten, in seinen diversen Ateliers – und wenn ich »Atelier« sage, sehe ich vor meinem inneren Auge ein Ballett von Steinstaub in der Luft tanzen – bis zum Umfallen zu schuften, und die unterschiedlichsten Geliebten erzählten die immergleiche Geschichte, daß man ihn von seinem Meißel und seinem Steinbrocken buchstäblich wegzerren mußte; gleichzeitig löste jede Unterbrechung seiner Arbeit sofort eine Einmannepidemie des Trinkens aus, bei der er wie besinnungslos unvorstellbare Mengen des jeweiligen *vin de pays* in sich hineinschüttete, so daß seine alkoholische Karriere Absinthsauftouren in Marseille ebenso umfaßte wie calvadosbefeuerte Exzesse im Hinterland von Cherbourg, Apfelweinorgien nicht weit von unserem Hotel in Lorient so gut wie Rakiausflüge in Kappadokien, eine Phase des *brennevín*-Mißbrauchs, als er geologische Formationen untersuchte, die er einem Schindelhaus in der Nähe von Reykjavik entnommen hatte, Einmannrotweinbacchanalien mehr oder weniger überall in Kontinentaleuropa, wo er sich gerade aufhielt, *genever*befeuchtete Studienausflüge ins Rijskmuseum, einen *bourbon*getränkten Abstecher in die Südstaaten, an den sich nahtlos ein dreimonatiges Tequilathon in New Mexico anschloß, einen obstbrandbeflügelten Sommer, den er mit Granitbildhauerei in Devon zubrachte, whiskygeschwängerte Kneipentouren in Soho bei jedem Londonbesuch und selbstverständlich eine unstillbare Liebe zum Bier, die es mit sich brachte, daß er in jedem Pub innerhalb einer Fünfzehn-Meilen-Zone um das Landhaus in Norfolk entweder wie ein lange vermißter Bruder begrüßt wurde oder strengstes Verbot hatte, auch nur einen Zehnagel über die Schwelle zu setzen. Eine seiner bekanntesten Arbeiten trägt denn auch den Titel *Das Trankopfer* und behandelt das Thema des Trinkens in Form eines ausgeleerten Bechers, wobei der Stein das Getropfe der vergossenen Flüssigkeit »sinnlich spürbar macht«, »künstlerisch vollendet einfängt« usw. usw., jedem von uns vertraut genug, um hier nicht eigens geschildert werden zu müssen.

Mein Geschmack in Sachen *apéritif* ist klassisch. Es hätte wenig Sinn, vorgeben zu wollen, daß irgendein anderes Getränk als Auftakt zum Abendessen wirklich dem Champagner vorzuziehen sei, jener englischen Erfindung, die mehr als alle anderen inspiriert und inspirierend ist. (Als ich meiner Mitarbeiterin gegenüber in meiner bisweilen spaßig-polemischen Art etwas Ähnliches bemerkte, rief sie fassungslos: »Was?« Um sie zu widerlegen, zitierte ich Etheridges *The Man of Mode* von 1676, wo »schäumender Champagner« gepriesen wird, der »geschwinde die Geister der Liebenden weckt, uns fröhlich und froh stimmt, die Grillen vertreibt«. Das Wort, auf das es hier ankommt, ist »schäumend«, denn es ist älter als jede französische Erwähnung der »perlenden« oder »moussierenden« Eigenschaften des Weines. Die Kohlensäure im Champagner entsteht während der zweiten Gärung, die sich in der Flasche vollzieht; das Bitzeln ist folglich im höchsten Maße von der Art des Flaschenverschlusses abhängig – und auf diesem Gebiet waren die Engländer weltweit führend, wie sich unschwer daran ablesen läßt, daß sie für ihr Flaschenbier bereits Korken verwendeten, als die Franzosen ihre Weinflaschen noch mit Hanfpfropfen zustopften. So kam es, daß die Engländer beträchtliche Mengen schäumenden Champagners seit den Zeiten der Restauration in sich hineingurgelten, während die Franzosen erst fünfzig Jahre später den Anschluß fanden. Prost!)

Dennoch eignet Champagner sich sowenig für jeden x-beliebigen Anlaß wie Mozart. Wenn es sich um eine Einladung unter Freunden handelt, bei der das Essen im Vordergrund steht, beispielsweise ein Abendessen, das man auf der Terrasse unseres Hauses in St.-Eustache einnimmt, dann gilt meine Präferenz einem *sundowner* (und hier ist die Bezeichnung ganz besonders zutreffend, weil man buchstäblich zusehen kann, wie die noch immer machtvolle Sonne der Provence hinter den mit Ölbäumen, Lavendel und Weinreben umkränzten Hügeln verschwindet) aus Weißwein und Cassislikör, einem Getränk, zu dem die arme Mrs. Willoughby sich häufig selbst einlud, wenn sie sich nicht gerade einlud, um den Swimmingpool zu benutzen, oder aus welchem anderen Grund auch immer. Gerade wenn der Abend angenehm entspannt zu werden versprach, erschien sie mit einem weitgehend symbolischen Weidenkorb (es kam vor, daß sie so tat, als wolle sie Kräuter oder Pilze sammeln), das Halstuch verwegen um den Hals geknotet, vom steilen Weg hügelaufwärts unappetitlich verschwitzt und rotgesichtig.

»Nein, sieht das aber fein aus«, sagte sie dann, und ab und zu sagte sie noch: »So schön rosa«, womit sie verriet, daß sie zur Sippschaft all derer gehörte, deren unterentwickelter Geschmack sich unfehlbar in einer Schwäche für diese Farbe manifestiert, als da sind: die britische Arbeiterklasse, die großen französischen Cuisiniers, die indischen Plakatmaler und – nicht zuletzt – der Allmächtige, dessen verhängnisvolles Faible für diese Farbe sich in den auffälligsten und prachtvollsten Schöpfungen von seiner Hand verrät (Sonnenuntergänge, Flamingos).

Mrs. Willoughby war in der Tat eine wandelnde Enzyklopädie des schlechten Geschmacks, eine unentwegte Verletzung aller höheren Kategorien der Kunst und des Urteilsvermögens. In dieser Hinsicht war sie ein nützliches Nivellierungszeichen, ein verkannter Gesetzgeber der Menschheit. Ihre theoretische Liebe zu allem Französischen, der nur ihre tatsächliche Ahnungslosigkeit in allem gleichkam, was mit der französischen Sprache und Kultur zu tun hatte, wurzelte in einem grundlegenden Abscheu all jenem gegenüber, was sie immer unter heftiger Betonung des Kornischen, welches sie von ihrem verstorbenen Ehemann übernommen hatte, als »englisch« bezeichnete. Gleichzeitig war das Englische natürlich ihr hervorstechendstes Charakeristikum beziehungsweise übertönte oder überdeckte es sämtliche anderen Charakteristika, bildete die Grundsubstanz, der all ihre anderen Eigenschaften entsprangen, quoll aus jeder ihrer Poren wie Knoblauch nach einer Aïoli-Orgie. (Der Geruch rohen Knoblauchs, der intensivste Knoblauchgeruch überhaupt, ist der Haut bis zu zweiundsiebzig Stunden nach dem Verzehr anzumerken. Rezept folgt.) Daher dienten ihre Philippiken zum Thema der Engländer – ihrer Kleinkariertheit und ihres Kleinbürgertums, ihrer Kulturlosigkeit, der Widerlichkeit ihrer Politiker, der Abscheulichkeit ihrer vergangenen imperialistischen Schandtaten, der Schrecklichkeit ihrer Küche, des Drecks in ihren Städten, des Fehlens bedeutender englischer Künstler in irgendeinem bedeutenden Medium des 20. Jahrhunderts, ihres Mangels an Gespür für Eleganz, ihrer Abneigung gegen bunte Farben, ihrer angeborenen Verachtung für alles, was sie nicht kennen oder wovon sie nichts verstehen, ihres naturgegebenen Konservativismus, Provinzialismus und Empirismus (ich zitiere frei) –, all ihre implizit und explizit geäußerten Anklagen, die für gewöhnlich in Form beiläufiger Bemerkungen und Nebenbemerkungen vorgebracht wurden, zu nichts anderem als dazu, einem leidenschaftlichen und ihr nicht einmal entfernt bewußten Selbsthaß Ausdruck zu verleihen. Das manifestierte sich auch in ihrer Garderobe – einer Ansammlung von Fischerkitteln, Espadrilles (die sie bei dem halbstündigen Fußmarsch auf steinigen Pfaden zu meinem Haus trug) und bei jeder unpassenden Gelegenheit getragenen Baskenmützen, deren Gesamtergebnis einem modischen Selbstmord gleichkam, und dabei lugte ihr der typisch britische Unverstand in Modedingen aus allen Knopflöchern. Die Art, wie der *juge d'instruction*, ein verhärmter, intelligent aussehender Mann, der so erschöpft wirkte, als sei er unter häufigem Pferdewechsel von Paris hergeritten, ohne sich unterwegs Rast zu gönnen, bei der gerichtlichen Untersuchung ihrer Todesursache Mrs. Willoughby standhaft *la femme anglaise* nannte und sie so für alle Zeiten als das abstempelte, was sie am allerwenigsten sein wollte und am allermeisten gewesen war, hatte etwas zutiefst Angemessenes und »Ironisches«. Als er die Einzelheiten der Schußverletzung beschrieb, die Mrs. Willoughbys Leben ein Ende bereitet hatte – die Austrittsstelle an ihrem Hinterkopf bezeugte mit ihren acht Zentimetern Durchmesser eloquent die Durchschlagskraft von Jean-Lucs Donnerbüchse, obwohl sie seine altehrwürdige Waffe als geeignetes Instrument zum Erlegen von Vögeln und Niederwild gewissen Zweifeln aussetzte, da von jeder derartigen Beute zwangsläufig nur eine blutige, breiige, bleiversetzte Masse übrigbleiben konnte –, war die Stille in dem kleinen Gerichtssaal so tief und theatralisch, daß man in den Pausen zwischen den Worten des gelehrten Richters das schwerfällige metallische Ticken der elektrischen Uhr hören konnte. Pierre und Jean-Luc, untadelig und kaum wiederzuerkennen in ihren Sonntagsanzügen, saßen in der ersten Reihe. Pierre knetete mit den Händen, wie ich aus dem Augenwinkel erkennen konnte, eine Harris-Tweed-Mütze, die ich ihm vor drei Jahren zu Weihnachten geschenkt hatte. Meine Erklärung, wie es zu dem tödlichen Unfall kommen konnte (indem nämlich Mrs. Willoughby meine entschiedene Ermahnung, an jenem Tag auf keinen Fall das Gelände der Brüder zu betreten, da diese mich vorgewarnt hatten, daß sie auf die Jagd gehen würden, offenkundig falsch verstanden hatte – etwa so, als übersähe man das Wörtchen *pas* in einem französischen Satz), gab den Ausschlag. Als Mrs. Willoughbys Tod zur Folge eines Unfalls erklärt wurde, wendeten Pierre und Jean-Luc sich einander zu und schüttelten einander die Hand, und niemals war ihre Ähnlichkeit offenbarer gewesen als in dem nahezu identischen Gesichtsausdruck, in dem sich Erleichterung mit unterdrücktem Triumph mischte, und einem beiderseitigen würzigen Seufzer, den zu riechen nur ich nahe genug saß. Die schlichte Würde, mit der die Brüder Jean-Lucs (sagen wir es ruhig) Freispruch feierten, wobei ihre Festtagskleidung und ihr ernstes Betragen sie inmitten der steifen Förmlichkeit des örtlichen Zwei-Sterne-Restaurants, dessen Spezialität *alouettes rôties en croûte de sel, sauce Madère* sind, ganz natürlich wirken ließen, war ausgesprochen ergreifend.

Die Grundprinzipien des Aperitifmixens finden sich in David Emburys *The Fine Art of Mixing Drinks*, einem der wenigen Bücher, die mein Bruder stets bei einem Umzug mitnahm, während er den Großteil seiner Besitztümer gern zurückließ wie eine Schlange, die die Haut wechselt, oder ein Einbrecher, der türmt – einem Buch, das er außerdem bei unterschiedlichen Gelegenheiten einmal als »angeberisch«, dann wieder als »das beste Buch aller Zeiten« bezeichnete. Emburys Grundregeln sind jenseits aller Verbesserungsbedürftigkeit. Ihm zufolge muß ein *apéritif* oder Cocktail 1. trocken und gekühlt sein oder zumindest den Appetit anregen, was süße und warme Getränke bekanntlich nicht tun, und 2. den Trinkenden intuitiv merken lassen, wieviel er getrunken hat, damit er nicht hinterrücks vom Rausch übermannt wird, wie es bei cremigen oder öligen Getränken geschehen kann. Martini, Daiquiri und Whisky Sour sind annehmbare Cocktailalternativen zum klassischen französischen *apéritif*; die meisten Getränke auf Campari- oder Wermutbasis halte ich persönlich wegen ihres unangenehmen Grundgeschmacks für ungeeignet (ich weiß, daß Tausende anderer Ansicht sind); mit den anisparfümierten Getränken des Mittelmeerraums, dem Pernod, dem Uzo, dem Raki, ist das etwas anderes. Gin mit Tonic ist nicht verboten. Der Manhattan führt zu Unrecht ein Schattendasein. Scotch anstelle von Bourbon in Cocktails zu verwenden ist absolut unzulässig.

Calvados ist nur im Sidecar erlaubt, einem weiteren neuerdings vernachlässigten Klassiker, doch wird er am besten pur genossen, wie es bei dem Arbeiter der Fall war, der heute morgen neben mir in Lorient an dem *zinc* eines kleinen *tabacs* in einem Häuserblock aus Läden und Wohnungen stand – das Erdgeschoß beherbergt zwei *tabacs*, eine Wäscherei, eine Apotheke mit einem Plakat im Schaufenster, das verschiedene Giftpilze zeigte, und ein vernachlässigt wirkendes Schuhgeschäft. Die letzten vier der genannten Unternehmen waren geschlossen, was nicht weiter erstaunlich ist, da es Viertel vor sieben war (obwohl die Franzosen im allgemeinen früher zu arbeiten beginnen als die Engländer).

Weiter hinten an der Straße endete der bewohnbare oder menschliche Teil der Stadt, so abrupt demarkiert wie der Frontverlauf in einem klassischen Stellungskrieg, in diesem Fall möglicherweise der Krieg zwischen Mensch und Handel. Dahinter florierte das Industriegebiet auf einem Beton- und Metallpark von hundert Hektar voller Großmärkte und Gleise; Lastwagen luden Waren aus, Parkplätze füllten sich, Busse spien Fahrgäste aus. Gegenüber dem *tabac* befand sich der Grund meiner Anwesenheit, der Autoverleih – *ouvert 0715 heures* –, wo ich meinen Renault 5 gegen einen flotten Peugeot 306 austauschen wollte (das *Mossad-Handbuch der Überwachungstechniken* empfiehlt, das Verfolgungsfahrzeug täglich zu wechseln).

Der Arbeiter trug ein Paar *bleus de travail*, dunkelblaue Latzhosen, aus einem Stoff, nicht ganz so derb wie Drillich, die die unoffizielle Uniform der französischen Arbeiterschaft bilden, und hatte einen dicken schwarzen Schnurrbart, der den Eindruck machte, als ziehe er die Mundwinkel des Mannes und seine Augensäcke aus Protest gegen die Macht des Kapitals, der Fröhlichkeit, des Lebens an sich nach unten; sein Haar, das jünger wirkte als alles übrige an ihm (gefärbt?), trug er wie ein Hollywoodrömer ins Gesicht gekämmt, das zu dieser frühen Tageszeit noch ganz starr aussah; er frühstückte – jedenfalls theoretisch, da er so gut wie reglos dastand und die Zigarette in dem Aschenbecher mit Pernodreklame vor ihm das einzige Indiz von Willens- oder Bewegungskraft zu sein schien, wenn man einmal von einem doppelten Espresso und einen großen *calva* absah. Das Herz tat drei merkliche Hopser.

»Encore une fois«, sagte ich mit einer leichten, wohlerzogenen Kopfbewegung zu meiner Tasse hin. Die *patronne* nahm das Sieb aus der Espressomaschine, klopfte es auf dem Rand des Abfalleimers aus, um den Kaffeesatz zu entfernen, bewegte zweimal den Verschluß unten an der Kaffeemühle und drückte mit einer Bewegung des Handgelenks und dem Rücken eines Kaffeelöffels die neue Portion Kaffee in das Sieb, wobei sie zum erstenmal die linke Hand benutzte, bevor sie das Ganze an entsprechender Stelle wieder in die Maschine einpaßte und den Knopf drückte, der den Dampf und das erhitzte Wasser durch das Granulat in die Tasse beorderte, die sie im genau richtigen Moment auf das metallene Abtropfsieb unter dem verfärbten Metallausguß der Espressomaschine knallte, all das mit so abgehackten, sparsamen und kantigen Bewegungen, als wäre sie ein Automat. Ich hatte größte Lust, ihr zu applaudieren, doch statt dessen paßte ich mich dem Geist des Ortes an und benutzte den Spiegel hinter dem *zinc*, um den Sitz meines Taschentuchs in der Brusttasche zu korrigieren. Ich hatte noch ein halbes Croissant übrig.

Auf der gegenüberliegenden Straßenseite schloß eine Angestellte des Autoverleihs, die auf den hohen Absätzen torkelte, wie sie zu einem bestimmten Typus übertrieben zurechtgemachter französischer Bürodamen gehören, die Firmentür auf und machte Licht an. Die plötzliche Illumination ließ das Innenleben der Örtlichkeit sichtbar werden – eine hohe Ladentheke und einen

Computer auf einem Schreibtisch. Ich legte Geld hin (*Mme. la patronne* nickte) und überquerte die Straße. Ein paar hundert Meter entfernt heulte und donnerte eine rotierende Straßenreinigungsmaschine, als wolle sie gleich abheben. Ich würde wieder im Hotel sein, bevor die Flitterwöchner überhaupt aufgewacht waren.

Gemüse und Salatartiges

*A*uf polnisch, in der Sprache, die man in Polen spricht, heißen alle Blattgemüse *włoszczyna*, was »Italienisches« bedeutet. Diese Bezeichnung tragen sie zu Ehren der Königin Bona Sforza, die sich glücklich preisen durfte, im 16. Jahrhundert von König Sigismund geehelicht zu werden, und der infolgedessen das Verdienst zugeschrieben wurde, die freiheitsliebenden Bewohner ihrer Wahlheimat mit den Erzeugnissen südländischer Gärten bekanntgemacht zu haben. In einem weiteren Sinn können wir das Wort *włoszczyzna* als Ausdruck der Diskrepanz sehen, die zwischen der Haltung des Nordens und der des Südens zu allen Gartenerzeugnissen besteht; der Mensch des Nordens als solcher empfindet laue Liebe zu Butter, Bier, Kartoffeln und Fleisch, während sein südlicher Gegenpart sich für Obst und Gemüse, Öl und Fisch begeistert. (An dieser Stelle sollten wir uns vielleicht daran erinnern, daß Römer einen Barbaren als jemanden definierten, der Hosen trug, einen Bart hatte und Butter aß.) Die Stereotype sind allerdings nicht völlig aus der Luft gegriffen, wenn man bedenkt, daß den größten Teil des Jahres über der Ertrag des nördlichen Küchengartens enttäuschend schmal und eintönig ist und sich nicht für die Zubereitung jener Gerichte anbietet, die so beliebt geworden sind, seit alles Mediterrane in Mode gekommen ist (ich erlaube mir, nochmals darauf hinzuweisen, daß ich mein Häuschen in der Provence lange vor diesem weitverbreiteten Phänomen erworben habe). Nehmen Sie nur die Tomate, diese Frucht, deren Name bereits ihre exotische Natur und Herkunft belegt, denn er ist eine Ableitung vom Nahuatl-Wort *tomatl* oder *tu-matl*, und deren lateinische Bezeichnung ihm in nichts nachsteht, lautet sie doch – dem Nahuatl nicht verwandt, aber aufregend – *Lycopersicon esculentum*, »eßbarer Wolfspfirsich«. Mußte nicht die lebhafte Farbe der Frucht die Essenden an die Herzen gemahnen, die man vor ihren Augen jeden Tag denen, die als Menschenopfer dargebracht wurden, herausriß? Und ließe sich zur Verteidigung dieser Zuschauer nicht vorbringen, daß sie die Grausamkeiten, die zu den Grundfesten ihrer Kultur gehörten, wenigstens mit eigenen Augen sahen und nicht abgeschirmt durch die so passend Medien genannten Medien?

Tomaten sind in allen Lebensmittelläden und Supermärkten des Vereinigten Königreichs das ganze Jahr über erhältlich. Den erdrückend größten Teil dieser Zeit hindurch sind sie völlig geschmacksneutral – völlig. Sogar die aus dem Süden importierten Tomaten kommen nahe an diesen Nicht-Geschmack heran, weil sie unreif gepflückt werden und erst während des Transports »reifen«. Nie werde ich den Ausdruck auf Mitthaugs Gesicht vergessen, als er (während eines ganz gewöhnlichen sommerlichen Picknicks am Straßenrand im Verlauf eines Familienausflugs nach Agen) zum erstenmal eine richtig reife Tomate aß – es war ein Gesichtsausdruck, dessen Überraschtheit und sinnliche Schockiertheit sogar für meine Kinderaugen etwas unverhüllt Sexuelles besaßen. Etienne, der Austauschschüler, der einige Sommer lang bei uns wohnte (um mein Französisch aufpolieren zu helfen, nachdem wir nach Albion zurückgezogen waren), war strengstens dazu angehalten, jedesmal das maximal mögliche Quantum reifer Tomaten mitzubringen, so daß es aussah, als schleppe er den kompletten, in Taschen und Tüten gestopften Inhalt eines Marktstandes mit sich, wenn er sich auf dem Bahnsteig von Victoria Station vorwärtskämpfte. Stengel und Blätter der

Pflanze sind giftig, aber nicht toxisch genug, um dem ernsthaften Freund des Vergiftens von großem Nutzen zu sein.

Auch andere Gemüse schmecken eher unaufregend, wenn sie aus dem Treibhaus kommen. Ich denke an den Paprika, von dessen wirkungsvollerem (und für meine Begriffe als Koch und Esser stimulierenderem und kulinarisch spannenderem) Cousin, der Chilischote, bereits die Rede war. Die das ganze Jahr über in britischen Läden erhältlichen Paprika lassen sich geschmacklich am ehesten einer raffinierten neuen Art von Hi-Tech-Plastilin vergleichen; an Fadheit übertrifft sie nur noch der auf schon fast unheimliche Weise geschmacklose und anonyme Eissalat, der alle anderen Mitbewerber durch den Umstand aus dem Feld schlägt, daß er tatsächlich nach gar nichts, nach überhaupt nichts schmeckt; er ist von einer Perversität, daß jeder verrückte Wissenschaftler mit Recht stolz darauf sein könnte, ihn erfunden zu haben, wenn er im Reagenzglas gezüchtet worden wäre. Umgekehrt sind manche Gemüse im Winter am besten, so der Staudensellerie, der im tiefsten Winter (*»morte saison, quand les loups se vivent de vent«*, wie François Villon es ausdrückt) im höchsten, belebenden Glanz erstrahlt, oder sein enger Verwandter, der geradezu tragisch unterschätzte Knollensellerie, oder der Lauch, der von Ägypten bis in den höchsten Norden Schottlands angebaut wird, den Menschen auch im kältesten Winter nicht im Stich läßt und seit den Zeiten der Römer in England bekannt ist, was sich in so exzentrischen Ortsnamen wie Loghrigg (*loukr* ist das nordische Wort für Lauch, der Ort heißt also Lauchberge) und so normalen wie Leighton Buzzard niedergeschlagen hat. In *Acetaria*, einem faszinierend halblesbaren Buch über Salate, das etwa dreihundert Jahre lang das einzige Werk zu besagtem Thema in englischer Sprache war, beschrieb der Tagebuchschreiber, Altertumsenthusiast und Oberplau-

derer John Evelyn den Lauch als »reich an Tugenden«
und als Lieblingspflanze der Latona, der Mutter Apol-
los: »die Waliser, dem Lauch sehr zugetan, sind, wie man
weiß, besonders fruchtbar«. (Ich könnte ihr viel verge-
ben, aber sein Walisertum ist schwer zu ertragen.) Die
guten Eigenschaften des Lauchs stehen uns jedoch nicht
immer zur Verfügung, sondern beschränken sich auf bestimmte Kalenderabschnitte. Zu den wenigen Dingen,
für die das vermutlich nicht gilt, gehört das von meinem
Bruder so abgöttisch geliebte Pfannenfrühstück.

Trotz der eindrucksvollen Gegenbeispiele von Lauch
und Sellerie läßt sich dennoch nicht leugnen, daß der
Sommer die Zeit ist, zu der Gemüse sich am vorteilhaf-
testen präsentieren, und daß diese Jahreszeit dem Koch
die günstigste Gelegenheit bietet, die Früchte des Gartens in ihrer schlichtesten und (oft) besten Form auf den
Tisch zu bringen. In der Praxis bedeutet dies, daß ein
Salat in der einen oder anderen Form nicht zu umgehen
sein wird. Die meisten in Großbritannien aufgewachse-
nen Menschen kennen kaum ein zweites Wort, das einen
so instinktiven und unbezähmbaren Abscheu hervorruft.
»Der Salat ist die Krönung jedes französischen Diners
und die Schande fast jeder englischen Mahlzeit« – diese
Beobachtung eines britischen Reisenden, eines Captain
Ford, aus dem Jahr 1846 gilt heute wie ehedem; es
genügt, an die Mischungen zu denken, die im vorerwähnten Institut St. Botolph, das mein Bruder besuchte,
kreiert wurden – ein paar schwermütige Gurkenschei-
ben, ein irgendwie gewaschener Blattsalat (Eissalat
selbstverständlich), den offenbar wilde Hunde in Stücke
gerissen hatten, zwei unzerteilte Radieschen (wahrscheinlich deshalb im Ganzen serviert, damit sie nicht
Gefahr liefen, sich in Scheibenform als genießbar zu erweisen), ein blasses und wäßriges Tomatenviertel, und
das Ganze mit einer Salatsauce angemacht, die sich zumindest dadurch auszeichnete, daß sie »nach etwas«

schmeckte, anders ausgedrückt: nach dem Abfallprodukt einer verunglückten industriellen Erfindung. Abwandlungen dieses Salats werden überall im Britischen Königreich täglich gegessen; während ich spreche, wird ein derartiger Salat verzehrt, und ebenso, während Sie dies lesen. Vielleicht hatten die Altvorderen recht, Salat als Narkotikum zu betrachten, und sie hätten diesen Gedanken ruhig weiterdenken und im Salat eine Droge erkennen können, die im Konsumenten Gleichgültigkeit gegenüber der Form der Darreichung bewirkt.

Salate waren eines der Gebiete, auf denen Mitthaug am gründlichsten geformt, umerzogen und umprogrammiert werden mußte. Sein Salatwissen, das er uns mit einem Gesichtsausdruck präsentierte, den ich im nachhinein als Mischung aus Erwartung, Dreistigkeit und gespieltem Diensteifer zu deuten weiß, der uns damals jedoch als bloße ungekünstelte Gutherzigkeit erschien, war gleich Null. Die ersten *mélanges*, die er für uns zusammenstellte, entstammten ausnahmslos dem Schreckensende des Spektrums kalter Gemüsegerichte, und eine besonders unerwünschte Rolle spielten darin rote Bete, eine Wurzel, die in den Worten meines Vaters »nicht die Spur einer Existenzberechtigung« hat. Meine Mutter, eine heikle Esserin, die sich aus praktischen Küchendingen herauszuhalten pflegte, mußte zwangsrekrutiert werden, um Mitthaug die Grundprinzipien eines gemischten Salats beizubringen, angefangen mit den Salatsaucen. Mitthaug lernte die erforderlichen Handgriffe brav, aber man konnte sich nie ganz von dem Eindruck befreien, daß es sich bei ihrer Anwendung um auswendig gelernte Techniken handelte, nicht um etwas wirklich Begriffenes und Verinnerlichtes; man konnte sich nie wirklich darauf verlassen, daß man keinen kleingeschnittenen Salat und keine gewürfelten Karotten auf dem Teller vorfand. »Wie kann jemand, der so gut ist, etwas so Schlechtes zustande bringen?« wunderte meine

Mutter sich dann und hielt mit spitzen Fingern ein welkes Salatblatt in die Höhe.

Ich aß im Relais de Pantagruel zu Mittag, einem angeberischen Restaurant an der Loire, das ich in meinem blitzblanken neuen Peugeot 306 in ein paar Stunden Fahrt von Lorient aus erreichte. Der Salat, den man mir servierte, hätte meine Mutter nicht weniger schockiert, als ihre Kreationen Mitthaug aus der Fassung gebracht hatten. Ich hatte das *menu du jour* bestellt, weil es mich nach dem Hauptgang gelüstete, Hecht in *beurre blanc*, eine Loirespezialität, die in dieser Gegend, die zum Kanon der klassischen französischen Küche erstaunlich wenig (bedenkt man ihren kulturellen, historischen und geographischen Stellenwert) beigetragen hat, noch am ehesten einem klassischen großen Gericht nahekommt; Hecht ist ein guter Speisefisch, mit dem sich englische Angler seiner vielen Gräten wegen nicht abzugeben pflegen (sie sind klein, aggressiv und spitz, wie gefährliche Minizahnstocher, und das mühselige Geschäft, sie zu entfernen, ist eine der Ursachen für Erfindung und Erfolg der Hechtklößchen), und *beurre blanc* ergänzt den Geschmack des am Grund der Seen gefürchteten Räubers hervorragend. Darauf sollte eine *tarte à la crème* folgen – Eiercreme auf einem Tortenboden oder eine *crème brûlée*, deren karamelisierte, knusprige Oberfläche durch eine buttrige Tortenunterlage ersetzt ist. Als erster Gang war eine schnörkellose *pâté de campagne* vorgesehen, in der sowohl Schweinefleisch als auch Pflaumen eine Rolle spielten, und danach sollte es ein »Intermezzo« (so der Sprachgebrauch auf der Karte) in Form einer *salade de chef* geben, das sich als visuelles Pandämonium aus Blättern und Blüten entpuppte, gelben und orangeroten Kapuzinerkresseblüten, weißen und roten und rosa Rosenblüten, violetten Irgendwasblüten, Ringelblumen und Lilien, deren Gelb miteinander wetteiferte, Lollo Rosso, rotem Chicorée und dem kecken dunklen Grün von

Feldsalat. Schwarze Teller zu allem Überfluß. Die Verwendung von Blumen in der Küche hatte schon immer etwas Dekadentes, von Apicius' Rezept für Hirn mit Rosenblüten aus dem ersten Jahrhundert unserer Zeitrechnung über die kräuter- und blütenreichen Salate der englischen Adelsküche bis zu Marinettis futuristischem Rezept für panierte und fritierte *rose diaboliche*. Marinetti empfiehlt sein Rezept insbesondere für junge Bräute.

Mein *menu du jour* war die einzige Konzession des Relais de Pantagruel an eine Mahlzeit, die irgend jemand tatsächlich zu essen den Wunsch haben konnte, die einzige Ausnahme von den schwindelerregenden Schöpfungen des Küchenchefs; ich erinnere mich an einen verstohlenen Blick auf einen gebackenen Hasen, gefüllt mit Kalbszunge und in einer Krebs-, Schokoladen- und Mandarinensauce, der natürlich nach der Tochter des Kochs *lapin à la mode de Sylvie* hieß. Das Relais strahlte wie alle Restaurants, die um ihr Überleben kämpfen, den verdruckten Trotz dessen aus, der sich geschlagen weiß, ein Fluidum, das von Optimismus und zugleich nachlassendem Kampfgeist gekennzeichnet ist und wo die Komplimente des Gastes (als Antwort auf die verzweifelte Frage des Inhabers, ob »alles so richtig« war, die zu hören am schmerzlichsten ist, wenn sie aufrichtigen Sinnes gestellt wird) das eine sind, die Einnahmen in der Kasse und der Staub über dem Türstock das andere. Alle erfolglosen Kleinunternehmen ähneln sich bis zu einem gewissen Grad. Ihnen allen gemeinsam ist die deprimierende Atmosphäre, der Eindruck, Chancen seien nicht genutzt, Fähigkeiten vergeudet worden – »Die Marktlücke erwies sich als Abgrund«, wie mein Vater es bezüglich eines seiner Freunde formulierte, der etwas, aber, wie sich herausstellen sollte, nicht genug von antiquarischen Büchern verstand –, ganz egal, ob es sich um dieses Restaurant handelt (in dem, wie ich feststellte, keineswegs schlecht gekocht wurde; die *rillettes* waren an-

genehm fett und die Pflaumen erfreulich saftig und
gleichzeitig runzelig, wie Hodensäcke; der Salat war erfrischend, sah possenhaft aus, schmeckte aber nicht so
und war der Gefahr entgangen, »interessanter« zu sein,
als ihm guttun konnte; den trockenen, grätenreichen
Hecht ergänzte die dominierende, schalottenwürzige
beurre blanc aufs herrlichste, und die *tarte à la crème* war
leicht vom Teig her und potentiell kalorienreich im nar-
zissengelben Tortenoberteil) oder um die Reinigung an
der High Street von Wooton in Norfolk mit ihrer zu lauten Türklingel, dem reglos dasitzenden alten Weib und
dem kaugummikauenden Teenager, die hinter der Re-
sopaltheke fernsehen, und den in Plastikfolie einge-
schweißten Kleidern an der Stange, die irgendwie an die
Leichensäcke des Vietnamkriegs erinnern. Mein Bruder
hatte eine Zeitlang sein Atelier über den Räumlichkei-
ten eines Veterinärmediziners in Lambeth, dem der mit
eigener Hände Arbeit erworbene Ruf anhing, seine Pa-
tienten unter die Erde zu bringen – Bartholomew nannte ihn den »besten Freund des Tierpräparators« – und
auch dort herrschte die dem Scheitern inhärente Typo-
logie, die sich psychisch in der Atmosphäre äußerte, die
alle Orte, Unternehmen und Menschen auf dem abstei-
genden Ast kennzeichnet, und physisch in einem geradezu überwältigenden Formaldehydgestank.

Zufällig besaß das Restaurant einen Cocktail des
Hauses: eine ländliche Mischung aus rotem Sancerre
und *crème de mûre*. Danach ließ ich mir eine kleine Karaffe annehmbaren Hausrosés bringen, einen Pinot Noir
mit einer erfreulich markigen Note und einem Anflug
von Erdbeerduft.

In lächerlichem Widerspruch zur geographischen Lage und zum stuckverzierten Äußeren des Etablissements
war der Speiseraum in einem Stil dekoriert, den der In-
nenarchitekt wahrscheinlich »Jagdhüttenmotiv« nannte:
Eichenholztäfelung und ein Kamin von furchterregen-

den Ausmaßen wie die, vor denen in den üblen guten alten Tagen der englischen Public School Marshmallows getoastet und kleine Jungen gefoltert wurden; darüber hing ein zähnefletschender ausgestopfter Hecht von Heilbuttgröße, ein Elchkopf und – ein wahrlich anglophiler Einfall! – ein ausgestopfter Fuchs mit dem beunruhigend intelligenten Ausdruck, den Füchse an sich haben. Die Wände zierte ein wahres Waffenarsenal, mit dem man eine länger währende Belagerung im Fall einer sagen wir nicht ganz EU-konformen neuerlichen Invasion der Engländer in Frankreich durchstehen konnte, eine historische Photographie von Männern in Umhängen und Hüten vor einem Häufchen toter Wildschweine und ein grauenhaft schlechtes Gemälde, auf dem ein Mann mit Tropenhelm aus unglaubwürdiger Nähe einen Tiger schoß, während drei eingeborene Träger mit flatternden Lendentüchern das Weite suchten, ganz zu schweigen vom riesigen, bärtigen Kopf und den imposanten Schultern eines – und das war nun sogar nach französischen Maßstäben ausgesprochen unsentimental – Wisents. Die Eßtische waren massiv, um ein vielgebrauchtes und mißbrauchtes Wort zu verwenden, und die Tischwäsche war so gründlich gestärkt, daß man den Eindruck hatte, man müsse nur mit dem richtigen Instrument im richtigen Winkel daran klopfen, um sie in tausend Scherben zerspringen zu sehen. Über dem Käsewagen dräute düster ein Hirschgeweih.

Der Küchenchef tauchte aus seinem Reich auf, als ich gerade auf Rechnung des Hauses meine zweite Tasse Kaffee genoß: schwarz wie der Teufel, heiß wie die Hölle, süß wie die Sünde – letzteres dank einiger wohlgezielter Spritzer aus dem Süßstoffspender; der Geschmack von Süßstoff hat sich in den letzten Jahren erstaunlich verbessert, wenn man an den früheren dünnen und chemischen Geschmack denkt, bei dem es einem nicht schwerfiel, den Worten Glauben zu schenken, die auf

US-Lebensmitteletiketten so unumwunden wissen lassen, daß »dieses Erzeugnis in Laborversuchen bei Tieren Krebs verursacht hat«. Man muß im Verlauf der Jährchen 'auf seine Figur aufpassen. Nicht daß mein Bruder sich um dergleichen geschert hätte – er legte sich gegen Ende seines Lebens trotz der Oberkörpergymnastik, die untrennbar mit dem Beruf des Bildhauers verbunden ist, das zu, was meine Mitarbeiterin eine »Speckrolle« nannte. Als *M. le chef* sich mir näherte, steckte ich mir das geldstückgroße Zitronentörtchen in den Mund, das zu den *petits fours* gehörte, wie zur Belohnung dafür, daß ich alles andere aufgegessen hatte (obgleich sich auf allerhöchstem Niveau hätte bemängeln lassen, daß die Kombination aus Mürbeteig und Creme der entsprechenden Kombination der *tarte à la crème* zu nahe war oder sie zu getreulich kopierte oder zu wörtlich zitierte).

Die weiße Kleidung des Küchenchefs war untadelig sauber, sein Auftreten steif.

»War alles zur Zufriedenheit von Monsieur?«

Wie ich bereits andeutete, ist das Repertoire zulässiger Antworten auf diese Spieleröffnung nicht groß. Ich machte einen dieser erlaubten Züge. Ich war schon immer ziemlich versiert in solchen Dingen, da die naturgegebene Macht meiner Persönlichkeit sich über die Schüchternheit und Unbeholfenheit des Künstlers und Gelehrten hinwegsetzt und die einfachen Menschen, die mir das Schicksal über den Weg führt, zutiefst beeindruckt (was ich mir, wie ich weiß, keineswegs einbilde) – Polizisten, die man nach dem Weg fragt, Straßenbauarbeiter, die man grüßt, wenn man ihnen in der Hauptstadt begegnet, wo sie meistens damit beschäftigt sind, dasselbe Stück Straße zu exhumieren, das sie wenige Wochen zuvor bereits umgruben. Lebte Dante heute, würde er diese regelmäßige Begleiterscheinung unseres Großstadtlebens in die revidierte Fassung seines *Inferno* einarbeiten, dergestalt, daß Straßenbewohner und Bauarbeiter in einem unablässigen Kreislauf des Bohrens, Auffüllens und Neubohrens gefangen wären, wenngleich ich mich frage, worin die angemessene Schandtat bestehen mag, die solchermaßen bestraft würde. Zweifellos dürften die Übeltaten der modernen Welt – die öde Verlogenheit der Regierungen, die schäbigen Wirtschaftsverbrechen und jämmerlich vorhersehbaren Morde, hinter denen ausnahmslos Liebe (Haß, Eifersucht) oder Geld ursächlich wirken – sich neben denen, die Dante kannte, nicht sonderlich beeindruckend ausnehmen.

Mein Bruder machte eine Reihe Skulpturen nach Themen Dantes – unfertige Gestalten, die aus dem Stein ragen, wie die ersten Formen des Lebens auf der Welt aus dem Urschleim gekrochen sein könnten; ihr verzweifeltes Bemühen, aus dem Stein herauszugelangen, versinnbildlicht die Mühsal des schöpferischen Wirkens und ist auf seltsame Weise schmerzlich mit anzusehen, ohne bloß eine langweilige Allegorie auf die Schaffensqualen des Künstlers darzustellen. Die Skulptur des Ugolino, ein großer Gesteinsbrocken, der über einem kleineren Block hängt, der verzerrt, entstellt, zerstückelt aussieht, ist ein Mittelding zwischen einer Schilderung des von Dante beschriebenen Vorfalls (der mit Abstand unschönsten Darstellung des Kannibalismus in der gesamten Literatur) und einer abstrakten Komposition: Im einen Augenblick meint man das eine zu sehen, im nächsten das andere, so wie in den visuellen Paradoxien, die uns zweifeln lassen sollen, ob wir nun einen Krug oder zwei Liebende, die sich küssen, einen niedlichen Schmetterling oder einen verwundeten Eisbären vor uns haben. Diese Skulpturen, eine Auftragsarbeit für einen norwegischen Magnaten, der eine hydraulische Hebelvorrichtung erfunden und damit im Schiffswesen Geld wie Heu gemacht hatte, waren unvollendet, als mein Bruder starb. Unvollständigkeit hat in künstlerischer

Hinsicht stets etwas Ergreifendes; die Skulpturen, denen ihre Unvollständigkeit einen ganz eigenen Glanz verlieh, als wäre sie der unumstößliche Beweis der Mühsal des künstlerischen Schaffensprozesses, erzielten nach Bartholomews Dahinscheiden einen besonders hohen Preis (Paradebeispiel eines »anhaltenden Aufwärtstrends in der Preisentwicklung«), und der Norweger wurde von einem texanischen Museum überboten, das eine Sammlung zeitgenössischer Skulpturen einrichtete und einen bedeutenden Ankauf benötigte, um »die Sache zum Laufen zu bringen« (wie der Museumsdirektor sich am Telephon ausdrückte, wobei die Verbindung seine Worte mit einer verwirrenden Verspätung von zwei Sekunden weitervermittelte, so daß es einem vorkam, als spreche man mit dem Mond, was in gewisser Hinsicht zweifellos zutraf; er bezeichnete Bartholomew im übrigen als jemanden »in der Art von Frink, Moore und Michelangelo«).

Um mich als Connaisseur zu erweisen, was ein für beide Parteien schmeichelhaftes Vorgehen ist, das einem echten »Geniestreich« tatsächlich kaum nachsteht, murmelte ich ein paar fragende Worte hinsichtlich der genaueren Identität eines Käses, den ich auf gut Glück für einen Larzac hielt – eine gewagte Vermutung, da es mehrere diesem Käse recht ähnliche Sorten gibt. Meine Ahnung hatte mich nicht getrogen.

»Monsieur ist auf Reisen?«

Monsieur gab zu verstehen, daß es sich in der Tat so verhielt. Dann mußte ich ein paar Minuten lang so tun, als lauschte ich den Rat- und Vorschlägen des Küchenchefs, bevor wir uns unter gegenseitigen Hochachtungsbezeigungen verabschiedeten. Im übrigen befand ich mich wirklich auf einer Reise und hatte den Vormittag damit verbracht, fröhlich, frisch und frei bei spärlichem und ehrerbietigem Verkehr (sobald man erst die *banlieue* von Lorient hinter sich hatte) unter am Himmel dahinjagenden Wolken in einem wundervoll reaktionsschnellen Peugeot die Ufer der Loire entlangzufahren. Die Loire ist der richtige französische Fluß für den Reisenden, der es mit seinen (könnten wir bei dieser Gelegenheit ausnahmsweise auf das wirklich ermüdende Getue verzichten, mit dem der Anschein erweckt werden soll, dieses Pronomen sei geschlechtsneutral? Jeder Satz, der Wendungen wie »wenn ein Jagdflieger...« oder »wenn ein bedeutender Philosoph...« enthält, bezweckt ausdrücklich, alle Mitglieder des weiblichen Geschlechts auszuschließen, soweit nicht explizit anders vermerkt. Herzlichen Dank!) französischen Flüssen ernst meint. Sie besitzt den höchsten Grad an Eigentlichkeit, eine Eigenschaft, die sie mit dem ermüdend breiten, aufgeblasenen und schwerfälligen Rhein teilt, der wirkt, als bewege er sich im Rhythmus seiner eigenen Geschichte, und mit der berechnend gefühlvollen Donau, die an einen Plauderer erinnert, dem einmal zu oft Komplimente für seine (!) Konversation gemacht wurden und der es seither nicht mehr lassen kann, sich affektiert um jeden Preis »charmant« zu geben. In Frankreich verfügt die Seine über alle Vorteile eines Kindes des Nordens (eine von unserem französischen Freund-Feind unterschätzte Qualität), aber sie ist fatalerweise zu ausschließlich auf Paris konzentriert – sie benimmt sich wie ein Pariser, der von der eigenen überragenden Bedeutung auf unüberprüfte und nicht ganz zu rechtfertigende Weise überzeugt ist; die Gironde, ein auf seine Art prächtiger kleiner Fluß, spielt eine zu eindeutige Rolle als *aelixir vitae* der Reben von Bordeaux – ihr dankbar zu sein wäre so naiv, so heidnisch, als wäre man der Sonne dankbar. Nein, der einzige ernstzunehmende Rivale um die Oberhoheit als Fluß ist die Rhone, dieser herrlich lange Fluß, der in der Vielfalt der Uferlandschaften seinesgleichen sucht und dem schönen, weinbekränzten, kräuterumdufteten, sonnenverwöhnten Land unserer nördlichen Träume – dem

Süden – entgegenfließt. Und da haben wir den Haken an der Sache. Das Problem mit der Rhone liegt darin, daß sie, wenn wir ehrlich sein wollen, zu *typisch* ist, die Art Fluß, die eine fleißige Tourismusbehörde sich ausdenken würde. Nein, unser Kandidat bleibt die Loire: der Fluß, der sich quer durch die Landschaft schlängelt und kühn die psychische Kartographie in Frage stellt, der zufolge in Frankreich alles von Norden nach Süden angeordnet ist, in einem allmählichen Vorrücken zu niedrigeren Breitengraden und höheren Celsiusgraden; der Fluß, der seit den Zeiten einer *Gallia comata*, als die »langhaarigen Gallier« von den Römern besiegt wurden, über die Zeit der Plantagenets hinweg bis zu den langen, heroischen Jahrhunderten des Erbauens der *châteaux*, der höfischen Liebe und herzoglichen Fehden, die ihm eine geschichtliche Dichte und Lebensnähe verliehen, der nichts im Lande gleichkam (und die wahrhaftig dem geordneten Palimpsest englischer Landschaften Konkurrenz machen könnte), aus der Geschichte Frankreichs nicht wegzudenken ist; der Fluß, dessen flache Ufer mit ihren hohen Himmeln und weiten Horizonten von 1516 bis 1519, wie wir nicht vergessen wollen, Leonardo da Vincis Heimat in seinen letzten drei Lebensjahren waren – des Erdenkers unrealisierbarer Entwürfe und Erfindungen und großartiger Bilder, die auf unzulänglich stabilisierte und infolgedessen schnell verfallende Oberflächen gemalt wurden, Inbegriff des Helden unseres Prinzips der Nicht-Vollendung und des Scheiterns durch ein Zuviel an Begabung und Genialität, das sich in so vielen Medien hervortut, daß es zuletzt in keinem einzigen Medium eine bleibende Erinnerung zu hinterlassen vermag (die in diesen Worten enthaltene Geringschätzung des süffisant grinsenden und übertrieben teuer gekleideten Zimmermädchens im Louvre ist kein Versehen) –, der Fluß, der den nackten Tatsachen zufolge mit seinen mehr als tausend Kilometern Frank-

reichs längster Wasserlauf ist, der Fluß, der der unauf-
fälligste und reizvollste Weinfluß des Landes ist, der
Fluß, der, wie wir wissen, nicht schiffbar ist – zu seicht
und zu tückisch, um sich als Transportweg zu eignen –
und deshalb herrlich unberührt von menschlicher Anwesenheit (die beschränkt sich darauf, merkantile Unruhe auf dem parallel verlaufenden Kanal zu stiften, der
von Roanne bis Briare reicht und seinen Höhepunkt in
einem drolligen architektonischen Scherz Alexandre
Gustave Eiffels hat, wenn dessen niedliches Aquädukt
den Kanal über den Fluß führt) –, der Fluß kurzum, der
ein Spiegel oder ein Sinnbild der menschlichen Psyche
ist – tückisch, nicht schiffbar, dem banalen Gedanken
der *Nützlichkeit* nicht zugänglich, unter der oberflächli-
chen Glätte unerwartete Tiefen und ungeahnte Strudel
verbergend. Ich freute mich wirklich auf die Fahrt. Wie
am Telephon erbeten, besaß der Peugeot 306 ein aus-
fahrbares Sonnendach.

Dem aufmerksamen Leser mag in Obigem ein Tonfall
gelassener Entspannung aufgefallen sein: die in unaufge-
regter Erwartung störungsfreien Verlaufs heiter geplante
gemütliche Fahrt, das Zutrauen des braven Bürgers, mit
dem ich mich auf Restaurant- und Reiseführer verließ,
die Abwesenheit Dritter, insbesondere Hochzeitsreisen-
der, im Restaurant, in dem ich zu Mittag aß, der Bände
sprechende *apéritif*, die verräterische Karaffe Roséwein,
der vielsagende (obwohl ich im Rückblick sehe, daß ich
gar nichts von ihm sagte – Hut ab!) *marc de Bourgueil* (im
Geschmack eine Spur zu mager und aluminiumgetönt),
der die zwei Tassen kompromißlosen Espressos begleitete
(die Praxis, Weinbrand und Kaffee gleichzeitig zu konsu-
mieren, gehört zu den Fällen, in denen der Mensch Gift
und Gegengift gemeinsam zu sich nimmt). Vielleicht
sollte ich erwähnen, daß infolge des Fehlens jeglicher
Verkleidung die kühle Luft, die meinen vor kurzem ra-
sierten Kopf umfächelte, ausgesprochen erfrischend war.

Nichts wirklich Bedeutendes ist ohne Planung zu bewerkstelligen. (Es gibt keine angenehmen Überraschungen.) An diesem Morgen war ich nach ein wenig wohlüberlegtem elektronischem Lauschen im Zimmer meiner Flitterwöchner zu einer Stunde aufgestanden, zu der meine einzigen wachen Mitmenschen höchstwahrscheinlich Mönche waren, die sich erhoben, um ihre Gebete vor Sonnenaufgang zu verrichten, und sich streckten und reckten, während sie zur eisigen Kapelle ächzten und wankten, wo ihr Atem beim Singen wie *pneuma* oder sichtbar gewordener Geist in der Luft hing, was in der immer wieder nachgegossenen Bronzefigur meines Bruders mit dem Titel *Das Meßbuch* eingefangen ist, einer kauernden und dennoch triumphierend wirkenden Figur, so bis zum Überdruß vertraut wie jenes Werk Rodins, das mein Bruder als *Das Geknutsche* zu bezeichnen pflegte, und tatsächlich nannte er seine eigene Arbeit, die für ihre Ausstrahlung säkularer Ehrfurcht und Achtung gegenüber dem Gedanken der Andacht gerühmt wurde (ein Kritiker erlaubte sich die Bemerkung, sie sei »eine der eindrucksvollsten und ergreifendsten Verbeugungen der agnostischen Moderne vor dem Glauben«), »Ei mit Pommes«. Um diese Tageszeit herrschte Stille im kleinen Hotel in Lorient, als ich mit katzen- oder einbrecherartiger Lautlosigkeit in Rollkragenpullover und schwarzen Turnschuhen den Korridor entlang – die Treppe hinunter – und am Empfang vorbei zum Nebeneingang schlich, den man von innen öffnen konnte und an dem die Alarmanlage ausgeschaltet war, da Monsieur dem Portier, einem frisch von der Hotelfachschule gekommenen Schweizer, den es merklich nach größeren Aufgaben gelüstete, anvertraut hatte, daß er unter Schlaflosigkeit leide und es gewohnt sei, in den frühen Morgenstunden einen kleinen Spaziergang zu machen. Man versicherte Monsieur, daß es keinerlei Schwierigkeiten geben werde. Und so kam es, daß Monsieur auf den Hof trat, wo die Luft von nächtlicher Frische war und wo eine einsame nackte Glühbirne den Vorsitz führte, die oben auf der efeubewachsenen Ziegelmauer über den grüngestrichenen Holztoren brannte, der Außenmauer des Hofs, die an die Rue Thiers grenzte.

Ihr Wagen war in Anlehnung an das Gesetz von der Erzeugung größtmöglicher Lästigkeit mitten auf dem Parkplatz abgestellt. Als ich mich anschlich und Verrenkungen vollzog, um mich zwischen einem BMW der Siebenhunderterserie mit Alarmanlage, deren Lichtanzeige unter dem Armaturenbrett rot aufblinkte, und einem unförmigen weißen alten Volvo mit Sitzschonbezügen in Schottenmuster hindurchzuschlängeln, wobei ich mich mit einem schnellen Blick nach oben vergewisserte, daß die Fensterläden oder Vorhänge aller Fenster zum Hof geschlossen waren (gesegnet seist du, blanke Glühbirne!), wurde mir die Gegenwart eines Lebewesens bewußt. Ich erstarrte kurzfristig, bis die Wahrnehmungseinzelheiten, die ich unterhalb der Schwelle des entfalteten Bewußtseins registriert hatte, zur Gestalt eines großen, haarigen Hundes verschmolzen, der im gelben Lichtkegel unter der dreimal verfluchten Lichtquelle lag und mich mit offenen und wachsamen Hundeaugen unverrückt ansah – es handelte sich offenkundig um einen Hund, der sich in früheren Zeiten Hotelgästen aufdringlich genähert und auf schmerzliche Weise gelernt hatte, was sich gehört. Aus Fidos gewaltigen Nüstern strömten bei jedem erstickten Knurren Päckchen von Dampf. Ich befand mich in einer nicht unprekären Lage. Ich sah jetzt, daß der Hund ein *briard* oder *berger de Brie* war – eine zottige, sanftmütige, treue Rasse, ursprünglich in der Haute Savoie zum Schafhüten und Abwehren von Wölfen eingesetzt; die Hunde sind so groß, daß man sie mit kleinen Ponys verwechseln kann, und ihr einziger Nachteil als Familienliebling ist ihre wohlbekannte Tendenz zur

Kurzlebigkeit. (Etiennes Familie hatte einen *briard* besessen, der Lucille hieß und dessen Photo Etienne in seiner Brieftasche zusammen mit seinem Antiserum gegen Bienenstiche immer bei sich trug.) Mut machte mir indes der Umstand, daß ich im Fall einer Konfrontation mit dem Hund dank des Gerüchts über meine Schlaflosigkeit, das ich in Umlauf gebracht hatte, im Besitz eines erstklassigen Alibis war, das dem eines Kriminellen, der beweisen kann, daß er zum nachweislichen Zeitpunkt der Tat (langsam wirkendes Gift, trödelnder Gerichtsmediziner, manipulierte Uhr) vor dreizehnhundert Zuschauern auf der Bühne des Londoner Palladiums aufgetreten war, in nichts nachstand. Trotzdem war der Hof von allzu vielen Fenstern umgeben und für allzu viele Fenster einsehbar, was ihn zur eventuellen Bühne einer potentiell meine Pläne gefährdenden peinlichen Situation machte. Ich legte deshalb die denkbar größte Wärme und Vertraulichkeit in mein Bühnenflüstern, als ich mich vor- und hinunterbeugte, eine nach oben gekehrte Handfläche ausstreckte und nachdrücklich zischte: »Braves Hundilein.«

Womit ich gewonnen hatte. Das Ungetüm richtete sich zu seiner vollen baskervilleschen Größe auf und kam auf mich zu, wobei sein behaarter Schwanz in der Luft herumrührte, als es über das Kopfsteinpflaster trottete, und seine Leine sich von einer Eisenstrebe an der Mauer ein Stück abrollte. Mein neuer Freund schnüffelte an meiner linken Hand und leckte sie, während ich das schuhkartongroße Päckchen mit meinen Utensilien fest unter den rechten Arm gepreßt hielt – in der Tat war es zwischen den fremden Autos für Hund, »Schlaflosen« und elektronisches Zubehör ganz schön eng. Nach einigen Sekunden des artenübergreifenden Fraternisierens bewegte ich mich mit den Abschiedsworten »Sitz, ganz ruhig, sitz!« an meinem neuen Freund vorbei, der sich daraufhin umwendete und mir mit einer befremdlich menschlichen Mischung aus Neugier und sklavischer Unterwerfung folgte. Gewandt ließ ich mich neben dem spielzeugkleinen, aber schnellen Leih-Fiat mit Linkssteuerung auf den Rücken gleiten. Ohne meine Minitaschenlampe zu benötigen, ertastete ich die Stelle, die in den von mir auswendig gelernten Anweisungen empfohlen wird, entfernte den Plastikschutz vom automatisch betriebenen und sehr starken elektronischen Magneten am unteren Teil des Instruments und befestigte das überraschend kleine Gerät – etwa so groß wie zwei aufeinandergelegte Streichholzschachteln – an der Innenseite des Kotflügels, wo es bei einer mehr als unwahrscheinlichen Fahrzeugkontrolle (wozu? Autobomben?) kaum auffindbar sein würde und wo die ungeschickten Hände eines Mechanikers sich wohl kaum zu schaffen machen durften.

In mein Zimmer zurückgekehrt – nachdem der geräuschvoll jaulende Abschied von Régine, welchen Namen mir ein Blick auf das silberfarbene Namensschild meines vierbeinigen Mitverschwörers enthüllte, mir gegen Ende meiner Expedition noch einen *mauvais quart de minute* bereitet hatte –, hatte ich mich dann einem Prozedere unterzogen, das ich nun neben dem Peugeot auf dem Parkplatz des Relais de Pantagruel wiederholte. Aus meinem Koffer, der ordentlich im Kofferraum des Wagens mit Rückklappe verstaut war, förderte ich einen Metallkasten zutage, sonderbar schwer, als wäre sein Innenleben aus purem Blei oder Gold gefertigt, und etwa von der Größe der Pléiade-Kassette von *A la recherche du temps perdu* (der dreibändigen Ausgabe von 1954 mit dem albernen Vorwort von André Maurois, nicht der gravitätischen, überkommentierten und unlogisch aufgeteilten vierbändigen Ausgabe von 1987). Indem man den entgegenkommenden Gummiknauf auf dem Kasten ergriff, konnte man eine Periskopantenne auf ihre volle Länge von fast acht Zoll ausziehen. (»Was ist der Unterschied zwischen sechs Zoll und neun Zoll?« lautete die Frage, mit der Bartholomew einmal in meiner Gegenwart eine Schar von Zuhörern erstarren ließ. »Der zwischen *Viel Lärm um nichts* und *Ein Sommernachtstraum.*«) An der Vorderkante des Geräts befand sich außerdem ein Drehschalter, in einer Vertiefung angebracht, damit er nicht versehentlich betätigt werden konnte – einer dieser rätselhaften Schalter, die zur einen Seite eine Linie und zur anderen einen Kreis aufweisen, ein völlig willkürlich angebrachtes Hieroglyphenpaar, das einen unweigerlich vor das Rätsel stellt, ob das Gerät nun eingeschaltet oder ausgeschaltet ist. Die Oberseite des Kastens war eine ovale, dunkelgrüne, mit einem weißen Gitter bemalte Plastikscheibe, die bereits erste Kratzer und Schlieren verunzierten. Als ich am Schalter drehte, ließ die Maschine mehrere zufriedene Pfeiftöne verlauten (»Eigentest«, hatte der zuvorkommende Verkäufer auf meine unausgesprochene Frage geantwortet), bevor mehr oder weniger mitten auf dem Gitter ein hellgrüner Tupfen erschien.

»Natürlich erfahren Sie so noch nicht alles, was Sie wissen müssen«, sagte der Verkäufer, ein untersetzter Mann, dessen gepflegte und korrekte Erscheinung einen interessanten Kontrast zum atemberaubenden Durcheinander aus Metall und Stahl in seinem Laden bildete – Schrauben, Haken, Schraubenschlüssel in allen erdenklichen Größen, mit denen man von Puppenhausuhren bis zum Uhrwerk eines lebensgroßen mechanischen Elefanten alles, aber auch alles einstellen konnte, Schweizer Messer, aufblasbare Amphibienfahrzeuge, Dolche und *nuntschatkas*, Zielscheiben und Armbruste. Das einzige an ihm, was dem nicht ganz unbeabsichtigten Wirrwarr seiner Waren entsprach, waren seine gehetzte Sprechweise und die zwei Haarbüschel, die wie Gras von einem steil abfallenden Kliff aus seinen Ohren emporragten. Ich hatte den Laden im Anzeigenteil eines Waffenmagazins gefunden, das sich nebenbei mit Überwachungstechnik und Industriespionage beschäftigte.

Der kleine graue Kasten allein stellte noch keine ausreichende technische Ausrüstung dar. Das hatte der kleine Mann im Laden (auf paradigmatische Weise nützlich, wie »kleine Leute« – ausnahmslos Arbeiter, die wissen, wie man befriedigt feststellt, mit welchem Platz in der Gesellschaft sie sich zu bescheiden haben – es immer sind, ein Ausdruck übrigens, der zu meinen Lieblingswendungen unter den herablassenden englischen Oberschichtsfloskeln gehört) mir unmißverständlich klargemacht, und wir hatten eine unbezahlbare halbe Stunde mit theoretischen und praktischen Übungen anhand von Kompaß und Gitternetz und dem Schätzen der Entfernung eines auffallend phallisch aussehenden Gebäudes am Fluß irgendwo im East End zugebracht.

»Das Funkpeilgerät allein genügt nicht«, hatte der Mann aus dem Laden mir erklärt. »Sie brauchen einen Kompaß, um rauszukriegen, in welche Richtung Ihr Kunde sich bewegt, und eine Landkarte, um zu sehen, was das bedeutet. Und aus dem Gitternetz erfahren Sie nicht, wo er sich befindet, wenn er in Ihrer Nähe ist, weniger als zirka hundert Meter entfernt. Aber das ist normalerweise kein Problem. Solange Sie eine Karte, einen Kompaß und Ihr Funkpeilgerät haben, kann Ihnen der Bursche gar nicht durch die Lappen gehen.«

Mit Karten deckte ich mich später am Nachmittag in einem Fachgeschäft in Covent Garden ein. Der freundliche Verkäufer mit makellosem *café-au-lait*-Teint und unablässig überrascht aussehenden Augenbrauen hatte mir den Teil des Ladens gezeigt, der auf Frankreich spezialisiert war und eine umfangreichere Abteilung darstellte, als es auf den ersten Blick scheinen wollte, da unter den in Taillenhöhe dargebotenen Werken mehrere Schubladen verborgen waren, die man herausziehen und inspizieren konnte wie die Schauladen in den Wissenschaftsmuseen des 19. Jahrhunderts. Eine besonders erschöpfende Sammlung solcher Laden befindet sich im Pitt-Rivers-Museum, wo mein Bruder die zwei Stunden des Tages, an denen die Örtlichkeit zugänglich ist, zu verbringen pflegte, als er wegen der Gestaltung eines Totempfahls recherchierte – es handelte sich um eine Auftragsarbeit für den Herzog von Rothborough, der kurz zuvor entdeckt hatte, daß er dank der Kapricen seines um einiges abenteuerlicher gesinnten Ururgroßvaters theoretisch der Stammeshäuptling einer Gruppe von Huronen in Südostkanada war oder zumindest hätte sein können, wenn die Indianer nicht samt und sonders an Erkältungen und Pocken gestorben wären. (Die Geschichte legt den Verdacht nahe, daß besagter Vorfahr des Herzogs mit an Sicherheit grenzender Wahrscheinlichkeit die Huronen mit diesen Krankheiten angesteckt hatte.) Das Totem zeigt einen Hirsch, das Familientotemtier. Es steht heute noch mitten auf der Auffahrt zum altehrwürdigen Familiensitz der Rothboroughs in Lincolnshire und sieht nicht wenig befremdlich aus.

Die Auswahl an Landkarten war so groß, daß sie die Grenze zwischen verlockend und abschreckend erreicht hatte. Für einen Augenblick spielte ich mit dem Gedanken, ein Buch zu erwerben – unstreitiger Favorit war der Michelin mit dem Maßstab 1:20 000 –, bevor ich mich für eine Reihe von Karten im gleichen Maßstab entschied, die das ganze Land abdeckten; mein Beweggrund war der, daß Landkarten bei Wind zwar von Nachteil sind, da der kleinste Windstoß jede navigatorische Routineübung in etwas verwandeln kann, was dem Kampf auf Leben und Tod zwischen einem Schnorchler und einem Flügel- oder Teufelsrochen ähnelt, dafür aber frei von dem schwerwiegenden Schönheitsfehler sind, daß man beim Umblättern dauernd alles übertragen muß.

Selbstverständlich gab ich mir größte Mühe, die Fertigkeiten zu üben, die Voraussetzung für den erfolgreichen Einsatz meiner feschen neuen Apparatur sind. Nach dem Mittagessen im Relais de Pantagruel wiederholte ich auf dem Parkplatz des Restaurants eine Übung, die ich vom Landhaus in Norfolk aus »am lebenden Objekt« praktiziert hatte, als ich einen aufregenden Vormittag damit verbrachte, auf Feldwegen meiner Zielperson hinterherzujagen. Gegenstand meiner Observation war der Milchmann Ron mitsamt seinem Karren. Ich hatte ihm auf der anderen Straßenseite aufgelauert, hinter der Buche neben dem Ferienhaus der Wilsons versteckt, das sich bei Einbrechern so großer Beliebtheit erfreut, mich an die der Straße zugekehrte Seite des quietschenden Gefährts angeschlichen und mein elektronisches Wundergerät unter ihm befestigt, während Ron zu meinem Haus ging und die nagelneue Halbliterflasche mit der Silberkapsel gegen die gewissenhaft gespülte leere Flasche austauschte, die ich wie jeden Freitag für ihn hingestellt hatte. Danach schlenderte ich ganz lässig am zurückkehrenden Apparatschik der Milchbehörde in seinem weißen Kittel vorbei – »Morgen, Ron!« –, um sodann die Tür hinter mir zu schließen, bis hundert zu zählen und wieder nach draußen zu eilen, wo ich mich in meinen nicht zugesperrten Audi warf. Es folgte eine anregende ländliche Spazierfahrt, und ich beging etliche Fehler, aus denen ich aber auch lernte, denn jede Lektion war eng mit dem Fehlverhalten verbunden, das zu ihrer Erkenntnis führte. 1. Halten Sie an, wenn Sie Ihre Karte konsultieren wollen; versuchen Sie nie, beim Fahren Positionen zu ermitteln. Ich wäre beinahe auf einen Kleinbus voller Rentner kurz hinter Fakenham aufgefahren. 2. Ungefähres Wissen um die voraussichtliche Route des Objekts ist wichtiger als exakte Kenntnis seines Standorts: Als ich Ron zu direkt auf der Fährte zu bleiben versuchte, war ich von einem Traktor mit dungverkrusteten Rädern

aufgehalten worden, hatte in Panik zu einem Überhol-
manöver angesetzt und auf einer unübersichtlichen,
höckerigen Brücke überholt, wobei ich am vor Entsetzen
kalkweißen Gesicht eines Radfahrers vorbeiflitzte, der
noch einmal Glück gehabt hatte. 3. Seien Sie sich darüber im klaren, daß größte Umsicht erforderlich ist, sobald Sie sich in der Nähe Ihres Objektes befinden: Am
Ende von Rons Tour lief ich ihm bei den Gemeindepar-
zellen hinter Fakenham geradewegs in die Arme und
verdankte es nur großer Geistesgegenwart, daß mir für
die zweite und anscheinend zufällige Begegnung an diesem Morgen eine plausible Erklärung einfiel: »Will nach
den Kürbissen schauen!« rief ich in der Hoffnung, daß
Ron wußte, daß sich in der Nähe die Kleingärten befanden, und ihn weder der Umstand, daß ich nicht zum
Gärtnern gekleidet war, noch der, daß ich einen eigenen
Garten hatte, allzusehr beschäftigte. Als er zehn Minuten später vor dem Pig and Whistle geparkt hatte (das für
seinen Milchreis berühmt und ein geschätzter Kunde
der örtlichen Milchbehörde ist) und zur Hintertür trabte, um dort in größerem Maßstab frische Ware gegen
Leergut einzutauschen, parkte ich mit laufendem Motor
in der zweiten Reihe und holte meinen Sender zurück,
der seine Tauglichkeit bewiesen hatte, wobei ich Lektion
Nr. 4 lernte, die besagt, daß das Gerät fester angebracht
ist, als man meinen würde, und daß der Entriegelungs-
mechanismus schwer zu finden ist, wenn man aufs Ge-
ratewohl danach tastet, was der Geste, mit der die Ohrringe meiner Mutter unter Mary-Theresas Matratze
geschoben wurden, kurios ähnelt. In Fakenham erlebte
ich einen scheußlichen Moment wahrer Panik (wenn die
Zeit sich gleichzeitig dehnt und zusammenzieht),
während ich mühsam versuchte, die kleine Sperre zu
entriegeln, aber ich schaffte es noch bis zum Wagen und
sah Ron im Rückspiegel auftauchen, als ich um die Ecke
davonrannte.

Solchermaßen gestählt stand ich auf dem Restaurant-parkplatz am Ende der langen, zypressengesäumten Auffahrt, die untadelig geteert war, um sich der Aufmerksamkeit der Michelin-Prüfer zu empfehlen, deren Erscheinen von ähnlich bedeutungsschwangerer Anonymität ist wie das eines Engels in einer Legende. Ich holte die Landkarte hervor und legte sie (guter Trick) auf die noch warme Kühlerhaube des Peugeots, wo ich ihre Ecken mit je einem sicher angebrachten Stück wiederverwendbaren Lassobands anklebte. Indem ich mit Kompaß, Funkpeilgerät und Landkarte (deren Farben bunter und deren Symbole weniger hilfreich waren als die der vertrauenswürdigen Generalstabskarte, die ich bei meinem Gesellenstück benutzt hatte) operierte, gelangte ich zu einem Ergebnis, das mich – wie ich sagen zu können glaube, ohne selbstgefällig zu sein – keineswegs überraschte. In der Nähe von Loudon gibt es ein Wäldchen, das mein Bruder im Auftrag einiger wohlmeinender Kunstliebhaber in einen »Skulpturenpark« verwandelt hat.

Einige kalte Platten

ie russischen *zakuski*, die polnischen *zakaski*, die griechischen *meze*, die rumänischen *mezeliuri*, das deutsche *Abendbrot*, die französischen *hors d'œuvres* und die klassische englische kalte Mahlzeit kommen dann zu ihrem Recht, wenn man sie von ihrem ursprünglichen kulturellen Kontext sondert (der im Fall aller osteuropäischen Varianten dazu tendiert, mit der Aufnahme gargantuesker Mengen alkoholischer Getränke zusammenzuhängen) und sie in die internationale *lingua franca* der Sommerküche überträgt. Die Länge der Tage ist am eigenen Leibe kaum besser wahrnehmbar, als indem man sich hier eine *saucisson* aussucht, dort eine *salade de tomates*, eine Gurken*raita* oder eine Scheibe *pissaladière*, ein paar hartgekochte Eier, eine Portion *ratatouille*, ein paar Oliven oder Sardellen, einige lokal hergestellte Käse, junge rohe Rübchen, Räucherfisch, geräucherten Fischrogen, etwas *prosciutto*, eingelegte Auberginen, Hummus, Pilze oder Lauch *à la grecque* und die Pasteten oder Terrinen, die sich einem vermittels durchdachter Experimente mit den örtlichen Feinkosthändlern empfehlen, vielleicht noch einen gebratenen Vogel, um etwas zum Abnagen zu haben, und das Ganze mit bester Butter, gutem Brot und einem anständigen, ehrlichen Wein aus der Gegend begleitet. Die Verdauung reagiert auf die Wärme und Indolenz, die der Sommer ihr verspricht, indem sie sich gewissermaßen ausruht, die Annapurnas und K2s verschmäht, die die Herausforderungen der substantielleren winterlichen Ernährung sind; man empfindet nun den Wunsch, sich wählerisch zu geben, den Gaumen mit den unterschiedlichsten Leckereien und Delikatessen zu verwöhnen, statt den Appetit blindlings zu befriedigen wie in einem Gladiatorenkampf zwischen *retiarius* und *murmillo*, dem Kämpfer mit Netz und brutalem Dreizack und dem schwerbewaffneten Schergen – einer Auseinandersetzung, die meine jugendliche Phantasie um einiges mehr beflügelte als der zum Gähnen einseitige Kampf zwischen Löwen und Christen (eine Form der öffentlichen Hinrichtung, die, wie ich feststellen muß, keine Erwähnung bei jenen Strafrechtexperten findet, die sich mit den respektiven Vorzügen von Todesspritze beziehungsweise Hinrichtungskommando beziehungsweise elektrischem Stuhl auseinandersetzen). Wer kann sich dem Reiz der eudämonischen Kombination aus Meteorologie und Gastronomie entziehen, die eine kalte Mittagsmahlzeit an einem heißen Tag bildet? Wer wollte einem jungen Paar auf Hochzeitsreise sein schlichtes Picknick im Park mißgönnen, wo es sich zwischen den Schöpfungen der Natur und den Werken des Menschen lustwandeln läßt, des Nachmittags, händchenhaltend, an der Loire und verliebt?

Mein Bruder begann sich mit dem Skulpturenpark-Projekt zu einer Zeit zu beschäftigen, da seine Arbeiten einen abstrakteren, hymnischeren und pantheistischeren Gestus gefunden hatten. Ich weiß noch, daß ich ihn in seiner Klause in Londons East End mit dieser Unternehmung aufzog, als wir vor den Überresten eines »indischen« Essens saßen, das seine damalige Mätresse bei ihrem Lieblingsinder um die Ecke geholt hatte, wobei sie das von mir bestellte Lamm-Dhansak unbegreiflicherweise eigenmächtig durch ein Lamm-Vindaloo ersetzt hatte. Wie ich damals feststellte: »›Vindaloo‹ klingt nicht besonders ähnlich wie ›Dhansak‹, selbst wenn derjenige, zu dem man es sagt, unterdurchschnittlich intelligent ist.«

»Dein beschleunigter sozialer Abstieg muß alle, denen

dein Wohl am Herzen liegt, mit Sorge erfüllen«, sagte ich zu meinem Bruder. »Du hast als Maler angefangen, dann bist du Bildhauer geworden, und jetzt bist du eine Art Gärtner. Was kommt als nächstes, Barry? Straßenkehrer? Klofrau? Journalist?«

»Vielleicht werde ich langsam altersmild«, räumte Bartholomew ein. »Schönheit interessiert mich inzwischen viel mehr als Kraft. Vorstellungskraft, Kraftakt. Wasser, Stein, Bäume, Sonnenlicht. Gib mal den Chutney rüber.«

»Ferkel«, sagte Alice (Alex? Alicia?), die ihre lichten Augenblicke hatte.

Als die Zeit gekommen war, begab ich mich zur Eröffnung des Parks, der – schließlich waren wir in Frankreich – ein Mittagessen im Freien auf einer Lichtung in des Waldes Mitte vorausging; das Wetter hatte sich mit Mühe und Not »gehalten«. Verschiedene Berühmtheiten der Kunstwelt und eine Auswahl örtlicher Würdenträger wurden von den Sponsoren des Projekts fürstlich bewirtet. Das Menu war wohlweislich nicht zu belastend gehalten – Lerchenpastete, Lammkoteletts, *bourdaines* (mit der Marmelade einer lokalen Kreuzung aus Pfirsich und Aprikose namens *alberge de Tours* gefüllte Äpfel). Ich befand mich in der Gegend, weil ich mich einerseits über Bartholomews Unternehmung lustig machen und andererseits die Spezialitäten der Saumur-Region erkunden wollte, insbesondere die *andouillette* aus Aal und Pferdekutteln (*andouillette* ist meine Lieblingsinnerei, während mein Bruder zu dem Befund gelangt war: »Riecht penetrant« und sie ungenießbar fand). In Wahrheit ist der Geruch natürlich das, worum es geht – nicht so sehr der tatsächliche Geruch als vielmehr die erregende Vorstellung von Unsauberkeit, das Bewußtsein, dem man beim Verzehr von Innereien stärker als sonst ausgesetzt ist, daß man das Fleisch eines toten Mitgeschöpfs ißt, in den eigenen Magen befördert.

Ein reicher Bayer in dunkelgrünem Seidenanzug hielt eine Ansprache, die aus kaum verbrämtem Rühmen seines Reichtums, seiner Großzügigkeit und seiner Weitsicht als Förderer der Künste bestand, versetzt mit verschiedenen unglaubwürdigen Behauptungen über die Arbeiten meines Bruders. Eine französische Kunstkritikerin mit (wie mehr als flüchtige frühere Begegnungen ergeben hatten) wirklich *erstaunlichem* Mundgeruch stemmte ihre Fettmassen hoch und schwafelte unsinniges Zeug über Bartholomews Oszillieren zwischen *sprezzatura* und *terribilità*. Der Bürgermeister von Chinon, der nicht unbedingt wirkte, als hätte er sich auf den Anlaß übertrieben intensiv vorbereitet, hielt ein Plädoyer für seine Wiederwahl. Daran schloß die Besichtigung des Parks an, bei der die versammelten Persönlichkeiten sich nach Gutdünken zerstreuen und ergehen durften. Manche darunter, die dem Mittagessen nicht mäßig, sondern unvorsichtig zugesprochen hatten, nahmen die Gelegenheit wahr, sich ein ruhiges Plätzchen für ein kraftspendendes Nickerchen zu suchen. Und natürlich kam es in der Folge zu etwas Ähnlichem wie einem Skandal um *le parc qui n'existe pas*, wie eine Tageszeitung es ausdrückte, denn im Projekt meines Bruders war es darum gegangen, kleine Arbeiten aus Stein in die Landschaft des Waldes so einzufügen, daß sie überhaupt nicht wie »Kunstwerke« von Menschenhand aussahen – hier ein Stein, dort ein Steinhaufen, anderswo eine Bank oder ein Picknicktisch. Die Wirkung ist als japanisch bezeichnet worden, was ironisch anmutet, wenn man Bartholomews einstige und oft genug geäußerte Vorliebe für die Überzeugung *»weniger ist weniger«* bedenkt. (Bartholomew äußerte fast nie Gedanken oder Meinungen zu ästhetischen Fragen, was vielleicht besser so war, denn wenn er den Mund aufmachte, geschah es stets aus einem Geist heraus, der dem vergleichbar war, den Flaubert in sich feststellte, wenn das Gespräch literarische Themen berührte: Er kam sich vor wie ein ehemaliger Sträfling, der einer Unterhaltung über Strafvollzugsreform lauscht. Bartholomew war ähnlich mürrisch, irritierend konkret und arrogant gut informiert und eingeweiht, und das auf eine Weise, die man ihm sehr wohl ausgesprochen übelnehmen konnte, wenn man wollte. »Das meiste, was die Leute über Kunst sage, ist Kacke«, sagte er einmal nach irgendeiner Fernsehsendung über sein Schaffen zu mir; da ich persönlich kein Fernsehgerät besitze, hatte ich den Dokumentarfilm in Anwesenheit seines Gegenstands in dessen Atelierräumen in Leytonstone angeschaut, der ultraschicken unschicken Gegend, in der er arbeitete und in der er deshalb – als sei es ein grammatikalisches Attribut oder ein nachträglicher Einfall, mit einem Gestus, so marginal wie das Signieren eines Gemäldes – wohnte. »In der Kunst gibt es nur drei Fragen: Wer bin ich? Und wer bist du? Und was ist los, verdammte Scheiße?«)

Ich beabsichtigte nicht, an diesem Nachmittag den Park zu besuchen. Ich hatte nichts weiter vor, als ein bißchen herumzustromern. Meine nachmittäglichen Reisepläne bestanden in einem seit langem geplanten Besuch Seuillys, wo sich ein bombastisches *château* befindet, eine Straße voll bezaubernder Höhlenwohnungen und – ein paar Kilometer außerhalb gelegen – die Geburtsstätte von François Rabelais, einem der großen Reinstopfer der Weltliteratur. (Meine Mitarbeiterin hatte auf mein Verlangen hin, mir eine Definition des Unterschieds zwischen der Moderne und der Postmoderne zu nennen – letzteren Begriff hatte sie verwendet, um auf etwas niveaulose, aber gutgemeinte Weise zu verdeutlichen, was für eine Art Künstler mein Bruder nicht war –, gesagt: »In der Moderne versucht man rauszukriegen, wieviel man ungestraft weglassen kann, in der Postmoderne versucht man rauszukriegen, wieviel man ungestraft reinstopfen kann.«) Zudem hoffte ich, genügend Zeit zu haben, um in der Abtei Fontevraud vorbeizuschauen, einem Lieblingsort der Plantagenets; sie hatten sie zu einer beträchtlichen Ansammlung von Gebäuden ausgebaut (insgesamt fünf), und heute ist sie die letzte Ruhestätte König Heinrichs II., seiner Frau Eleonore und beider Sohn, des säbelrasselnden Richard Löwenherz. Fontevraud birgt auch die Herzen von König Johann Ohneland, dem üblen Patron, dem wir die Existenz der Magna Charta verdanken, und dem ach so guten Heinrich III., seinem ihm so gar nicht nachgeratenen Sohn; allerdings weckt das Wissen, daß der Körper eines Menschen am einen Ort begraben ist und sein Herz an einem anderen, in mir nie die edle Vorstellung eines redlich verdienten Ausruhens von des Lebens Mühsal, sondern läßt das Bild der grauslichen Ausweidung des Leichnams vor meinem inneren Auge erstehen. (In was für einem Gefäß befördert man zum Beispiel das Herz? Wer schneidet es heraus?) Die Plantagenets waren mir immer das liebste unter den englischen Königshäusern – nicht so primitiv wie die ganzen unsäglichen angelsächsischen Kriegerhäuptlinge, die ihnen vorausgingen, nicht so brudermörderisch wie die Häuser York und Lancaster, vertrauenerweckender als und nicht so größenwahnsinnig wie die unverzeihlich walisischen Tudors, nicht so albern wie die Stuarts und nicht so teutonisch wie jedermann sonst seither, das Haus Sachsen-Coburg-Gotha besonders ausdrücklich nicht ausgenommen. Eleonore muß eine ziemlich anstrengende Person gewesen sein – vor ihrer Verehelichung dreimal hintereinander von betörten Freiern entführt, deren erster a) der Bruder ihres späteren Gatten und b) zwölf Jahre jünger war als sie; die zweite Hälfte ihres Lebens brachte sie damit zu, ihre Söhne Johann Ohneland und Richard Löwenherz gegen deren Vater aufzuhetzen. Ich habe sie mir immer ein bißchen wie meine Mutter vorgestellt, nur mit höherem IQ und einer ausgeprägte-

ren Fähigkeit zum Zuhören. Eleonore war geschieden
– vom König von Frankreich – und brachte als Mitgift
das Poitou, die Saintorge, das Limousin und die Gas-
cogne mit, was den bescheidenen Landbesitz, den ich
beim Tod meiner Eltern geerbt habe, in den richtigen
Maßstab rückt.

Zuvor jedoch stattete ich Chinon einen kurzen Besuch ab, der Heimat eines meiner Lieblingsweine, der
aus der robusten, saftigen, ansprechenden Cabernet-
Franc-Rebe gewonnen wird, die sowohl verspielt und
fruchtig wirken kann als auch schwerer, fast etwas
streng, obwohl sie nie ganz dazu ansetzt, die Gipfel zu
erklimmen oder die Abgründe auszuloten (des Geschmacks, der Erwartungshaltung), wo größere und ehr-
geizigere Weine ihren Aufenthalt haben; es ist ein Wein,
der sich einem See vergleichen läßt, den Licht und Wind
und Wellengang dramatisch verändern können und der
fähig ist, einen Fischer oder zwei jährlich zu verschlin-
gen, ohne deshalb jemals die Grenze seines Seeseins zu
transzendieren.

Ich kam am frühen Nachmittag an und lungerte einen
Augenblick am abschüssigen Gemäuer der eindrucksvollen alten Burg herum, in der Heinrich II. gestorben ist;
es ist ein komischer Gedanke, daß er von hier aus ein
Königreich regiert hat, das sich von den Ausläufern der
Pyrenäen bis zu den schneehuhnverseuchten Heideland-
schaften an der Grenze Schottlands erstreckte. Auch damals dürfte England ein bedeutend angenehmer zu be-
wohnendes Land gewesen sein, als es das heute ist: mit
einer verschwitzten, ungehobelten, doch arbeitsamen
und gebührend unterjochten angelsächsischen Bauern-
schaft, die sich mit ihrem Platz beschied, und einem nor-
mannischen Adel, der sich anschickte, von opportunistischen Räubern in Wikingerschiffen zu Wandteppichen
ordernden und Französisch sprechenden Burgbewoh-
nern zu mutieren, was eine frühe, aber sehr anschauli-

che Form des sozialen Aufstiegs und der Weiterbildung ist. Der Großteil des Landes, den dichte Wälder bedeckten, lieferte zweifellos in Hülle und Fülle Pilze, Haarwild und Wildschweine, die besonders schmackhaft sind, wenn sie sich hauptsächlich von ihrer Lieblingsnahrung Eicheln ernährt haben. Heute jedoch ist Chinon nur mehr ein Schatten seiner selbst, was sich seiner pyrrhischen Eignung als Zwischenstation für Loiretouristen in nicht geringerem Maß verdankt als seiner Attraktivität an sich. Auf dem Weg aus der Stadt hinaus wurde ich Zeuge eines kurzen, aber störenden Verkehrsstaus, verursacht durch die im Wortsinn verfahrene Situation, in die sich ein Schulbus, der seine lärmende Ladung (die Franzosen sind Europas führende Nation in puncto laute Schulkinder) ausleerte, und zwei deutsche Autos mit Anhängern manövriert hatten. Die Situation stellte eine fatal naheliegende und entsprechend geistlose Metapher der europäischen Geschichte zwischen 1870 und 1945 dar.

Gleich hinter Chinon sah ich zufällig eine Abzweigung zu einem *château*, von dem ich noch nie gehört hatte, dem Château d'Herbault, und der Laune des Augenblicks folgend, verließ ich die Hauptstraße, um die Örtlichkeit mit einem hyperkritischen und wohlinformierten Blick zu bedenken. Mein Wagen und ich schnurrten den knirschenden Weg zu einem Kasten aus dem 17. Jahrhundert mit ungewöhnlich kleinen Fenstern entlang. Ich fragte mich ganz kurz – bevor ich die Frage aus meinen Gedanken verbannte, wie ein Monarch einen Verräter des Landes verweist oder ein Samurai einen Bauern köpft, bloß um die Schärfe seines Schwerts zu testen –, ich fragte mich also, was meine jungen Freunde sich zum Lunch gekauft hatten und wo sie es gekauft hatten, ob sie sich hatten beraten lassen, welche *charcuterie* beziehungsweise *pâtisserie* beziehungsweise *boulangerie* beziehungsweise *épicerie* sie aufsuchen sollten, oder ob sie einfach ihrem Glück vertraut hatten. Wenn mein Bruder von einem Projekt völlig absorbiert war, nahm er keine richtigen Mahlzeiten mehr zu sich – so als würde er Audens Formulierung vom Künstler, der in einer Art Belagerungszustand lebt, zu wörtlich nehmen und nur in den kurzen, seltenen Pausen essen, wenn er nicht damit beschäftigt war, Feinde, die auf Leitern hochkletterten, von den Zinnen zu stürzen, von Brandpfeilen gesetzte Brände zu ersticken und den Angreifern siedendes Öl aufs Haupt zu gießen. Seine Eßgewohnheiten pflegte er schönfärberisch als »kleine Imbisse« zu bezeichnen; in der Praxis liefen sie darauf hinaus, daß er ganze Brotlaibe verschlang, während er im Atelier herumwanderte, dazu Packungen von Kochkäse, Gläser voll Essiggurken und dergleichen mehr, Würste, kalten Schinken und Baked Beans, die er der Einfachheit halber gleich kalt aus der Dose aß, wobei er umhermarschierte wie ein Schotte mit seinem Porridgenapf. Als ich ihn einmal fürsorglicherweise aufsuchte, während er damit beschäftigt war, eine Arbeit zu beenden – einen allegorischen Herakles, der mit einem allegorischen Nessusgewand kämpfte, das sich auf näheren Augenschein als Tierfell entpuppte –, und einen kleinen, aber raffiniert zusammengestellten Korb mit allen Würzmitteln und Konserven, die er besonders liebte, mitbrachte (er war gerade im Stadium zwischen zwei Freundinnen), mußte ich erleben, daß er sagte: »Klasse, bin fast am Verhungern«, bevor er ein ganzes Glas Cornichons leer aß und auf seinem verrufenen kaffeebraunen Sofa einschlief. Als er den Skulpturenpark im Forêt de l'Aude fertigstellte, machte er auf die Handwerker aus der Gegend einen unauslöschlichen Eindruck als jemand, der sich von nichts als rotem Sancerre und Schokoladenkeksen ernährte, eine Leckerei, die sie bis dato nicht gekannt hatten, deren kräftigende Eigenschaften sie jedoch übereinstimmend als nachhaltig beeindruckend empfanden.

Es war mehr als angenehm, sich der Verkleidungen und Perücken zu entledigen, die die letzten Tage über meine ständigen Gefährten gewesen waren und nun achtlos zusammengeknüllt in zwei geräumigen Koffern hinten in meinem Peugeot lagen. Das Sonnendach war geöffnet, und meinen auf die denkbar wohltuendste Art den Elementen ausgesetzten Kopf umfächelten Luftzüge wie Passatwinde den Globus. Ich sollte vielleicht verraten, daß die verschiedenen Verkleidungen und Tarnungen, mit deren Schilderung ich im bisherigen Verlauf meines Berichts nicht gegeizt habe, keineswegs mein gewöhnlicher (oder besser: gewohnter) Aufzug sind. Mein rasierter Kopf beispielsweise – eine an und für sich praktische Frisur, die keine großen Pflegeansprüche stellt – soll auf manche den Eindruck gemacht haben, als passe er nicht ganz zu meiner Garderobe, wobei sie möglicherweise vor allem meine Anzüge im Sinn hatten, insbesondere solche wie meinen Lieblingsanzug mit dem großen Karomuster, den ich in Chinon zur Feier des freien Tages trug, den ich dem Zusammenwirken von Karte, Kompaß, Funkpeilgerät und meiner eigenen Findigkeit verdankte. Als Komplement (oder besser Kompliment?) für die grünen und ockerfarbenen Karos fungierte ein kirschrotes Baumwollhemd, in das feine diagonale Streifen eingewebt waren, allerdings nur aus großer Nähe und nur für das Auge des Kenners wahrnehmbar; dazu trug ich eine hellblaue Fliege mit gelben Punkten samt passendem Brusttüchlein, in der Uhrtasche eine Uhr mit Kette sowie ein unübertreffbar konservatives Paar handgenähte braune Brogues.

Gegen vier Uhr nachmittags bog ich auf den Parkplatz des *château* ein, wo ich das übliche Gedränge von Touristenautos und ein paar altersschwache Kutschen vorfand. Ich wollte mich nicht lange aufhalten – eine weise Entscheidung, da das Schloß weder gegenständlich noch geschichtlich etwas Besonderes zu bieten hatte und die Ignoranten sich in Horden breitmachten. Die Herbaultschen Krautjunker (typischer Landadel) hatten offenbar nichts getan, erworben oder gedacht, was von geringstem Interesse war. Ihr *château* bot jedoch eine Entschädigung in Form des Familienmausoleums, eines recht nett angelegten Raums mit einigen gar nicht so üblen Sepulkralplastiken (der letzte vorrevolutionäre Herzog war offenkundig mit nicht etwa einem oder zweien, sondern mit gleich 4 [vier] seiner Lieblingsjagdhunde begraben worden). Der Marmor fühlte sich herrlich kalt an. Unzweifelhaft machten die Herbaults als Tote den besten Eindruck ihres Lebens.

Unsere Gedanken folgen merkwürdigen Wegen. Die Sepulkralplastiken, die mich eigentlich an meinen Bruder hätten erinnern müssen, der schließlich ebenfalls Sepulkralkunst gestaltet hatte (den *Taucher*, die katalanische *Pietà*), gemahnten mich statt dessen, wie diese Kunst es immer tut, mittels einer komplexen Ideenverbindung, in der Marmor mich an Schnee erinnert (Farbe, Temperatur, Reinheit) und Schnee mich an unseren norwegischen Hausangestellten erinnert, an den armen Mitthaug, denn in meiner kindlichen Phantasie war Norwegen ein Land, das jahrein, jahraus unter einer dichten Schneedecke lag und in dem Eisbären zur menschlichen Bevölkerung etwa im gleichen Verhältnis standen wie Schafe zu Menschen in Neuseeland. (Dies hatte mich tief beeindruckt, denn es führte mir vor Augen, daß die Schafe möglicherweise eines Tages die Herrschaft an sich reißen konnten.) Die Eignung des Marmors für sepulkrale Kunst hat wohl mit der metaphorischen Verbindung, der Entsprechung zwischen der Kühle des Steins und der Kälte toten Fleisches zu tun. Zudem wird diese Assoziation durch die Vollkommenheit des Materials noch verstärkt, denn wie alles Vollkommene ist Marmor unbelebt. Vielleicht konnten die Handwerkerkünstler des Mittelalters, die so häufig zugunsten der prahlerischen *précieux* der Renaissance unterschätzt werden, aus diesem Grund mit dem Stein nicht allzuviel anfangen und zogen ihm leichter zu bearbeitende und ausdrucksstärkere Materialien vor, die ihrer Freude an Farbigkeit und Abwechslungsreichtum entgegenkamen, deren Stärke es unter anderem ist, daß sie keineswegs immer dem guten Geschmack entspricht.

Mitthaugs Tod wurde übereinstimmend auf der Schwelle zwischen Selbstmord und Unfall angesiedelt. Es ist dies ein Schauplatz, der all jenen schier unbegrenzte Chancen bietet, die es danach gelüstet, anderer Leute Motive zu erkunden und die Geheimnisse des menschlichen Herzens zu ergründen, die Abgründe auszuloten (meine persönliche Meinung: sinnlos). Hergang des Geschehens: Er stürzte am Bahnhof Parsons Green vor einen U-Bahn-Zug der District Line; ich war bei ihm, erklärte allerdings bei der gerichtlichen Untersuchung, daß ich als Zeuge nicht viel beitragen könne, da ich mit meinen Fäustlingen beschäftigt gewesen war, die auf Geheiß meiner Mutter mit einem etwas zu kurzen Gummiband aneinander befestigt worden waren, so daß ich jedesmal einen Fäustling mit dem Ellbogen im Mantelärmel an mich drücken mußte, um mit der freien Hand den zweiten zu angeln und hineinzuschlüpfen. Im günstigsten Fall war es eine umständliche Operation, die meine Bewegungsfreiheit stark einengte und meine Aufmerksamkeit absorbierte. Offenbar war Mitthaug genau im falschen Augenblick, als der Zug in den Bahnhof einfuhr, vorgetreten und gestolpert. Einige der scheußlicheren Einzelheiten wurden mir erspart – darunter vermutlich die allerscheußlichste, die darin bestand, daß der Zug, nachdem alle Fahrgäste ausgestiegen waren, ein Stück rückwärts fuhr, so daß der zerstückelte Leichnam unseres einstigen Kochs zum Vorschein kam, zerlegt wie ein Hühnchen, das geschmort werden soll –, weil eine freundliche dicke Frau, die Mitthaug und mich zusammen in den Bahnhof hatte kommen sehen, mich sofort zum nächsten Polizisten gebracht hatte. Sie unterhielten sich im Flüsterton, während ich die Zuckerstange lutschte, die man mir zur Bestechung gekauft hatte. Danach brachte mich ein anderer Polizist nach Hause, der erste Mensch mit northumbrischem Akzent, den ich erlebte. In Bayswater fand daraufhin eine herzzerreißende Abfolge von Eröffnungen statt, und nur mein Vater besaß die Ehrlichkeit und Grobheit, laut auszusprechen, was alle dachten: »Nicht schon wieder!« Die Jury der Leichenschau ließ offen, ob Unfall, Selbstmord oder sonstige Todesart, obwohl der Untersuchungsrichter, ein ansonsten reizender Mensch (wenigstens in den Augen des zwölfjährigen Starzeugen, der ich damals war), geneigt schien, einen Selbstmord zu konstatieren, nicht zuletzt deshalb, weil einer der Brüder Mitthaugs, wie mein Vater es ausdrückte, allem Anschein nach ebenfalls »freiwillig den Löffel abgegeben« hatte. (Die »Zeugenaussage« einer offenkundig hysterischen Frau, die behauptete, gesehen zu haben, wie ich auf dem Bahnsteig Mitthaug absichtlich einen Stoß versetzte, als der Zug einfuhr, verwarf der Untersuchungsrichter ohne viel Federlesens.) Von Liebes- oder Geldproblemen unseres Kochs war nichts bekannt, und er hinterließ auch keinen Abschiedsbrief, doch seine einstige »Schwäche für die Flasche«, wie mein Vater es nannte, war kein Geheimnis; zudem hatte er bekanntermaßen gern die Literatur seiner Landsleute gelesen (Hamsun, Ibsen), und der Untersuchungsrichter schien zu der Ansicht zu tendieren, daß so etwas nicht folgenlos bleiben konnte. Dennoch blieb es bei dem Spruch der Geschworenen.

Leichenschauen und Beerdigungen regen fast ausnahmslos den Appetit an. Am Tag von Mitthaugs Leichenschau nahmen meine Eltern mich zu Fortnum's zum Tee mit, und ich aß vierzehn Teeküchlein (ein persönlicher Rekord). So kam es, daß ich über die unterschiedlichen Vorzüge von Teeküchlein, Teebrötchen und den klassischen englischen Tee mit Sahne nachsann, als ich aus dem Mausoleum des Château d'Herbault auftauchte, der offiziellen, ausgeschilderten Touristenroute folgte, die ins Sonnenlicht und in die Säulenhalle führte, um eine Ecke bog und mich unversehens keine zwei Meter hinter dem jungen Paar wiederfand, das ich – um es nicht durch die Blume zu sagen – beschattet hatte. Diesen Zwischenfall als ausgemachte Katastrophe zu bezeichnen wäre eine groteske Untertreibung. Ich sah mich mit einem *débâcle* konfrontiert.

»Kein Zufall, daß *débâcle* ein französisches Wort ist«, befand mein Bruder einmal bei einer schaurig verunglückten Denkmalsenthüllung in der Nähe seiner Wohnung bei Arles. Die ersten Versuche, das betreffende Objekt zu enthüllen, waren danebengegangen: Kein Ziehen an der Schnur bewirkte irgendeine Veränderung der kunstvollen Stoffverkleidung des Denkmals, und zuletzt mußte ein Mechaniker im Overall die Statue aus ihrer Verhüllung schneiden. Das Wort *débâcle* läßt den Hörer an das Scheitern eines umständlich ausgetüftelten Plans denken: eine Katastrophe, die den Betroffenen nicht nur das raubt, was sie wissentlich aufs Spiel gesetzt hatten, sondern viel mehr – so als würde man beim Versuch, den Vorgesetzten zu umgarnen, indem man ihn zum Essen einlädt und sein aufwendiges Lieblingsgericht kocht, die Ehefrau des Chefs vergiften, in der Folge den Job verlieren und der eigenen Ehefrau verlustig gehen, Bankrott machen, zum Gewaltverbrecher werden und bei einer Schießerei mit der Polizei ums Leben kommen, und das alles, wo man sich nur bemüht hatte, die Holländische Sauce nicht gerinnen zu lassen. Man vergleiche allein die Andeutung des Fehlorganisierten, des falsch Geplanten im gallischen *débâcle* mit der unverhüllt chaotischen und offenherzigen Qualität des italienischen *fiasco* oder mit dem burschikos maskulinen und pragmatischen (und, wie mir scheint, implizit umkehrbaren und daher letztlich zutiefst optimistischen) amerikanischen *fuck-up*. Wie ich bereits bemerkte, hatte ich in Festtagslaune und, wie ich nun feststellen mußte, aus reinem Übermut auf jegliche Verkleidung verzichtet, und meine Garderobe ist nicht unauffällig. Der einzige Grund, weshalb ich nicht in Panik ausbrach, war, daß meine Anwesenheit dank des ablenkenden Zusammenstoßes zweier elektrischer Rollstühle dreißig Meter vor uns bisher unentdeckt war. Die Auseinandersetzung begann Formen eines gestisch ausgefochtenen Kampfs anzunehmen, fast wie in einer Art Turnier.

Ich trat vorsichtig zurück und drückte mich hinter die Säule, aus deren Schatten ich ebenso unvorsichtig hervorgetreten war. Wie aber sollte ich entkommen? Mein Pärchen stand so, daß ich mich am einzigen Punkt der Säulenhalle befand, der nicht in seinem Gesichtsfeld lag. Jeder Schritt in Richtung Ausgang mußte mich jedoch unweigerlich ihren Blicken aussetzen, während nicht daran zu denken war, durch die Tür mit der Aufschrift *Sortie interdite* in die Krypta zurückzuflüchten, schon weil die Tür keinen Griff hatte. Einen Moment lang spielte ich mit dem wahnwitzigen Gedanken, in eine Rüstung zu klettern, die an der Wand stand, und darin dröhnend zum Ausgang zu stapfen. Vielleicht war es klüger, sich bis zum Einbruch der Dunkelheit in der Rüstung zu verstecken und dann dem Wachpersonal weiszumachen, man wäre auf dem Klo eingeschlafen. Unsinn – ich durfte nicht den Kopf verlieren. Für solche Situationen ist die französische Formulierung dieser Aufforderung, wie man sie auf Hinweisen zum Verhalten im Fall von Feuersbrünsten, Flugzeugabstürzen und Fährenhavarien findet, hilfreich: *Gardez votre sang-froid*. Es war höchst unwahrscheinlich, daß ich unerkannt durch den Kreuzgang gelangen würde, und jeden Augenblick konnte die geringste Bewegung ihrerseits mich ihren Blicken präsentieren, so prachtvoll, auffällig und unverkennbar wie einen Elch im Zielfernrohr eines Jagdgewehrs.

Sherlock Holmes' Axiom, das in etwa besagt, sobald das Unwahrscheinliche ausgeschlossen sei, müsse die Lösung im Bereich des Unmöglichen zu finden sein, hat mir schon immer imponiert. Als ich am Rand des Kreuzgangs stand, den Rücken an die schweren Türen des Mausoleums gepreßt, fiel mir plötzlich meines Bruders goldene Regel ein, die da lautet: »›Kein Ausgang‹ bedeutet immer ›Ausgang‹.« Also hielt ich tapfer die Stellung, indes das junge Paar sich langsam ins Blickfeld schob, und als eine Gruppe japanischer Touristen hinter ihrem Führer im Regenmantel mit zusammengeklapptem orangegelbem Schirm in der Hand aus der Kapelle kam, hielt ich die Tür geschickt mit dem Fuß fest, während die vierzig oder mehr Kulturfreunde den Weg nach draußen fanden, bis ich die Geduld verlor und an der Nachhut vorbei in die Krypta raste und im Gegensinn zum Verkehrsstrom an den Besitztümern und Denkmälern des Château d'Herbault vorbeieilte, so als würde man einen Film mit hoher Geschwindigkeit zurückspulen. *»C'est interdit!«* schrie ein Wärter, als ich mich energisch durch den Eingang hinausdrängte, und in der sich verdichtenden Gewißheit, gerade noch entkommen zu sein, trabte ich über den Parkplatz, sprang in meinen Peugeot und donnerte gen Fontevraud davon. Trotzdem fiel mir sogar in dieser Situation auf, daß der Wärter instinktiv gemerkt hatte, daß ich fließend Französisch verstand.

HERBST

Ein Aïoli

Ein Frühstück

Ein Barbecue

Ein Omelett

*

Ein Aïoli

*I*ch übertreibe nicht, wenn ich behaupte, daß Frieden und Glück, geographisch betrachtet, dort beginnen, wo Knoblauch beim Kochen verwendet wird.« So spricht Marcel X. Boulestin, eine der Heldengestalten englisch-französischer Interaktion in kulinarischen Dingen, der unerklärlicherweise im *Larousse Gastronomique* nicht erwähnt ist. Wer von uns könnte sich der Wahrheit seiner Worte verschließen, wenn er in das Land gelangt, dessen bloßer Name so offenkundig eine Erweiterung der Sinnenfreuden des Lebens bezeugt und verheißt, die Ergänzung unserer Gefühlsklaviatur um einige zusätzliche Tasten an beiden Enden, einen Satz neuer Register in unserer Seelenorgel, eine Ausdehnung jeder einzelnen Zelle unserer sensorischen Organe, einen ganz eigenen *rapprochement* zwischen Körper, Verstand und Geist – das Land, das ebenso ein Gedanke ist wie ein Medium, ein *métier*, ein Programm, eine Erziehung, eine Philosophie, eine Küche, ein Wort: die Provence. (Beim Lesen dieser Worte habe ich festgestellt, daß sie – grammatikalisch gesehen – ein Fragezeichen erfordern, welches zu setzen ich jedoch nicht gesonnen bin.) Wer könnte je seine (!) erste Reise in den Süden vergessen, die geschwinde Fahrt die *autoroute* entlang oder die gemächlichere über das *massif central*, bevor einem die erst unmerkliche und dann zunehmend merklichere Veränderung des Klimas und der Topographie auffällt, die den Süden denotiert (oder eher konnotiert?). Eine solche Reise unternahm auch ich in den Tagen kurz vor den Ereignissen, die zu schildern ich im Begriff stehe (Tisch unter Lindenbaum vor Café in

L'Isle-sur-la-Sorgue, *citron pressé*, Gurgeln der Sorgue unter nahe gelegener Fußgängerbrücke, Mopedgeräusche, 11 Uhr vormittags).

Selbstverständlich ist dies eine ausgesprochen belustigende Vorstellung, auch wenn Alfred Jarry zu Recht bemerkt hat, daß Klischees die Panzerung des Absoluten sind. Das Aufeinandertreffen von Norden und Süden war eines der großen Mißverständnisse, die Europa definiert, die es gestaltet haben, ein Mißverständnis, dessen Ausdruck die gleichzeitige Wandelbarkeit und Kontinuität von Identitäten ist, wie man sie aus Träumen kennt: die befremdliche Begegnung zwischen dem kultivierten Westgoten, der Catull zitiert und sich für die Architektur interessiert, und dem pöbelhaften Römer; der Wikinger, der als Palastwache am Hof von Byzanz oder Miklagard Dienst tut, wie der herrliche Wikingername dieser Stadt mit den herrlichsten Namen lautet; die Normannen in Sizilien; die liebgewonnenen Vorurteile britischer Reisender auf ihrer Europareise, die sich vor Wegelagerern und Gewittern fürchten; Goethe, der wie im Rausch in Rom Unzucht treibt; Byron und seine Gräfin und die Politik; Kutschenfahrten zum päpstlichen Palast in Avignon. Wenigen Reisenden aus dem Norden hat sich der Geist des Südens wirklich erschlossen, und wenn ich mich zu ihnen zähle, dann weniger aufgrund meiner Leistungen als meines instinktiven Verständnisses von Rhythmus und Gesetzmäßigkeiten des Lebens im *mezzogiorno* wegen, des Lebens in Hörweite der Zikaden. Anders ausgedrückt kann man sagen, daß nur wenige, die einer Kultur entstammen, in der Olivenöl als Kochfett nicht an erster Stelle steht, von sich behaupten können, *pastis* und die ihm verwandten Alkoholika tatsächlich zu mögen.

An meinem ersten Abend in der Provence als Grund- und Hauseigentümer saß ich in ebendiesem Café, einer erfreulich »unentdeckten« Dorfkneipe, in der ein sehr passabler *croque-monsieur* zu haben ist, den mit einem

Spritzer Senf in der Sauce zu verfeinern ich den Wirtsleuten in späteren Jahren beibrachte. Die umständlichen Transaktionen und bürokratischen Spitzfindigkeiten, die alle französischen Rechtsangelegenheiten begleiten, hatten die ganze Geschichte zu einem umständlichen und anstrengenden Prozeß gemacht, den nur die ergötzlich leicht zu durchschauende Verschlagenheit der Vorbesitzer meines Hauses, eines typisch belgischen Paars von Knickern, mit einem gewissen Unterhaltungswert anreicherte – bei einer frühmorgendlichen Razzia am Tag vor der Übergabe wurden sie bei dem Versuch erwischt, eine Kühl-Gefrier-Kombination und eine Waschmaschine an sich zu bringen, die im Kaufvertrag ausdrücklich enthalten waren. Ihr Schuldbewußtsein drückte sich, wie bei Erwachsenen verbreitet, durch Übellaunigkeit aus. Ich vermute, daß sie annahmen, ich sei vom Kummer verwirrt und deshalb leicht zu übertölpeln: *»Ses parents sont morts dans une grande explosion de chaudière«*, hatte mein Anwalt gesagt und damit in den Schweinsäuglein des Belgiers ein operettenhaftes Funkeln geweckt.

An diesem ersten Abend hatte ich das Haus nicht abgesperrt und war mit dem Wagen durch Wein- und Ölbaumpflanzungen nach L'Isle-sur-la-Sorgue gefahren, wo ich auf der Terrasse mehrere Ricards trank und über den Vollzug meiner Beziehung zum Mittelmeerraum nachdachte. Den ersten Besuch hatten meine Eltern mir zum achtzehnten Geburtstag geschenkt; ich war zu meinem Bruder gefahren, der damals in der Nähe von Arles wohnte und arbeitete. Wir teilten die Aufgabenbereiche so ein, daß ich mit dem Fahrrad *boulangerie, épicerie, boucherie* und Fischstand besuchte, bevor ich mir einen Kräutertee in – oder häufiger und exhibitionistischer vor – einem besonders attraktiv heruntergekommenen Café genehmigte; in späteren Jahren hoppelte ich auf meinem klapprigen kleinen Mofa, das nicht immer die Kraft aufbrachte, mich den ganzen Rückweg den Hügel hoch zu befördern, ins

Dorf, von wo ich mit einem Rucksack voller Baguettes und Pasteten für den unmittelbaren Verzehr und nahrhafteren Dingen für spätere Stunden heimkehrte.

Habe ich klargemacht, daß ich mich hier sehr zu Hause fühle? Hier habe ich, um es ganz genau zu sagen, die Woche seit den Ereignissen, die zu schildern ich nicht anstehen werde, verbracht, teils in diesem Café, teils in meiner bescheidenen Bleibe, während ich vorliegende kulinarische Erwägungen und Gedanken tippte, wobei der Tag folgendem Schema folgte: kurzer Abstecher in die »Stadt« auf einen *café noir*, eine Runde *saluts* und Einkäufe; *café au lait* auf der Terrasse in der Morgensonne; Mittagspause mit kleinem Lunch (Omelett, Vichywasser, Pfirsiche, Tomatensalat, Knoblauchsuppe, *terrine de campagne, ratatouille baguette*), ebenfalls im Freien, bevor die Sonne richtig ihre Herrschaft antritt; Nachmittagssiesta am Swimmingpool im Liegestuhl unter dem Feigenbaum, der gerade weit genug entfernt steht, daß kein Laub ins Wasser fallen kann; Sprung ins Wasser; stärkende Tasse English Breakfast Tea von Twinings; zweiter Sprung ins Wasser; Abstecher ins Café und dann ein frugales Abendessen entweder dort oder in einem angenehm unambitionierten Gasthaus des Ortes.

Kulinarisch gesprochen findet jede Beziehung des Nordens zum Süden in der Liebe zum Knoblauch ihren Höhepunkt. Diese Pflanze (deren lateinische Bezeichnung sich vom keltischen Wort für »warm« oder »brennend« ableitet; sollten wir annehmen dürfen, daß Mary-Theresas Vorfahren die Pflanze im Verlauf von nebulösen druidischen Ritualen aßen?), ob ihres ausgeprägten Dufts gefürchtet und ob ihrer beinahe medizinischen Eigenschaften verehrt, ist seit den Zeiten der Römer heftig umstritten und heiß geliebt. Die Bewohner Nord- und Mitteleuropas waren noch nie überzeugte Anhänger des Liliengewächses, dessen Nähe zu handfester Körperlichkeit und ebensolchen Genüssen vielleicht mehr ist als das, was W. H. Auden, ein ebenfalls der Komik nicht entratendes Beispiel des Aufeinandertreffens von Süden und Norden, als »bier- und kartoffelselige, von Schuldkomplexen geprägte Kultur« bezeichnete, vertragen kann.

Für manche jedoch ist der Gedanke, ohne Knoblauch zu kochen – nun, sagen wir der Einfachheit halber: undenkbar (ein Wort, das sich, nebenbei gesagt, selbst widerlegt). Die dominierende Rolle des Knoblauchs in meiner eigenen Küche ist nicht zu bestreiten. Diesen Sachverhalt feiere ich anläßlich meiner Ankunft in Frankreich gerne mit einem *grand aïoli*, einem Festmahl, in dem der Knoblauch eine Hauptrolle von sakraler Dimension spielt: Die legendäre Knoblauchmayonnaise wird mit einer Auswahl von Begleitspeisen serviert, und eine der Freuden dieses Gerichts besteht in der Umkehrung der Beziehung zwischen Zugabe (Sauce) und Hauptbestandteil (oder wie meine junge Freundin es ausdrückt: dem »Proteindings«).

Bekanntlich zeichnet viele der beliebtesten Gerichte der Welt dieser heimliche Reiz aus: die Currysauce, die nur das Alibi für ihren Basmatireis ist, wie die Rinderlenden, die schlicht und einfach die offizielle Rechtfertigung für ihren Yorkshire-Pudding sind (und die Franzosen sprechen diese Beziehung an, wenn sie in Menubezeichnungen das Possessivpronomen verwenden – *ris de veau et* sa *petite salade de lentilles de Puy*, als gäbe es für beide nur einen möglichen Gefährten auf der ganzen Welt und als wäre ihre Verbindung so unerklärlich intimer Natur wie eine Ehe oder wie das enge Verhältnis von Zwillingen). Das ist ein Kniff, den im Hinterkopf zu behalten sich lohnt, wenn man kulinarische Effekte bewirken will, die der Menge bewunderndes Staunen abnötigen: Kehren Sie einfach die üblichen Verhältnisse zwischen den einzelnen Komponenten der Mahlzeit um – beispielsweise, indem Sie ein Stück gegrilltes Fleisch mit einer verblüffend raffinierten Terrine Kartoffelbrei in den Schatten verweisen. (Stellen Sie sich eine motorisierte Eskorte vor, bei der das gekrönte Haupt sich nicht in der gepanzerten und standartengespickten Limousine verschanzt, sondern an der Spitze der Motorradeskorte vorbeiflitzt.) Auf allen Gebieten künstlerischen Strebens gibt es das wohlbekannte Phänomen, daß überkandidelte oder aufdringlich pseudoepische Arbeiten in egal welchem Medium eine ungeahnte Wahrhaftigkeit erlangen können; wenn der Künstler zufällig abgelenkt ist (die Kapelle, die mein Bruder in Dugois in Belgien errichtet hat und die als Meisterwerk gilt, ist ein klassisches Beispiel: ein überanstrengtes und überbemühtes, überdimensioniertes Bauwerk – gewundene Säulen, die monumental in die Höhe ragen, usw. –, das durch die Schlichtheit und Beiläufigkeit eines architektonischen Elements gerettet wird, welches ganz offenkundig seiner Aufmerksamkeit entging, weshalb er es nicht ruinieren konnte, nämlich das entzückend fröhliche, schwerelose und bedeutungsarme Taufbecken in Form eines Pokals, das bis heute von Kunstkritikern und Reiseführern gleichermaßen ignoriert wird).

Aïoli. In meiner Wahlheimat, der Provence, bringt man diesem Gericht eine tiefe und rätselhafte Leidenschaft entgegen, und in der dortigen Folklore nimmt es in kulinarischer, kultureller und medizinischer Hinsicht einen herausragenden Platz ein. Pierre und Jean-Luc sind besonders inbrünstige Anhänger der Sauce, und während der Zubereitung des *aïoli monstre*, das als *pièce de résistance* des dörflichen Sommerfests dient (dessen zweiter Höhepunkt das faszinierend schlechte Puppenspiel des betagten *curé* ist), kann man sie von Haus zu Haus gehen sehen, besorgten Blicks die Zubereitung der gelbglänzenden Sauce, der milden pochierten *morue* und der frischgeernteten gekochten Gemüse begutachtend, die später alle miteinander auf dem Dorfplatz vor dem Kriegerdenkmal aufgetragen werden, von dem die Liste der grüppchenweise angeordneten tragischen Familiennamen, *morts pour la patrie*, auf die hufeisenförmig aneinandergestellten Böcke mit Tischplatten hinunterblickt, während die Sonne im Zenit steht, der Rosé in Strömen fließt und vier Generationen von Bewohnern St.-Eustaches auf Knoblauchwolken schweben. Den Brüdern verdanke ich mein eigenes *aïoli*, das offen und ehrlich im Mixer gerührt wird im Unterschied zum authentischen, aber mühselig von Hand im Mörser gestampften traditionellen *aïoli*: Geben Sie zwei Eigelb und vier Zehen Knoblauch in den Mixer, und mischen Sie auf kleiner Stufe nach und nach einen halben Liter Olivenöl (*ail* heißt Knoblauch, *oli* ist im sympathisch bäuerlichen Dialekt der Provence das Wort für Olivenöl) und den Saft einer Zitrone hinein. Trotz der Einfachheit der Zubereitung bewahrt diese Sauce ihr Geheimnis, was eine interessante Widerlegung der Marxschen Mehrwerttheorie und auch seiner Erklärung des Fetischcharakters ist.

Mein Bruder, der nicht viel Wert auf das legte, was er mit koketter Anspruchslosigkeit »Ausländerfraß« nannte (eine Kategorie, die für Curry nicht galt), war trotzdem ein großer Knoblauchliebhaber, vor allem in Form des *aïoli*, von dem die Rede ist: »Könnte man fast die HP-Sauce des Franzmanns nennen« – ich erinnere mich noch an diese seine Worte, als er sich einen neuen Klacks der ambrosischen Speise auf den Teller löffelte (das war damals, als er in der Bretagne wohnte, nicht weit von einem Bistro, das freitags als günstiges Mittagsgericht ein *aïoli garni* anbot). Wenn er mich nach dem Tod unserer Eltern in meinem Haus in der Provence besuchte – das ich mit dem Erlös aus ihrem Nachlaß gekauft hatte, während er die Sommer noch immer in seiner Hütte in der Nähe von Arles verbrachte –, mußte ich für ihn stets ein klassisches provenzalisches *aïoli* zubereiten, bei dem ein Stück kalter pochierter Fisch (häufig, wenngleich das nicht unumstritten ist, kein Stockfisch) oder eine Auswahl von gekochtem Fleisch je nach Vorlieben Hauptbestandteil ist, von einer intelligent zusammengestellten Beilagenpalette (hartgekochte Eier, Spargelspitzen, Brokkoliröschen, Saubohnenkerne, Karotten, grüne Bohnen, noch warme Frühkartoffeln in der Schale – *en chemise* oder, wie die Italiener sagen, »im Nachthemd« –, Tomaten, Stangensellerie, rote Bete, Kichererbsen und ungefähr ein halbes Pfund gekochte Schnecken) wie von einer eßbaren Ehrengarde eskortiert. Wenn man *aïoli* in großen Mengen zu sich nimmt, kann es den Magen beschweren, und deshalb sollten weitere Gänge leicht und belebend sein; persönlich serviere ich dazu am liebsten nur einen grünen Salat (und verzichte dabei großzügig auf Knoblauch in der Vinaigrette) und etwas Obst. Bevorzugtes Getränk ist der lokale Roséwein. Frédéric Mistral, meines Wissens der einzige Dichter, der nach einem der bedeutenderen europäischen Winde benannt wurde, sagte vom *aïoli*, es verkörpere »Wärme, Glut und Lebensfreude der provenzalischen Sonne, doch es zeichnet sich durch noch eine Eigenschaft aus – es hält die Fliegen ab«. Im Jahr 1891 gründete Mistral eine Literaturzeitschrift namens *L'Aïoli*.

Mit dem Vorhaben, eine solche Mahlzeit zusammenzustellen, begab ich mich vor einigen Tagen des Morgens nach Apt. Apt ist ein Marktflecken, etwa fünfundvierzig Kilometer von St.-Eustache entfernt, und ich suche den Markt für gewöhnlich einmal in der Woche auf, um spezielle Dinge zu kaufen, nicht für die täglichen *va-et-vient*-Besorgungen. Hin und wieder lasse ich mich auch jeden zweiten Donnerstag dort blicken, wenn der Markt zusätzlich Stände aufweist, an denen Trödelkram und sogenannte Antiquitäten verkauft werden – meist und gewissermaßen von Natur aus überteuert, doch nicht ohne den schwachen Schimmer einer Chance zu bieten, daß man eine ganz nette Trouvaille macht. Mein geliebtes Schreibpult aus der Mitte des 19. Jahrhunderts war so ein Fund; die Jahre der Sequestrierung hinten in einem Hühnerstall hatten es mit einem Geruch imprägniert, der sich preismindernd am Stand des »Fremden« auswirkte, von dem ich es erwarb, eines Pariser Flüchtlings aus der Werbebranche, der vor zwanzig Jahren südwärts emigriert war. Der Geflügelduft wurde mit Hilfe mehrerer ketzerischer Schichten Politur überdeckt. (»Haushaltsgegenstände, die man nicht benutzen kann, sind per definitionem auch nicht schön«, lautete eine Grundregel meines Bruders, der ich ausnahmsweise zustimme.) Als ich meine Schritte zur Mitte des Markts lenkte, kam ich zur Linken an M. Robluchons Pilzstand mit der ersten Ernte spätsommerlicher Kostbarkeiten vorbei – ich hatte dieses Jahr die Morchelsaison verpaßt, womit der untersetzte Pilzhändler, dessen Körpergröße ebenso zu seiner Berufsausstattung zu gehören schien wie sein Weidenkorb und sein Trüffelhund, mich freundschaftlich geneckt hatte. Zur Rechten befand sich der Stand der mürrischen Mme. Volois, wo sich an der verräterisch lieblosen und schlampigen Präsentation der Waren – ein Kohlkopf, der aus seiner überfüllten Kiste in die darunter mit den Möhren gerollt war, Feldsalat, der sich wie ein falsch abgelegter Brief zwischen die Rauke eingeschlichen hatte – ablesen ließ, daß es sich um den unattraktivsten der acht oder neun Gemüsestände des Markts handelte. Schon zu Beginn meiner Inspektion hatte ich das Gefühl, daß meine heutige Suche nicht vergebens sein würde, ein Gefühl wie die Witterung eines erfahrenen Jägers. Es verstärkte sich, als ich an M. Duponts untadeligem Obststand (Erdbeeren gab es schon lange keine mehr; die Zitrusfrüchte leuchteten in voller Pracht) und am Käsestand vorbeikam, den Mme. Carpentier betreute, eine Witwe, deren Ehemann zu Lebzeiten alle öffentlichen Verhandlungen geführt und sich das Verdienst an der Qualität des Käses und am perfekten Reifegrad, in dem er verkauft wurde, ans Revers geheftet hatte, so daß alle Ortsansässigen bei seinem tödlichen Schlaganfall schwarzsahen, woraufhin die äußerst wortkarge Mme. Carpentier seine Funktionen übernahm und der Käse eher noch besser wurde, wenn das überhaupt möglich war, woraufhin die Schlaumeier des Ortes nicht mehr sagten: »Sie wird es nie schaffen«, sondern: »Natürlich war sie schon immer die treibende Kraft.«

An den Ständen herrschte reger Betrieb; es war Viertel nach elf; die Hautgeschäftszeit des Markts dauerte von acht bis etwa zwölf Uhr; von da an flaute die Betriebsamkeit langsam ab, was nichtsahnende Angelsachsen und Nordlichter ganz allgemein oft überraschte – vom Startschuß, den ein, zwei Standinhaber gaben, die ihre Waren zusammenpackten, bis zu dem Augenblick, da der Markt so endgültig leer und verlassen aussah wie ein vor zwei Tagen aufgegebenes Beduinenlager, was vor allem für die Lebensmittelabteilung des *marché* galt, während einige der Antiquitätenhändler noch bis zum frühen Nachmittag ausharrten, bevor sie ihren Plunder in einer kompendiösen Anthologie von Peugeots, Renaults und Citroëns erlesener Jahrgänge verstauten.

»Waren die *merinjana* wie gewünscht, Monsieur?« rief M. Androuët, als ich mich dem Ende der ernsten Schlange an seinem Gemüsestand zugesellte. Selbstverständlich war meine Gegenwart bereits eine deutliche Bejahung der Frage. Die Auberginen – der geborene Bretone M. Androuët, Liebhaber von Altertümern und der provenzalischen Geschichte, hatte den Dialektausdruck verwendet, was mich nicht aus der Fassung bringen konnte – waren in der Tat wunschgemäß ausgefallen; sie waren Grundlage eines herrlichen *ratatouille* gewesen, das mich tagelang ernährt hatte. (Das *ratatouille* mundet besonders gut, wenn man es warm auf kalter Baguette oder umgekehrt serviert, ein Tip, den ich meinem Bruder verdanke, und es ist der, wie mir scheinen will, einzige Fall, wo meine kulinarische Praxis von der seinigen beeinflußt wurde. Der Clou dabei ist, daß man es mit den Tomaten nicht übertreibt.) Das andere interessante Gericht, bei dem *merinjana* eine Starrolle spielen, ist das raffiniert gewürzte türkische *imam bayildi*, was heißt »der Imam verlor die Sinne« und was man uns immer damit erklären will, daß er vor Entzücken ohnmächtig wurde, obwohl ich mich hin und wieder gefragt habe, ob nicht eine allergische Reaktion im Spiel war. Die Vielzahl der Reaktionen auf Allergene und Toxine ist erstaunlich; sie reicht von den fast sofort auftretenden Schwellungen, Rötungen und Ohnmachtsanfällen gewöhnlicher Nahrungsmittelallergien (ich habe einmal erlebt, wie ein Mann in einem Restaurant in Straßburg eine halbe Minute nach dem Genuß einer Erdnuß violett anlief und zusammenbrach) bis zu der symptomfreien Zeitspanne von zweiundsiebzig Stunden, die dem verzögerten und ausnahmslos tödlich verlaufenden Leberkollaps vorausgeht, den bestimmte Pilzsorten herbeiführen.

Mit dem Blick suchte ich den Marktplatz ab. Meine Kopfhaut juckte leicht. (Wie wenig würden wir uns an allem, was uns juckt, stören, könnten wir es als das begreifen, was es so oft ist – Botschafter des wiedererwachenden Lebens.) M. Androuët hatte die mir vorausgegangenen Kunden schnell abgefertigt, um sich mir, einem seiner ausgesprochenen Lieblingskunden, zuzuwenden. Ich erstand ein paar Salatkartoffeln, ein paar Bohnen, Karotten um der Farbe und Textur willen und Kirschtomaten, bevor ich artig eine Handvoll Basilikum als Gratisgabe entgegennahm und meine Erwerbungen behutsam den Eiern beigesellte, die bereits am Boden meines Einkaufskorbs nisteten. Paprika wollte M. Androuët mir keine verkaufen, da sie, wie er sagte, in Ordnung seien, aber nicht herausragend. Das war teilweise eine scherzhafte Anspielung auf den Zwischenfall, der unsere Bekanntschaft intensiviert hatte, als ich mich nämlich über »holzigen« Lauch beschwerte, den er mir verkauft hatte, und wir in einen dramatischen Wortwechsel gerieten, der darin kulminierte, daß ich – wie mir im nachhinein einfiel, wie in unbewußter Nachahmung von Shakespeares Fluellen – mit einem Corpus delicti in der Luft herumfuchtelte, während wir folgenden Dialog führten:

M. ANDROUËT: »Er ist in Ordnung.«
ICH: »Nur in Ordnung ist nie in Ordnung.«

M. Androuët warf mir einen höhnischen Blick zu und wandte sich ab, und ich machte auf dem Absatz kehrt und rauschte davon. Und als ich mich das nächstemal an seinem Stand blicken ließ, begrüßten wir uns mit merklicher Herzlichkeit, was sich mit der Zeit zu einer richtiggehenden Freundschaft auswuchs – eine Entwicklung, die ich bei Franzosen häufig beobachten konnte; sie scheinen sich wohler in Beziehungen zu fühlen, denen ein handfester Streit Voraussetzung und Grundierung lieferte. (Kein Zufall, daß *entente* ein französisches Wort ist.)

Der Markt war an diesem Donnerstag noch belebter als sonst. Ich quetschte mich durch die Menge auf der Mittelachse und verpaßte einem Kind, das lärmend um die Stände herumgetobt war, mit dem Knie wie zufällig einen Stoß an die Schläfe; es blieb einen Augenblick lang verblüfft stehen und brach dann in Tränen aus. Der Schatten, den die Lindenbäume in der Mitte des Platzes spendeten, konnte gegen die volle Tageshitze kaum noch etwas ausrichten, doch die Hitze kündete auch vom trostreichen Nahen der Stunde des Mittagessens.

Weiß der Jäger stets im voraus von seinem Glück? Spürt der Bogenschütze in der Bewegung seines Arms, daß er gleich einen Treffer landen wird? Liegen rhetorische Fragen all unserem Streben zugrunde? Als ich an jenem Tag den Markt aufsuchte, spürte ich, wie ich gestehen muß, eine chemische Gewißheit bezüglich des Ausgangs meines Vorhabens, ein keimendes Wissen, so erfüllt von sich selbst, wie ein Senkblei von der eigenen Vertikalität überzeugt ist. Diese irritierende zunehmende Erregung, diese intellektuelle Geschwulst wuchs in mir, als ich hinter M. Remoulés Obststand abbog, dessen vierfarbiges

Grapefruitsortiment an diesem Morgen besonders far-
benprächtig und bunt war und der seine duftenden Ca-
vaillonmelonen neben dem üppigen Schmelz einer de-
monstrativ aufgeschnittenen Wassermelone, deren Reife
sich an der klaffenden vulvaähnlichen Spalte ablesen ließ,
aufgebaut hatte, als ich an dem fahrradbetriebenen Stand
vorbeiging (so klapprig und so einfallsreich wie das erste
Floß), wo Mme. Berti (eine ausgewanderte Italienerin) die
Sorbets und Eiscremes feilhält, die sie zu Hause herstellt,
bevor sie zweimal wöchentlich keuchend die knapp drei
Kilometer bis zum Marktplatz strampelt, wo sie nie mehr
als drei ihrer berühmten Eissorten anbietet (beschämend
großzügig zu mir, nur weil ich ihr einmal quasi *en passant*
etwas vorgeschlagen hatte, was sich in der Folge zu einem
besonders erfolgreichen Eis, dem wunderbar erfrischenden Holundersorbet, entwickeln sollte, weshalb sie mich
halb schüchtern, halb kokett vor bewundernden und nei-
dischen Kunden immer als *mon anglais ingénieux* bezeichnet), vorbei an den ersten Ausläufern des Antiquitäten-
marktes, spärlich bestückten Ständen, deren Naivität und
Unprofessionalität dem Kenner das beruhigende Gefühl
vermittelten, daß Raritäten sich hier unter Umständen
finden ließen, hinein ins überfüllte Herz dieses Marktteils,
wo die Atmosphäre stillvergnügter Habgier und gegenseitigen Übervorteilens beinahe so greifbar war, wie es bei
meiner Heimfahrt die von der Straße aufsteigenden Hit-
zewellen sein würden, welcher Eindruck durch eine stattliche Herde leicht zu rupfender Touristen in Freizeitklei-
dung Unterstützung fand, auf die ich mich zubewegte,
die Ohren so aufmerksam gespitzt, die Augen so weit
geöffnet, daß ich für einen Augenblick die Nähe des Menschen zur Tierwelt empfand, die auf ihre Sinne so ange-
wiesen ist, wie wir es inzwischen auf unseren Verstand
sind: Ich spürte, daß ich imstande war, Beeren zu sammeln und das Fleisch von Tieren zu essen, die ich erlegt
und über einem eigenhändig aus selbstgehauenen Holz-

scheiten aufgeschichteten Feuer gegart hatte – Sie merken, ich war ganz schön aus dem Häuschen, bloß um dann festzustellen, daß die Stimmen, die ich hatte Englisch sprechen hören, nicht Engländern, sondern Amerikanern gehörten, worauf ich zum anderen Ende der *rue des Antiquités* eilte, vorbei am Kräuterstand, von dessen struppigem Inhaber das Gerücht ging, er handele auch mit so manchem Kraut, das anderen Zwecken als rein kulinarischen diene (mein Bruder vertraute mir einmal an, daß Marihuana »keine andere Wirkung auf mich hat, als daß ich erst so geil wie ein Bock werde und hinterher nicht mal mehr die eigene Telephonnummer weiß«), und während ich auf die Stände zuging, spürte ich in mir jenes Gefühl der Enttäuschung aufsteigen, das so oft dem Erfolg vorausgeht, dem Erfolg, dem ich seit dem rußigen Portsmouth hinterherjagte und der mir Hunderte von Meilen des Verfolgens und Überwachens abverlangt hatte, so daß ich zutiefst und fast erschreckend erleichtert war, als ich sie vor mir erblickte wie eine aufgehende Sonne, den behäbigen, verdrossenen blassen Ehemann wie nicht anders zu erwarten in der Nachhut, sie strahlend und leuchtend (ihr Haar gab mehr Licht ab, als es aufnahm), mit einer Miene, die unterdrücktes Amüsement und um Selbstbeherrschung bemühte aufgesetzte Höflichkeit verriet, als sie eine vergoldete längliche Uhr auf die Theke zurücklegte, während der abgewiesene, sichtbar betörte Standinhaber mit dem an eine verwüstete Mondlandschaft erinnernden, von Aknenarben übersäten Gesicht sie mit stoisch ausdrucksloser Miene ansah. Dann richtete sie sich auf, um auf mich zuzugehen, welchem Tun ich zuvorkam, indem ich die Entfernung zwischen uns überbrückte – und alle anderen Anwesenden waren für mich nicht mehr existent, die ganze Welt war Mummenschanz mit Ausnahme ihrer, meiner und meines Vorhabens, als ich vor ihr erschien und munter verkündete:

»Nein, das ist ja kaum zu glauben, meine Lieben!«

Ein Frühstück

».. . und dann wollten wir uns die Bilder von den Jüngern
in Kerneval anschauen, die mit ihrem Handwerkszeug, die
ich bloß von Reproduktionen kannte, und dann sind wir in
die Gegend von Chinon an der Loire gefahren, wo es diesen Skulpturenpark gibt, den er angelegt hat und der für
diese Wahnsinnsaufregung gesorgt hat, aber im Reiseführer waren die falschen Öffnungszeiten angegeben, und deshalb mußten wir die Zeit damit rumkriegen, daß wir uns
Schlösser und so Zeug anschauten, und dann mußten wir
noch mal hinfahren, aber es hat sich gelohnt, stimmt's,
Liebling? Und dann haben wir ein paar Tage lang einfach
gefaulenzt, was für Hugh sicher eine Erleichterung war,
weil er endlich mal von den Sachen Ihres Bruders ver-
schont blieb, was nicht heißen soll, daß er nicht fast genauso ein Fan ist wie ich, und dann sind wir über das *massif*
hergekommen, was wirklich toll war, und jetzt haben wir
noch drei Tage, und deshalb wollen wir uns die Sachen in
dem kleinen Museum in Arles in seinem ehemaligen
Haus anschauen, bevor wir dann in Marseille das Auto
abgeben und zurückfliegen, obwohl Hugh darauf ganz
gut verzichten könnte, weil er eine Heidenangst vorm
Fliegen hat, stimmt's, Liebling?«

Die Frage ereignete sich zeitgleich mit dem Verzehr
einer *tartine* durch den unseligen Galan, so daß ein gnädi-
ges Schicksal uns eine Antwort ersparte, die über ein un-
terwürfiges »humorvolles« Kopfwackeln hinausging. Wir
frühstückten im Patio, wo wir zu dieser Morgenstunde
noch im Schatten der Platane saßen; ich hatte meinen
Gästen, die bei mir übernachten würden, gesagt, daß sie

früh genug kommen sollten, um den morgendlichen Blick auf die kompakte Reliefkarte aus Felsen, Ölbäumen und Weinreben samt dem Feuerball der Sonne zu genießen, der direkt über dem acht Kilometer von meinem Haus entfernten Bergstädtchen Gordes stand.

»Wie bewunderswert pragmatisch Sie Geschäft und Vergnügen zu verbinden wissen«, säuselte ich schelmisch, »aber andererseits läßt sich ja behaupten, daß Flitterwochen per definitionem nichts anderes sind als diese Verbindung, nicht wahr?«

»Das hat Duchamp in *La Mariée mise à nu par ses célibataires même* so toll dargestellt – das Eindringen der Mechanisierung in Bereiche, deren anerkannte Metapher immer noch der Begriff der Intimität ist. Ich denke, Duchamp will damit sagen, daß das Verschwinden des Privaten mit dem Versagen unserer traditionellen Kunstbegriffe verglichen werden kann, genauso wie es sich mit der Problematik zwischengeschlechtlicher Beziehungen im Kapitalismus verhält. Ist ja klar. Ich hatte ursprünglich vor, meine Diss über Duchamp zu machen. Ich hatte sogar mal ein Angebot für einen Lehrauftrag über Avantgardekunst in Kalifornien. Ich glaube, das habe ich Ihnen schon erzählt. Hat Ihr Bruder Duchamp jemals erwähnt?«

»Hywl, Sie werden sehen, daß diese Feigenkonfitüre ganz hervorragend zur Brioche paßt. Meiner Meinung nach die beste Verwendung für Feigen, vor allem seit D. H. Lawrence diesen peinlichen Vergleich mit weiblichen Genitalien in die Welt gesetzt hat – aber Sie Flitterwöchner wollen sich bestimmt nicht solche Anzüglichkeiten von einem alten Knasterbart wie mir anhören. Italienische Freunde finden wiederum, daß Feigen die ideale Begleitung für Parmaschinken sind. Die hier stammen selbstverständlich aus eigener Ernte. Laura, noch einen Tropfen Kaffee? *Dommage.* Nein, ich glaube, Bartholomew war der Ansicht, Duchamp hätte es beim Schachspielen belassen sollen. Aber warum jetzt schon über solche drögen Dinge reden? Dafür haben wir später noch genug Zeit. Ich habe Ihnen Ihr offizielles Interview versprochen, und Sie werden es auch bekommen. Natürlich immer vorausgesetzt, daß Hywl es erlaubt –«

»Ich hab mein Buch und Ihren Swimmingpool. Damit kriege ich die Zeit bis heute abend schon rum«, sagte er und warf Laura dabei einen schnellen Blick zu, in dem, wie ich voll Abscheu bemerken muß, eine winzige Spur ehelicher Lüsternheit zu entdecken war.

»– Und dann werde ich Sie anständig mästen«, fuhr ich entschlossen fort. »Mittags nur eine Kleinigkeit, weil wir armen Arbeitstiere zu tun haben und weil wir nicht wollen, daß Sie beim Schwimmen Magenkrämpfe bekommen und uns am Ende noch ertrinken, nicht wahr, Hywl? Aber abends gibt es dann etwas Gehaltvolleres, und morgen früh sage ich euch nach einem kleinen Imbiß adieu.«

»Sie machen viel zu viele Um–«

»Aber vielleicht sollte ich vorher schnell noch ein paar allgemeine Sächelchen erklären, ich will nicht sagen Vorschriften, aber wahrscheinlich handelt es sich um etwas Ähnliches. Passen Sie am seichten Ende des Pools auf der linken Seite gut auf – da kann man sich an der Kante der Stufe schneiden, und wir wollen ja schließlich nicht mit Ihnen zum *médecin* fahren müssen, damit er Ihnen eine Tetanusspritze verpaßt und wir kostbare Interviewzeit verlieren, nicht wahr? Und nehmen Sie sich vor Wespen in acht, die aussehen, als wären sie ertrunken, weil viele davon noch ganz schön zustechen können. Wer weiß, ob das Akronym WASP seine ganze Bildhaftigkeit nicht aus dieser Fähigkeit zuzustechen, während man den Anschein des Totseins erweckt, bezieht. Dies nur nebenbei. Für den Fall der Fälle gibt es eine Art Kescher, mit dem man auch Blätter aus dem Wasser fischen kann. Ich bin leider schrecklich empfindlich, was nasse Füße im Haus betrifft – Laura wird das Muster des Kelims hinter der Tür aufgefallen sein, auch wenn nur jemand, der sich ein bißchen mit Teppichkunde abgegeben hat, Wert und Seltenheit dieses Stücks richtig zu würdigen weiß. Ich glaube, im Schuppen sind Schlappen, aber ich bin mir nicht ganz sicher, ob welche in Ihrer Größe dabei sind, Hywl, denn ich habe den Eindruck, daß Ihre Füße ungewöhnlich groß sind. Falls Sie Lust auf eine Erfrischung haben, wissen Sie ja, *mi casa es su casa* – anders ausgedrückt, bedienen Sie sich einfach, aber falls es Sie nach Tee gelüsten sollte, denken Sie bitte daran, daß die automatische Zündung am Gasherd nicht hundertprozentig zuverlässig ist. Und das letzte und wichtigste: Sollten Sie über den Hügel ins Dorf gehen wollen statt unten herum, dann nehmen Sie an der Stelle, wo der Weg sich gabelt, unter gar keinen Umständen den Weg, der weiter oben verläuft und der aussieht, als würde man auf ihm schneller zum Dorf gelangen (was in der Tat stimmt) als auf dem unteren mühsameren Weg, der erst ins Tal führt, so daß man sich vorher umsonst den Hügel hochgequält hat, was besonders frustrierend ist, wenn man, wie Sie, Hywl, eine Idee übergewichtig ist; aber nehmen Sie auf gar keinen Fall den oberen Weg, denn der führt durch das Grundstück von zwei Brüdern, die an und für sich reizend sind, aber nicht wenn sie eine Flinte in der Hand haben und auf ihrem Land auf die Jagd gehen. Vor einigen Jahren kam es zu einem sehr häßlichen Unfall, in den eine englische Nachbarin verwickelt war, die gern auf einen Sprung vorbeikam, um den Swimmingpool zu benutzen, unter uns gesagt, nicht immer auf eine offizielle Einladung meinerseits hin, aber das nur nebenbei. Vergessen Sie also nicht: um den Hügel herum, nicht über ihn drüber. So, das wäre wohl alles. Lunch gibt es gegen eins. Und dann, tja, ich weiß ja, wieviel Schlaf Sie Flitterwöchner brauchen, deshalb gebe ich Ihnen zwei Stunden frei, Laura, und Hywl und ich fahren unterdessen in die Stadt, um ein paar Sachen fürs Abendessen zu kaufen, und danach können wir unser Interview den Rest des Nachmittags über fortsetzen.«

Coup d'œil – kein Zufall, daß das ein französischer Begriff ist.

Hywl der Laute machte sich daraufhin daran, auszupacken und ganz allgemein im Haus herumzupoltern, während ich mit flinken Handgriffen den Tisch abräumte und Laura sich in die Sonne legte. Eine der Schwierigkeiten des richtigen Frühstückens liegt in der komplizierten Balance zwischen Erfrischung und Sättigung. Die Frühstücksgewohnheiten sind von Kultur zu Kultur sehr unterschiedlich, und selten sind die verschiedenen nationalen Haltungen so unvereinbar wie hier: der mexikanische Arbeiter, der in der Morgendämmerung aufsteht, um ein Stück *churro* in seinen Kaffee zu tunken, einen Schluck Feuerwasser zu nehmen und den Ort seiner Plackerei aufzusuchen, der aufrechte Franzose am *zinc* mit seiner Schale *café au lait* und seinem fakultativen Croissant, der unverzagte viktorianische Esser mit seinem geräucherten Hering, seinem *kedgeree*, seinem Toast mit Orangenmarmelade und seinem Hammelkotelett, der australische Viehtreiber, der in rätselhafter Übereinstimmung mit dem heißblütigen Gaucho der fernen argentinischen Pampas unter der gleichen Sonne des Südens den Sonnenaufgang (der in unserer Phantasie über eine fast marsähnliche rote Felsen- und Sandlandschaft hereinbricht) mit Steak, Eiern und Ketchup feiert, Casanova, der zweihundert Austern zum Frühstück verzehrt, bevor er sich an das eigentliche Tagesgeschäft begibt, Verführung oder Bibliothekswesen (wobei möglicherweise eine nicht anerkannte Verwandtschaft zwischen diesen beiden Tätigkeiten besteht, da beide auf dem Katalogisieren beruhen), der Japaner mit seiner unvorstellbaren Suppe, die lebenswarmen Getränke der Mongolen, die eine Ader am Hals ihrer Pferde öffnen, um das kraftspendende Blut zu saugen, und die einfallsreichen und erschreckenden Frühstücksgewohnheiten der Steppen-, Wüsten- und Gebirgspaßnomaden. Bezeichnenderweise war mein Bruder ein Anhänger des »Pfannenfrühstücks« oder, wie er es zur Erinnerung an seine Zeit in Dublin, wo er diese Vorliebe entwickelt haben will, beharrlich nannte, des FIB beziehungsweise *full Irish breakfast.* Ich habe diese Mahlzeit in seiner Gesellschaft in so manchem trostlosen Café gegessen, ganz zu schweigen von den staubigen, aber gut beleuchteten Ateliers, in denen er ausnahmslos einen Herd anschloß (häufig illegal und meist gasbetrieben), auf dem er seine Speck-Ei-Würstchen-Brot-Kombinationen brutzelte (da es ein Vabanquespiel war, anständige Blutwurst aufzutreiben, blieb diese Zutat fakultativ), die er aussprach, als seien sie ein einziges Wort: Speckeierwürstchenbrot. Er behauptete gern, daß jemand, der »ein anständiges warmes Frühstück« hinkriegte, die Grundfertigkeiten des Umgangs mit Zeit und Zutaten ausreichend gemeistert habe, um auch jedes andere Gericht zubereiten zu können: »Neben einem FIB ist ein Kalbsbraten ›Prinz Orlow‹ mit *pommes soufflées* der reine Pipikram.« Persönlich ziehe ich zum Frühstück eine oder zwei mit Bedacht gewählte Früchte und eine Tasse Kaffee vor; tierische Fette und Getreideprodukte sind mir für den morgendlichen Verzehr zu schwer verdaulich beziehungsweise zu belastend. Bisweilen ist gegen ein Croissant nichts einzuwenden, doch das setzt voraus, daß sich in der Nachbarschaft eine *boulangerie* entsprechenden Formats befindet. In meinem Zuhause in der Provence setzt es voraus, daß ich bereit bin, den täglichen Einkauf zu tätigen, bevor ich mein Frühstück zu mir nehme; normalerweise kann ich mich dazu nicht durchringen. Die Croissants und *tartines* des heutigen Morgens waren ein Zugeständnis an den Schmerbauch Hywl.

»Sollen wir anfangen?« fragte ich Laura. Sie schreckte

hoch, und als sie sich aufsetzte, rutschten ihr die ausgebeulten Shorts über die goldschimmernden Knie.

»Es ist so schön hier, daß man gar keine Lust zum Arbeiten hat. Ich kann mir nicht vorstellen, daß ich irgendwas arbeiten könnte, wenn ich hier leben würde.«

»Darüber kommt man hinweg.«

Ein Gecko, von der zunehmenden Hitze zum Leben erweckt, flitzte zwischen uns über den Tisch im Patio. Laura legte alle möglichen Notizbücher und technischen Hilfsmittel auf den Tisch, die sie aus einer geräumigen, künstlerischen Bastschultertasche zutage förderte.

»Also, Mr. Winot, wenn Sie mir vielleicht einen kurzen Abriß über die Erziehung geben könnten, die Sie und B. W. erhalten haben, so daß...«

»B. W.?«

»Ach, Entschuldigung, ich meine Ihren Bruder; so nenne ich ihn in meinen Notizen, damit ich mir nicht jetzt schon den Kopf darüber zerbrechen muß, wie ich ihn nennen soll, wenn ich soweit bin, daß ich die Biographie schreiben kann; Barry klingt so anbiedernd, und Winot hat was Verschmocktes. Deshalb dachte ich mir, das entscheide ich am besten erst, wenn ich zu schreiben anfange.«

»Nun, ich kann nur hoffen, daß ich Tarquin bin und Tarquin bleibe. Tarquinius Tarquinibus, der Tarquinius der Tarquinier. Wie Sie vermutlich wissen, lautet mein Taufname Rodney: Tarquin war mein eigener Einfall, inspiriert durch Shakespeares charismatischen Bösewicht. Ha, ha. Lukretia, diese Nervensäge mit ihrer ganzen Tugend, ihrem ganzen Gejammer. Ein kurzer Abriß unserer Erziehung. Nein, dazu habe ich eigentlich keine Lust. Aber wenn Sie mir klare Fragen stellen, gebe ich Ihnen klare Antworten.«

Ich täte meiner Befragerin unrecht, übergänge ich an dieser Stelle sowohl ihre momentane Ratlosigkeit als auch die Schnelligkeit, mit der sie ihre Geistesgegenwart wiederfand, vergleichbar einem Eliteregiment, das aus einem Grenzkrieg zurückbeordert wird, um eine Erhebung in der Hauptstadt niederzuschlagen. Unversehens und ungebeten drang das laute Gezirpe der Zikaden in mein Bewußtsein; es war einer dieser abrupten Übergänge vom Gebiet unterhalb der Schwelle unserer Wahrnehmung zu jenem weit darüber, die sich wie raketenbetriebene Aufzüge aus tiefster Unbemerktheit in unangenehme Aufdringlichkeit katapultieren.

»Okay«, sagte sie und machte sich auf anziehend geschäftigte Art mit ihren Unterlagen zu schaffen. »Erzählen Sie mir von Ihrer Ausbildung und der Ihres Bruders.«

Ein nachdenklicher Tarquin blickte interessant und interessiert einen Moment lang in die Ferne.

»Ich will meine frühe Entwicklung nicht in Form von Äußerlichkeiten rekapitulieren. In dieser Hinsicht sind die Aufgaben des Biographen und das gelebte Leben seines Gegenstands schwer miteinander zu vereinbaren. Was soll uns die trostlose Aufzählung von Schulen, Auszeichnungen und Wäschezetteln letztlich über die gelebte Subjektivität verraten können? Vielleicht besitzt aber auch so ein Wäschezettel tatsächlich mehr von der Subjektivität des betreffenden Subjekts als der andere öde dokumentarische Krempel – mehr Eigenwilligkeit, mehr aleatorische Individuation. Kann es wirklich sein, daß unser Held eine ganze Woche lang die Unterwäsche nicht gewechselt hat, um sie das nächste Trimester über zweimal täglich zu wechseln? Welche Verwendung mag er nur für das bestickte Frackhemd gehabt haben, das, wie uns die vorliegende Quittung verrät – mit einer merkwürdig schönen Handschrift, die dem einer Romanhandlung nicht abgeneigten Geist unseres phantasievollen Historikers eine mögliche Romanze zwischen der verschämt errötenden Schönheit hinter der Ladentheke und dem heruntergekommenen Künstlergiganten suggeriert, der ihr bei seinem wöchentlichen Pilgerzug seine Tasche mit Leibwäsche überreicht, was einen flüchtigen menschlichen Kontakt bedeutet, der für ihn lebensnotwendig geworden ist, ohne daß er sich dessen gewahr wäre –, einen ›nicht entfernbaren Flecken‹ aufweist? (Ein möglicher Titel für die Biographie?) Vielleicht wird ein Schriftsteller eines Tages ein Leben ersinnen, das er lediglich in Form einer Abfolge von Dokumenten darstellt: Geburtsurkunde, Schulzeugnisse, Führerschein, Lebensversicherungspolice, Mahnungen für überfällige Leihbüchereibände, Wäschezettel, Hausratversicherungsaufstellung, Einkaufslisten, nicht benutzte Rezepte, nicht eingelöste Benzingutscheine, ein mit falschem Namen ausgefüllter Paßantrag, der nie eingereicht wurde, und eine abschließende Sequenz von Ärzte- und Pflegeheimrechnungen, die in der erschreckend hohen Rechnung eines vornehmen Bestattungsinstituts gipfeln. Eine derartige Gliederung könnte dann die Grundlage für die eigenen tröstlichen Fiktionen von Leistung und Entwicklung bilden. Einerseits: solche Taten vollbracht zu haben! Andererseits: einen solchen Preis bezahlt zu haben! Und daneben unser eigenes Leben: wie langweilig, wie risikolos und um wieviel erfreulicher! Um nun auf Ihre Frage zu ›antworten‹: Ich wurde von Privatlehrern erzogen, was sich nicht sonderlich davon unterscheidet, daß man sich selbst erzieht. Mein Bruder besuchte eine Reihe von Public Schools, vorgeblich der Erziehung geweihte Mausoleen von schwindendem Ansehen, denen er sowohl seine gänzliche Interesselosigkeit gegenüber jeglicher Allgemeinbildung verdankte als auch das ziemlich irritierende Verbrüderungsgehabe gegenüber der Arbeiterklasse, das er so gern demonstrierte – ›Alle Künstler sind Proletarier‹ und dieser ganze Unsinn. Ihnen wird aufgefallen sein, daß ich persönlich von diesem Getue frei bin. Vater gab es irgendwann auf, von Bartholomew etwas zu erwarten, oder kam vielmehr zu der Überzeugung, es sei besser, es aufzugeben. Ich nehme an, daß meine unübersehbare Begabung und der Eindruck, daß ich Großes leisten würde, den ich, wie man mir sagte, erweckte, für Papa etwas Beruhigendes hatte, so daß er meinen Bruder seine eigenen Wege gehen lassen konnte; vielleicht ist ein erfolgreiches Familienmitglied pro Generation genug – auf jeden Fall ließ Vater ihn die Slade-Akademie besuchen, wo ihm die außergewöhnliche Leistung gelang, sich relegieren zu lassen. Was mich betrifft, darf ich wohl sagen, daß eine bloße Aufzählung der Studienobjekte und der abgelegten Prüfungen, der gedemütigten Privatlehrer und mühelos angeeigneten Loeb-Klassiker wenig Aussagekraft oder Bedeutung besäße. Stehen die wirklich einschneidenden Veränderungen nicht vielmehr mit dem eigenen Gefühl für bestimmte Texturen in Zusammenhang, der anhaltenden Vorliebe für bestimmte Farben, einem schwer zu fassenden Faible für bestimmte lyrische Werke und bestimmte Bauwerke? Der Schatten unter der Traufe auf der Mauer gegenüber unserem Schlafzimmerfenster im vierten Stock und seine Veränderungen im Lauf der Pariser Jahreszeiten. Welche Auswirkungen hat das Ergebnis der Schlacht von Waterloo schon auf unser Innenleben, unser *wahres* Leben, verglichen mit der Frage, ob man Tabasco auf seine Austern träufeln soll oder nicht?«

Inzwischen war Hywl fertig mit dem, was er im Haus angestellt hatte – wahrscheinlich hatte er die Gelegenheit genutzt, um typisch walisisch in meinen Sachen herumzuschnüffeln –, und schwamm im Swimmingpool mit einem erstaunlichen und walroßgleichen Aufwand an Gegrunze, Geplansche und Geschnaube.

»Hugh war in Cambridge einer der besten Schwimmer.«

»Das wundert mich nicht.«

Laura warf einen Blick zu ihrem frischgebackenen Ehemann, der jetzt mittels einer komplizierten Unterwasserschraubenbewegung Wassermengen aufwirbelte, die selbst für ihn gewaltig waren. Es fiel schwer, nicht zu dem Schluß zu gelangen, daß im Pool weniger Wasser sein würde als drumherum, wenn er sein Bad beendet hatte.

»Wissen Sie, warum Ihr Bruder von der Slade-Akademie relegiert wurde? Entschuldigen Sie, ich frage nur, weil es so viele Gerüchte darüber gibt.«

»Falls Sie bitte *meine* Bemerkung entschuldigen: Es ist unvorsichtig, die Haut oberhalb der Knie so der Sonne auszusetzen. An dieser Stelle erleiden vor allem Radfahrer die allerschlimmsten Sonnenbrandsymptome. Wenn Sie nur ein Stückchen nach links rücken, genau dahin, wohin der Schatten hinterlistig gewandert ist – so, ja. Irgendein handfester Scherz wurde übel aufgenommen. Oder war es die Geschichte mit dem Blei von Kirchendächern, das er geschmolzen hat? Aber vielleicht hat man ihm auch nur den Laufpaß gegeben, weil er den Anforderungen nicht entsprach. Ich fürchte, daß ich mich an die Einzelheiten nicht mehr so recht erinnere. Damals las ich viel Valéry und hatte eine Reihe von Träumen, die mir wirklicher vorkamen als das Leben: manche Stellen bei Rilke und bei Proust, manche Leopardi-Gedichte und Lichtenberg-Aphorismen, eine bestimmte Portion heiße Maronen, die ich zwei Tage vor der Wintersonnenwende draußen vor dem Dominion-Theater an der Tottenham Court Road aß – so sind meine eigenen ›Erinnerungen‹ beschaffen. Alles, woran ich mich aus dieser Zeit im Leben meines Bruders mit Gewißheit erinnern kann, ist ein Spaziergang an einem Sommernachmittag, bei dem Glockengeläute über die Themse nach Lambeth getragen wurde, das dann vom Motorengeräusch eines blauen Schleppdampfers übertönt wurde.«

Laura seufzte einen Seufzer, der von Schwierigkeiten und von Zusammenarbeit kündete; ein ähnliches Geräusch hätten Verdi und Boito machen können.

»Ihr Vater war geschäftlich nicht immer erfolgreich.

Hat Sie das als Kinder irgendwie geprägt? Haben Sie das Auf und Ab mitgekriegt?«

»Nichts, was uns an die Vergänglichkeit, an die Unbeständigkeit gemahnt, kann nur negativ gesehen werden. Wir alle sind Wandernde auf Erden, wir alle sind letztlich Unbehauste.«

»Welche Anzeichen der künstlerischen Interessen Ihres Bruders sind Ihnen als erstes aufgefallen?«

»Es heißt, daß es ganz spezifische Momente gibt, an die jedermann aus einer bestimmten Generation sich erinnern kann – Kriege, sportliche Höchstleistungen, unpopuläre Morde, Mondlandungen. Und zugleich gibt es Momente, von denen es heißt, ein Individuum vergesse sie nie: erste sexuelle Erfahrungen, Autounfälle, Todesfälle; für eine spezifische Generation von Leuten eines bestimmten Alters der erste Anblick eines Farbfernsehers. Diese brutale Kolonialisierung des Innenlebens interessiert mich nicht – wie die meisten wahren Künstler, vermute ich. Ich interessiere mich mehr für das, an was ich mich nicht erinnern kann, für Abwesenheit, Elisionen, Leere, Negativitäten, Löcher, Aporien, Negationen des Seins. Mein eigenes Bewußtsein der eigenen künstlerischen Berufung enthüllte sich mir in einem solchen Augenblick, als ich ein Pappmachémodell eines Elefanten mit hochgestrecktem Rüssel, unglaubwürdigem Elefantentreiber und allem Drum und Dran, das mein Bruder gemacht hatte, vorwärts und rückwärts mit dem Dreirad zu Schrott fuhr.«

»Wann war das?«

»Ich weiß nicht genau – ich bin mir nicht ganz sicher. Wahrscheinlich Viertel vor vier, auf jeden Fall vor dem Nachmittagstee. Da wurde meine Tat nämlich entdeckt. Ich mißverstehe Ihre Frage absichtlich, um etwas zu verdeutlichen.«

»Was passierte dann?«

»›Gemischte Rezensionen.‹ Wie zu erwarten war.

Große Wut und großer Schmerz. Eine Weile war ich eher nicht so gut angeschrieben. Aber als Künstler darf man keine ganz problemlose Kindheit erwarten. Soll ich Ihr Glas Eistee auffüllen? Nein? Wir hatten eine Kinderfrau, die sehr nett zu mir war, aber kurz darauf entlassen werden mußte, und von da an pendelte sich alles so halbwegs wieder ein.«

»Was hielten Ihre Eltern von den künstlerischen Anfängen Ihres Bruders?«

»Du lieber Himmel, man sollte ja fast meinen, Sie wollten die Biographie meines Bruders schreiben. Ha, ha. Mutter und Vater waren in dieser Hinsicht immer etwas reserviert, aber ich vermute, daß sie wie jedermann das Zeug meines Bruders nicht richtig ernst nahmen. Meine Mutter, die ein bißchen als Schauspielerin dilettiert hatte, verstand etwas von der Natur des Künstlers und begriff natürlich, daß ich weit mehr davon hatte. Ich glaube, sie hatte großen Respekt vor meiner Introvertiertheit, auch wenn sie sich selbstverständlich die größte Mühe gab, sich das nicht anmerken zu lassen und so zu tun, als gefiele ihr Bartholomews Krempel – ja, in dieser Hinsicht konnte meine Mutter sehr feinfühlig und rücksichtsvoll sein. Vater sagte einfach: ›Gut gemacht, Jungs‹, wenn einer von uns etwas produziert hatte.«

»Können Sie andere intellektuelle Einflüsse in Ihrer Jugend benennen? Hat das Leben im Ausland sich auf Sie ausgewirkt?«

»Jüdische Mystiker glauben, daß Gott die Menschen erschuf, weil er Geschichten liebt. Wußten Sie das? Die Worte, mit denen wir unser Innenleben zu beschreiben versuchen, sind so unbeholfen, finden Sie nicht? Auswirkung, Einfluß, Entwicklung. Als wäre die Seele ein kleiner, umkämpfter, zwischen zwei größere Mächte eingeklemmter Balkanstaat. Paris ist eine bestimmte Beschaffenheit des Lichts, wie es in manchen Gemälden Gustave Caillebottes festgehalten ist. Stockholm ist der

Anblick eines jungfräulichen Schneefelds, von keines Menschen Fuß entweiht. Dublin ist ein malzgeschwängerter Geruch, leises Bedauern und etwas feuchtes Sägemehl.«

»Können Sie sich trotz Ihrer generellen Vorbehalte gegenüber Einflüssen an bestimmte Lehrer erinnern? Ich meine, gibt es prägende Einflüsse auf Ihren Bruder, die ich als Biographin kennen sollte und nur von Ihnen erfahren kann?«

»Ich weiß, daß dies eine höfliche Umschreibung für die Frage ist, wie ich zu meinem perfekten Französisch gekommen bin. Es gab einen aufgeweckten jungen Franzosen mit Namen Etienne, der einige Jahre lang in den Sommerferien bei uns wohnte, meist in London und Norfolk. Er erkannte sofort das Genialische in mir und ermutigte mich dazu, mich zu meinem Wesen zu bekennen, ich selbst zu sein. Bartholomew unterstützte er mit einer hysterischen Begeisterung, die niemanden hinters Licht führen konnte – ›Dieser Junge wird noch der größte Bildhauer seit Michelangelo‹, diese Art von Unsinn.«

»Wissen Sie zufällig, wo Etienne sich heute aufhält?« fragte Laura, und ihre Stimme klang zum erstenmal bei diesem Gespräch lebhaft. Ich sah das Beben des Pulsschlags an ihrer entzückenden Kehle.

»Es ist wirklich eine Erleichterung, wenn man etwas mit Sicherheit bestätigen kann. Er befindet sich auf dem Friedhof Père Lachaise in einem dieser scheußlichen Familienmausoleen aus dem neunzehnten Jahrhundert. Seine Familie war um einiges vornehmer, als wir je gedacht hätten. Für ein Volk, das eigentlich eher redselig ist, sind die Franzosen in vielen Dingen merkwürdig zurückhaltend, aber das wissen Sie ja wahrscheinlich. Ich weiß den Familiennamen nicht mehr, aber ich könnte ihn sicher für Sie herausfinden – Gagnaire, glaube ich, oder so ähnlich.«

»Was ist passiert?«

»Bienenstich. Der arme Etienne war Allergiker, lange bevor es Mode wurde. Und dann ist dem armen Pechvogel das Antiserum ausgegangen. Das heißt, er hat offenbar versucht, sich etwas zu spritzen, denn man fand eine Injektionsstelle, aber keine Spur von Gegengift in seinem Körper. Fast so, als hätte jemand das Mittel aus der Spritze entfernt und durch etwas anderes ersetzt, durch Wasser oder Kochsalzlösung. Seine Spritze hatte er immer dabei. Wir waren nicht dabei, als er starb – er hatte einen Ausflug nach Kew gemacht. Das Ganze scheint eine halbe Stunde gedauert zu haben – der Todeskampf, nicht die Fahrt. Etienne sagte immer, wie absurd es sei, etwas wie eine ›Hummel‹ – Sie können sich vorstellen, wie das mit seinem Akzent klang – als möglicherweise todbringend betrachten zu müssen.«

»Hatten Sie ein engeres Verhältnis zu irgendwelchen Hausangestellten?«

Als sie das sagte, sah ich vor meinem inneren Auge kurz das Gesicht Mitthaugs, der auf den Gleisen vor dem heranbrausenden Zug lag. Er sah mit einem Ausdruck so unverhüllten Erstaunens zu mir hoch, daß es in jedem anderen Zusammenhang komisch gewesen wäre.

»Eigentlich nicht. Es gab da das irische Dienstmädchen, von dem ich sprach, und einen Norweger, der sich für Essiggemüse interessierte und unter einen Zug der District Line geriet; er brachte meinem Bruder bei, wie man Pappmachéfiguren macht – hauptsächlich, wie ich vermute, um ihn mit etwas zu beschäftigen, damit er mehr Zeit für mich hatte. Er machte ab und zu *gravlax*, den gepökelten Lachs, dessen Urheberschaft sich die skandinavischen Länder auf so überaus wenig fesselnde Weise streitig machen. *Grav* heißt übrigens ›begraben‹ und ist etymologisch mit dem englischen Worte *grave* verwandt. Die Technik, Fisch mit Salz, Zucker und Dill zu pökeln, ist vielseitig verwendbar: *Gravad makrel* ist eine besonders interessante Variante; allerdings muß die Ma-

krele wirklich frisch sein, da sie infolge ihres hohen Fett-
gehalts schnell und unter starker Geruchsentwicklung
verdirbt – einer der Gründe, warum Makrelen als einziges Lebensmittel innerhalb der Grenzen der City von
London sonntags verkauft werden durften. Ich kann Ihnen gerne ein Rezept geben. Stachelbeersauce paßt auch
gut zu Makrelen.«

»Hat Ihr Bruder Sie hier besucht? Er wohnte ganz in
der Nähe, in Arles, nicht wahr? Haben Sie ihn dort besucht? Wann haben Sie dieses Haus gekauft?«

Es war Zeit, einen Blick auf meine Uhr zu werfen. Aus
dem Augenwinkel konnte ich sehen, daß Hywl einen Liegestuhl aufgeklappt hatte und sich, den Sitz ausbeulend,
aber lobenswert geräuscharm, der Aufgabe widmete,
sich Hautkrebs zuzuziehen.

»Ich muß mich langsam um das Mittagessen küm-
mern – Gemüse schneiden und so weiter. Wir können ja
weiterplaudern, während ich mich damit beschäftige.
Falls Ihnen das als dynamischer junger Frau nicht zu sehr
nach dumpf-häuslichem Glück schmeckt.«

Laura gab ihre Zustimmung mit einer Grimasse zu
verstehen. Balzac, die größte und gutmütigste der Katzen von St.-Eustache, tapste an uns vorbei in die Küche.
Der Tag erstreckte sich vor uns.

Ein Barbecue

Brandstiftung ist möglicherweise die am wenigsten Phantasie erfordernde aller Gewalttaten. Wer hätte noch nie beim Anblick eines großen, der Öffentlichkeit zugänglichen Meisterwerks der Architektur oder bei einem flüchtigen Blick auf ein harmonisch und kultiviert eingerichtetes Häuserinneres im Erdgeschoß (die offenen Noten auf dem Klavier, die gefüllten Bücherregale, der erwartungsvolle Kamin) das schlichte Bedürfnis verspürt, all das in Flammen aufgehen zu lassen? Von allen amüsanten und lehrreichen Missetaten Kaiser Neros – das einstürzende Schlafzimmer, mit dem er seine Mutter zu ermorden versuchte, der auf Zuhörer ausgeübte Zwang, seinem abscheulichen Gesang zu lauschen – ist das Anzünden Roms diejenige, die sich durch die befriedigende Eigenschaft auszeichnet, eine archetypische Handlung darzustellen. Wie viele der großen Brände unserer Geschichte, der von London im Jahr 1666, der von Chicago im Jahr 1871, mögen wohl statt durch den banalen Zufall, daß ein Kochtopf umkippte oder ein Wasserkessel unbeaufsichtigt blieb, durch jenes ungekünstelte Überquellen kreatürlicher Gutgelauntheit, das sich in Brandstiftung äußert, verursacht worden sein?

Dieser urtümliche Drang liegt, so will mir scheinen, der Beliebtheit des Barbecues zugrunde. (Die Etymologie des Wortes *vaut le détour:* Es stammt vom haitianischen *barbacado* ab, das ein Gestell bezeichnet, an dem man Gegenstände wie beispielsweise Betten aufhängt, damit sie den Boden nicht berühren. Wir dürfen uns vorstellen, daß so ein Gerät bei Folterungen oder bei kannibalistischen Handlungen Verwendung fand. Maïs, der Name der haitianischen Göttin des Lebens, dem das Wort Mais entstammt, scheint der einzige andere Begriff zu sein, der von dieser karibischen zur englischen Sprache eine Metamorphose durchmachte, bei der er die Gestalt geringfügig veränderte und seine ursprüngliche Identität beibehielt, so wie ein griechischer Gott, der sich zu Verführungs- oder Bestrafungszwecken verkleidet.) Ja, etwas in Brand zu setzen ist ein tiefes menschliches Bedürfnis, dem heutzutage in dem machtvollen Reihenhaussiedlungsritual mit Holzkohlebriketts und Spiritus gehuldigt wird – ein unmittelbares Bindeglied zur Zeit unserer Vorfahren, wobei die magischen Handlungen des Malens, gefolgt vom Jagen, gefolgt vom offenen Feuer, gefolgt vom Schmaus des Stammes, der sich an frischem Mammutfleisch labt, im Schreiben der Einkaufsliste, der Expedition zum Supermarkt sowie dem Barbecue selbst und dem zeremoniellen männlichen Tun des Zerstükkelns oder, wie es so drollig heißt, »Tranchierens« ihre Entsprechung finden.

Ich persönlich grille am liebsten an einem festen Grillplatz, vorzugsweise aus Ziegeln gemauert und mit verstellbaren Rauchabzugsschächten; eine solche Vorrichtung habe ich in St.-Eustache mit meinen eigenen zarten Händen erbaut. Sie befindet sich hinter der Küche, nicht am Hauptpatio samt *piscine* (von wo aus man zu den Olivenhainen und dem auf dem Hügel gelegenen Dorf Gordes blickt), sondern an einem kleinen Patio, von wo man ein weites Panorama von Reben und den Ausläufern des Lubéron sieht.

An jenem Abend, nach eines langen Tages Reise ins Interviewen, bereitete ich ein Barbecue vor. Unter Lauras bewunderndem Blick verteilte ich die Holzkohle (ein lukrativer Nebenverdienst des örtlichen *garagiste*) und steckte schlau einen elektrischen Anzünder hinein, vom Aussehen jenen Tauchinstrumenten ähnlich, die in tragischen Einzimmerappartements dazu dienen, einzelne Tassen heißen Wassers zu erzeugen, psychologisch jedoch völlig davon verschieden.

»Ich kann den chemischen Geruch, der von den scheußlichen kleinen Anzündehilfen ausgeht, nicht leiden«, erklärte ich nachdrücklich.

»In London kommen wir nicht zum Grillen. Teils weil es zu anstrengend wäre, und dann die Umweltverschmutzung und die Tauben und der Ghettoblaster von unserem Nachbarn – es steht einfach nicht dafür. Und das Wetter ist so unzuverlässig, genau wie bei meinen Eltern in Derby – die haben sich einen Grill mit allen Schikanen bauen lassen und benutzen ihn nie. Außerdem sagt Hugh, daß er beim Grillen Lampenfieber kriegt.«

»Nicht jeder hat diese Sorgen«, wagte ich elegant einzuwerfen. »Es dauert jetzt etwa siebeneinhalb Minuten, bis die Holzkohle brennt, und noch einmal etwa vierzig Minuten, bis ich zu grillen anfangen kann. *Apéritif?* Wir können auch gerne mit dieser schmeichelhaften Inquisition fortfahren.«

»Eine Sache wüßte ich ganz gerne, bevor wir für heute Schluß machen – warum sprechen Sie jetzt mit mir? Ich habe Sie mehrmals gefragt und dreimal besucht, und Sie hätten jederzeit mit mir sprechen können. Warum tun Sie es jetzt? Ich meine, wenn es Ihnen nichts ausmacht, das zu beantworten.«

»Wir sprechen so gedankenlos von Motiven, finden Sie nicht? Mehr möchte ich dazu nicht sagen. Was wäre geschehen, wenn Sie Nero oder Caligula oder Tiberius nach ihren Gründen gefragt hätten? Wir kreisen um uns selbst wie Planeten, die ihre Bahn um die Sonne ziehen.«

Eine kleine Pause tritt ein. Mein Liebling zeigt die Pokerspielern wohlvertraute Miene, der man physisch ansehen kann, welche psychische Anstrengung es erfordert, eine Unwahrheit auszusprechen. Rührenderweise äußert sich das bei ihr auf banalste und gewöhnlichste Weise:

Sie senkt den Blick. Aber so launisch ist die Liebe, daß ich dies weit erregender und exotischer fand als die exzentrischste und extravaganteste Verrenkung.

»Okay. Können wir dann nicht zu der Frage zurückkehren, warum Sie hierhergezogen sind?«

»Die Grundprinzipien des Grillens sind nicht kompliziert«, erklärte ich. »Es ist eine alte Kunst: Schon in der *Ilias* findet ein Barbecue statt, wenn Achilleus ein Schaf weißwolligen Vlieses schlachtet, dessen Fleisch er dann in Stücke schneidet, die er auf Spieße steckt und erst vom Feuer nimmt, wenn sie gut gebraten sind – ein Prozeß, in dem man auf der Stelle das *shish kebab* wiedererkennt, das der stolze türkische Beitrag zur westlichen Instantküche war. Ich weise ganz nebenbei darauf hin, daß das historische Troja sich in der heutigen Türkei befindet, einem Land, in dem sich ausgezeichnete und preiswerte Ferien machen lassen, falls die Erwerbsfähigkeiten Ihres Ehemanns nicht den Erwartungen entsprechen sollten. Die Kohlen werden zu einer Pyramide aufgeschichtet, die ein Kohlenbett von etwa fünf Zentimeter Höhe ergibt, wenn man sie einebnet, was man dann tut, wenn graue Asche die Kohlen bedeckt. Nach etwa vierzig Minuten. Kinderleicht. Zudem sollte man die unterschiedliche Natur der Zutaten, die man grillen will, bedenken und respektieren: Fisch erfordert eine behutsamere Behandlung (Übergießen, unter Umständen sogar indirekte Hitze) als Fleisch, und Steaks müssen eine bestimmte Dicke aufweisen, damit sie saftig bleiben und außen nicht verkohlen – zwischen ein und drei Zentimeter. Plattgeklopftes Hühnchen (*en crapaudine*, in Form einer Kröte), dünn geschnittenes Lammfleisch, Gemüsespieße, *brochettes*, gegrillter Seebarsch. Mein Bruder sagte gerne, daß man beim Kochen lernen kann, wie wichtig es ist, die Verschiedenheit der Materialien zu berücksichtigen – eine Lehre, die es vor allem zu beherzigen gilt, wenn man mit Stein arbeitet. Hinzufügen ließe sich, daß die jetzige Jahreszeit, also der Spätsommer, aber auch der Herbst, die beste Zeit zum Grillen ist; dann hat das ganze Drumherum – das knisternde Feuer, der schwebende Rauch, sogar die Sterne am Himmel – etwas Elegisches, denn der Sommer steht im Begriff, sich der Heerschar vergangener Sommer zuzugesellen, während der Mensch ins Stadtleben zurückkehrt, zu Wirklichkeit, Zuhause, Ehe. Ich kam zum erstenmal in diese Gegend, als ich meinen Bruder besuchte; mir gefiel es hier, und als meine Eltern starben, kaufte ich mir das Haus.«

Gewandt fischte ich den glühenden Anzünder aus der untersten Schicht des Haufens glosender Kohlen.

»Wäre es sehr viel verlangt, Sie zu bitten, einen Abstecher zum Pool zu machen und den holden Gemahl zu holen? Zeit für einen *sundowner*. Er hat sicher nichts dagegen, wenn wir weitermachen.«

»In Ordnung.«

Entdeckte ich da eine Spur von Irritation ob meiner offenkundigen Beherrschung der Situation? Und wenn schon: Zeit für ein Glas Champagner. Während ich kundig den Korken aus der Flasche herausmanövrierte (leider muß die Marke mein kleines Geheimnis bleiben, denn schließlich wollen wir nicht schuld daran sein, daß plötzlich Nachfrage und Ladenpreis steigen, nicht wahr?), erschien Hywl der Feuchte aus den Swimmingpoolgefilden mit einem Handtuch um die Schultern und mit nasser Beinbehaarung, die allein schon ein sekundäres Geschlechtsmerkmal bildete.

»Ich spring schnell ins Haus und zieh mir was an«, sagte er, naß nicht nur hinter den Ohren.

»Bravo.«

Sie kam mit der für unintelligente Menschen typischen schwarzen Sonnenbrille ihres vergeßlichen Gatten vom Pool zurück. In wortloser Intimität reichte ich ihr ein Glas Champagner. Vom Grillfeuer stieg ein appetitanregend beißender Rauch auf.

»Sie müssen wissen, daß ich in Wahrheit ein ganz schön schlechter Mensch bin.«

»Wieso?«

»In meiner Wohnung in London habe ich ein echtes Kaminfeuer. Trotz meiner Bewunderung für das Gesetz zur Reinhaltung der Luft von 1956 – ein außergewöhnlich erfolgreiches Stück Gesetzgebung, das allerdings das Entzünden kohlenstoffhaltiger Brennstoffe zu privaten Heizzwecken in der Hauptstadt verbietet – bin ich der Ansicht, daß ein menschenwürdiges Leben in Großbritannien zur Winterszeit nur aufrechtzuerhalten ist, wenn man eine beträchtliche Zahl von Abenden in der Gesellschaft krachender Scheite verbringt. Es gibt einige Gesetze, die man wirklich nicht allen Ernstes auf sich selbst beziehen kann, obwohl sie als gesellschaftliche Regulative bestens funktionieren, finden Sie nicht auch?«

»So geht es mir oft bei Geschwindigkeitsbeschränkungen.«

»Wer sagte doch gleich, die Maxime des französischen intellektuellen Lebens laute *priorité à gauche?* Vielleicht war ich es. Gefüllte Olive?«

»Äh – nein, vielen Dank.«

»Sie fragten mich nach meinem Umzug hierher. Wir wissen beide, daß das eine taktvolle Verschleierung der Frage nach dem Tod meiner Eltern war. Freud sagt irgendwo, daß es außerhalb der menschlichen Fähigkeiten liegt, mit dem vollen Ausmaß des Zufälligen, Unvorhergesehenen, Willkürlichen in unserem Leben fertig zu werden. Als junger Mensch empfand ich das als tröstliche Vorstellung, obwohl ich immer den Eindruck hatte, daß der große Denker den Stellenwert der Bösartigkeit im zwischenmenschlichen Verhalten unterschätzt hat. Ja, ich habe dieses Grundstück vor fünfzehn Jahren kurz nach dem Tod unserer Eltern gekauft: Ich war der Alleinerbe, was meiner Meinung nach hinreichend beweist, daß ich ihr Lieblingssohn war, unabhängig von dem Getue, das hin und wieder um meinen Bruder gemacht wurde, der sich damals mit seinem Geklotze und Geschmiere dumm und dämlich verdiente und das Geld aus dem Erbe ohnehin nicht gebraucht hätte. Ich habe es zum Teil für den Wiederaufbau des Hauses in Norfolk verwendet, das bei dem Unfall natürlich schwer beschädigt worden war, und dafür, dieses Haus von einem Belgier zu kaufen, der sich als Rentner hier niedergelassen hatte und dann doch in die alte Heimat zurückkehren wollte, hauptsächlich, wie man im Dorf vermutete, um seine Frau zu bestrafen, die eine Allergie gegen Olivenöl entwickelt hatte. Es war noch genug übrig, um den Swimmingpool zu bauen, und der Rest, den ich umsichtig angelegt habe, wirft die bescheidene Jahresrendite ab, von der ich meine Tage friste und mit der ich meine Bedürfnisse bestreite.

Der Unfall, bei dem meine Eltern umkamen, was vielleicht nicht ganz das richtige Verb ist, ereignete sich in unserem Landhaus, dem Haus, wo Sie mir übrigens einmal einen so (zumindest in meinen Augen) entzückenden Besuch abgestattet haben. Meine Eltern waren für eine Woche verreist gewesen – mein Vater geschäftlich, meine Mutter, um ihre Reiselust zu befriedigen. John Donne sagt irgendwo, daß der Wissensdrang die am schwersten zu bändigende aller Leidenschaften sei. Er hat nie meine Mutter kennengelernt, sonst wäre ihm klargeworden, daß die bloße Rastlosigkeit durchaus damit konkurrieren kann. Aber wie auch immer, während ihrer Abwesenheit hatten sie – ›unerklärlicherweise‹, wie der Untersuchungsrichter es formulierte – alle Gashähne in der Küche eingeschaltet gelassen, ein Umstand, der an sich noch nicht gefährlich gewesen wäre, wenn nicht gleichzeitig der Gasboiler in der Nische unter der Treppe, wo ich jetzt einen ausgesprochen bescheidenen Weinkeller eingerichtet habe – Sie erinnern sich vielleicht an den samtigschokoladenen 1970er Château La Lagune, den ich anläßlich Ihres Besuchs dort holte –, absolut undicht gewesen wäre. Mein Vater hatte das erwähnt, und ich hatte – wie ich bei der gerichtlichen Untersuchung bezeugte, bei der ich, wie ich gestehen muß, ›einen Zusammenbruch‹ erlitt, aber der Untersuchungsrichter war äußerst verständnisvoll, und Sie wissen ja, wie ekelhaft diese Leute sein können – den Klempner bestellt (Mr. Perks, der ebenfalls als Zeuge vorgeladen war), aber erst für die Woche nach der Rückkehr meiner Eltern, weil die Dringlichkeit der Reparatur mir nicht klargewesen war und ich selbst wegen dringender Termine nach London zurückfahren mußte. Ich hatte einen Schlüssel zum Haus und folglich freien Zugang; ich war einen Tag vor Mama und Papa weggefahren, aber ich hätte jederzeit zurückkommen und das gleiche Schicksal erleben können. ›In gewissem Sinne haben Sie gewaltig Glück gehabt‹, sagte der Untersuchungsrichter – worauf ich, wie ich gestehen muß, erneut einen Zusammenbruch hatte. Jedenfalls kam mein Vater ins Haus und trat, als letzte Komponente in dieser fortgesetzten Reihung von Mißgeschicken, die jedes für sich notwendig, aber nicht hinreichend für die Schlußkatastrophe gewesen wären, in den Flur, wo die erste Glühbirne offenbar durchgebrannt war, weshalb er, unmittelbar von meiner Mutter gefolgt, wie es ihre Art war, den Lichtschalter neben dem Boiler betätigte, dort, wo die höchste Gaskonzentration herrschte. Tragischerweise scheint der Schalter einen Kurzschluß gehabt und Funken erzeugt zu haben, und so kam es, daß, um es nicht durch die Blume zu sagen – *kabumm*.«

»Das tut mir leid.«

»Ja. Ich nehme an, daß ich mich ohne Übertreibung als sturmgezaustes Waisenkind bezeichnen kann. Bartholomew war auch ganz schön durcheinander, obwohl er natürlich schon immer eine recht robuste Konstitution hatte. Er hat mir beim Wiederaufbau des Landhauses viel geholfen, Ratschläge gegeben, welches Material am billigsten ist, und so weiter. Der Unfall war ein guter Vorwand, um das Strohdach loszuwerden; wie jeder weiß, der in Norfolk lebt, machen die Strohdächer die Brandschutzversicherung geradezu prohibitiv kostspielig. Aha, der glückliche Bräutigam beehrt uns mit seiner Gegenwart.«

Hywl der Langsame war tatsächlich während der letzten Sätze die Treppe heruntergetrampelt. Schwungvoll schenkte ich ihm ein Glas Champagner ein und deutete mit ausholender Geste auf einen der Rattansessel (die bei gutem Wetter im Freien wohnen).

»Tolles Haus. Seit wann haben Sie es?« fragte Hywl der Diskrete. Laura und ich ertappten einander beim Unterdrücken eines identischen Lächelns.

»Der Tod meiner Eltern ist ein Thema, das ich nicht gerne täglich erörtere, von zweimal täglich ganz zu schweigen, oder wie auch immer es auf den Beipackzetteln verschreibungspflichtiger Arzneimittel zu lauten pflegt. Laura, noch etwas Schampus?«

»Hugh wollte Ihnen doch nicht zu nahe treten, Mr. Winot.«

»Nein, ich –«

»Ich weiß gar nicht mehr, ob ich Ihnen von einem meiner aufgegebenen Projekte Näheres erzählt habe, Laura. Aus der Zeit, bevor ich die Erkenntnis hatte, über die wir uns in Norfolk unterhielten, daß unvollendete Arbeiten vollendeten überlegen sind (weil sie ausdrucksstärker sind, anspielungsreicher und auf authentischere Weise im Einklang mit den Grunderfahrungen in unserem Jahrhundert, mein Lieber), was die Schlußfolgerung nahelegt, daß ungeschaffene oder besser noch nie begonnene Arbeiten die mit Abstand überlegensten sein müssen. ›Aus Leere, Finsternis und Tod bin ich ein zweites Mal gezeugt, aus dem, was es nicht gibt.‹ John Donne. Überflüssig, darauf hinzuweisen, daß er den eigenen Rat nicht befolgt hat, wie bei Künstlern leider verbreitet. Ich trug mich mit dem Gedanken an einen Roman, der auf die übliche Weise beginnen sollte, mit dem üblichen öden Einführen der Schauplätze und Personen, doch mit dem Unterschied, daß die Identitäten der Handelnden allmählich zu verschwimmen und zu verrutschen anfangen sollten und ganz genauso die geographischen Gegebenheiten. Die Figur, die zu Anfang der geradlinige Butler war, den nachts schreckliche Alpträume heimsuchten, würde allmählich zum kotelettentragenden ältesten Sohn der noblen Familie werden, der stolz auf seine Sammlung von Hawaiihemden war und darauf, daß er einmal einen Jaguar in den Swimmingpool fuhr, was seinen Vater zu der Frage veranlaßte: ›Ist das arme Tier ertrunken?‹ Die obligate, brillant inszenierte Schilderung der dörflichen Kirmes, auf der alljährlich um Weiberröcke, den größten Kürbis und die Aufmerksamkeit des Vikars gewetteifert wird, gewinnt Ähnlichkeit mit einer finnischen Sommersonnwendfeier, wenn die Kinder aufbleiben dürfen, solange sie wollen, und verwirrte Eulen durch das nicht enden wollende Dämmerlicht fliegen, um sich dann in eine improvisierte Straßenparty in einem englischen Seebad zu verwandeln, wo ein unerhörter Schneefall die Szene zu einem holländischen Genrebild werden läßt, so daß die Bürger zwischen Palmen und frostgeschädigten Motorfahrzeugen auf den plötzlich verkehrsfreien und zivilisierten Straßen für Hektik sorgen. Auch die Charakterisierung der Figuren würde sich wandeln: Der Dorfarzt, ein überanstrengter, ehrenwerter Mann, dessen Vertrauen auf die Verheißungen seines Berufs oder das, was er hinter diesem Beruf immer geargwöhnt hat, ihm abhanden zu kommen beginnt – insbesondere das Vertrauen auf die eigene Berufung –, diese von allen Seiten sensibel, klug und einfühlsam porträtierte Figur würde sich langsam verändern, würde steif und überzeichnet werden, so wie man es aus Tausenden von Schilderungen der ›männlichen Menopause‹ und der existientiellen Angst der Lebensmitte kennt, und gleichzeitig würde sein Verhalten grobschlächtiger und immer schroffer werden, er würde sich nur noch in Sprechblasen des positiven Denkens, der Lebenshilfe, in Floskeln und Klischees äußern, während seine Praxis unterdessen mysteriöserweise von Suffolk in die Innenstadt von Cardiff versetzt worden wäre. Der Milchmann des Dorfes, ein typischer Weiberheld des allervertrautesten und -gewöhnlichsten Zuschnitts, würde allmählich – nach zufälliger Lektüre eines Artikels in einem Pornoheft – Interesse an tantrischen Sexualpraktiken entwickeln und darüber hinaus eine tiefgehende Leidenschaft für alle Facetten fernöstlicher Weisheit und sich nach und nach der Erforschung des Buddhismus widmen, zunehmend fasziniert von tibetischen religiösen Gebräuchen, während seine Pünktlichkeit und sein Fleiß als Milchmann ihn zugleich zu einer wandelnden Legende im Molkereigewerbe werden ließen. Und so immer fort. Nur der Stil des Buchs behielte Konsistenz, Kraft und Eindrücklichkeit, seine Zuverlässigkeit wäre Hintergrund des Chaotischen und der grenzenlosen Wandelbarkeit aller anderen Bestandteile der Erzählung – obwohl längst nicht mehr zu erkennen wäre, ob das Buch überhaupt eine Erzählung darstellen sollte, da die wesentlichen Mechanismen des Vorantreibens, der Überraschung und der Entwicklung weitgehend außer acht gelassen scheinen müßten. Ein anfangs harmloser Einfall, komisch durch seine Ungereimtheiten und raffiniert ins Werk gesetzt, würde immer beherrschender werden; in dem Maße, in dem die Stabilität der Handlung und der Figuren sich verflüchtigte und keinerlei Gewißheit Bestand hätte, würde das Werk beunruhigender werden, würden die unterschwelligen Emotionen und Ängste sowohl augenfälliger als auch ungreifbarer werden, bis die entsetzten Leser, außerstande zu fassen, was ihnen ebenso wie der Geschichte widerführe, und ebenso außerstande, zu lesen aufzuhören, miterleben müßten, wie die Figuren sich in Bausch und Bogen ineinander metastasierten, wie jeglicher Ansatz zu einer Handlung,

einer Struktur, einer Bewegung, einem Ich kollabierte, so
daß sie zuletzt, wenn sie das Buch aus der Hand legten, nur
den undeutlichen Eindruck zurückbehalten würden, Prot-
agonisten in einem tiefen und heftigen Traum gewesen zu
sein, dessen Zweck sich darin erschöpfte, ihnen dauerhaftes
Unwohlsein zu bereiten.«

Eine Gesprächspause trat ein, untermalt vom Geknar-
ze der Zikaden. Nur Feuerschein und Sternenlicht beleuchteten uns jetzt. Der Neffe des *garagiste*, auf Heimat-
urlaub von seinem Militärdienst, raste mit seinem bekanntermaßen geräuschvollen Motorrad über die Straße
von Gordes nach Cavaillon. Etwas Flüssigkeit tropfte
vom Seewolf auf die weißglühenden Kohlen, wo sie zi-
schend auftraf. Ich konnte das nicht ganz unter der
Schwelle der Wahrnehmung zu situierende Perlen der
Kohlensäure in unseren kristallenen Champagnerkel-
chen hören.

»Tja«, sagte ich. »Ein reizender Abend.«

Ein Omelett

 *I*n der Provence ist der frühe Morgen meine Lieb-
lingstageszeit. Die Luft, die ein leiser Windhauch als
Einleitung zu einer ausgewachsenen Brise bewegt, und
der Anblick des Taus auf den Pflanzen neben Küche, Patio und Swimmingpool sind so unfehlbar dazu angetan,
die Laune zu heben, wie der kristallblaue Himmel, der
ein häufiges Merkmal des Tagesanbruchs ist.

An jenem Morgen tapste ich um fünf vor sechs – *cha-
peau!* – die Treppe hinunter. In der Küche herrschte eine
gewisse Frische (dank des Steinbodens, den ich möglicherweise zu erwähnen vergaß und der auf nackte Füße
das ganze Jahr hindurch provozierend kühl wirkt). Ich
stellte den Wasserkessel auf den Herd und blätterte in
meinem stark mitgenommenen Taschenbuchreprint von
Rebouls *La Cuisinière provençale* (1895). Als das Wasser
kochte und der Kessel ultrahöflich vom Feuer genommen
wurde, bevor er zu pfeifen begann, machte ich eine große
Kanne English Breakfast Tea von Twinings, die ich in
meine geräumige Thermoskanne umfüllte. Dann ging
ich zur Tür und hielt unterwegs nur inne, um einen Pfirsich und eine Orange aus der Obstschale einzustecken:
jede einzelne dieser Handlungen vollzog sich dank des
Umstands, daß ich sie allesamt an jedem Spätsommer-
und Frühherbstmorgen auszuführen pflege, an dem mir
der Sinn danach steht, Pilze zu suchen, mit der beruhigenden Gemessenheit eines Rituals.

Der Wagen – mein Wagen diesmal, ein sparsamer
Volkswagen, der das ganze Jahr in St.-Eustache verbringt, und nicht etwa eines der zuvor erwähnten Leih-

modelle, deren letztes ich in Avignon der Niederlassung des Verleihs zu treuen Händen übergeben hatte – war an die lauschvereitelnden hundert Meter vom Schlafzimmer der Hochzeitsreisenden entfernt geparkt. Er sprang auf Anhieb an, und ich holperte den ungeschotterten Weg zur Hauptstraße entlang, bevor ich auf die Berge des Lubéron zubrauste. Auf dem Beifahrersitz befanden sich mein Weidenkorb, mein Sherlock-Holmes-Vergrößerungsglas (so gut wie nie benutzt oder benötigt) und meine Ausgabe von *Champignons de nos pays* von Henri Romagnesi (für das Obiges dito gilt, obgleich ich zu Hause für den Fall des Falles auch noch alle sechs Bände von *Champignons du Nord et du Midi* von André Marchand im Regal stehen habe).

Bei dem nun Folgenden wird dem aufmerksamen Leser nicht entgehen, daß ich mich hinsichtlich der geographischen Angaben ein wenig ziere. Verzeihen Sie mir: Wir Hobbymykologen, darunter vor allem jene mit kulinarischen Neigungen, hüten unsere Lieblingsstellen eifersüchtig – hier ein *cèpes*verdächtiges Buchengrüppchen, dort eine gemähte Böschung voller Tintenschopflinge, weiter drüben ein Bündel Brennesseln, wo bekanntlich aufsehenerregende Exemplare von *Langermannia gigantea*, schlicht Boviste genannt, gedeihen, und wieder anderswo eine Wiese mit einem gesunden Anteil an Kuhfladen, die dem Wachstum des übelschmeckenden, gegenwärtig jedoch beliebten halluzinogenen Pilzes namens *Psilocybe semilanceata*, in England und Frankreich passenderweise als Freiheitsmütze bekannt, so förderlich sind. (Nebenbei handelt es sich dabei nicht, wie bisweilen fälschlich angenommen, um das Halluzinogen, das die berühmten Schamanen der Korjaken im fernen Sibirien zu benutzen pflegten, nämlich den Fliegenpilz alias *Amanita muscaria*, der sich mittels Rentier- oder menschlichen Urins dem Organismus zuführen läßt und der gemeinhin in Form eines rotschirmigen Pilzes mit weißen Tupfen abgebildet wird, auf dem Elfen oder Feen nicht ungern kurz der Ruhe pflegen. Die Schamanen nennen den Pilz *wapag* – dies nach einer Sippe von Zauberwesen, die in den Pilzen hausen, um Geheimnisse aus dem Geisterreich weiterzuleiten.) Ja, wir Pilzfreunde sind ein geheimniskrämerischer und mißtrauischer Schlag, und aus eingefleischter Gewohnheit beschränke ich mich, wenn es um meine mykologischen Bemühungen geht, auf die Worte *ein Flecken Land irgendwo in Südfrankreich*. Als Beweis dafür, wie sehr man auf der Hut sein muß, mag dienen, daß der erste Wagen, dem ich begegnete, der M. Roberts war, Volksschullehrer in St.-Eustache und ausgemachter Pilzenthusiast, dessen besondere Leidenschaft, wie er mir enthüllt hatte, als wir einander einmal an Mme. Cottisons Stand auf dem Markt von Cavaillon über den Weg liefen, dem *cèpe* galt. Sein *deux chevaux* fuhr interessanter- und provokanterweise in die entgegengesetzte Richtung. Als unsere Fahrzeuge sich begegneten, hoben der Lehrer und ich die Hand zum vorsichtigen brüderlichen Gruß.

Es ist faszinierend festzustellen, wie sehr sich solche Exkursionen in der Provence und in Norfolk voneinander unterscheiden. Teilweise hat das mit der Kleidung zu tun: Niemand käme auf die Idee, eine Verwandtschaft zwischen meinem herbstlichen East-Anglia-Ich in seinen vielen Hüllen und mit wollener Kopfbedeckung und meinem mediterranen Alter ego im Leinenhemd zu entdecken. In England gelte ich als Irrer, der sich einem bizarren Akt freiwilliger Selbstgefährdung unterzieht, in Frankreich gelte ich als der intelligente *homme moyen sensuel*, der ganz vernünftig die Ressourcen der Natur nutzt und das eigene Vergnügen maximiert und dabei obendrein ein paar Francs spart. Die Luft der Provence (selbstverständlich nur wenn kein Mistral weht, denn dieses Naturphänomen macht nicht nur die Ausübung der, sondern auch den bloßen Gedanken an Mykologie zu einem Ding der Unmöglichkeit) trägt den Duft wilder

Kräuter mit sich, den Duft der *garrigue*; in Norfolk kommt es mir an manchen Tagen so vor, als könnte ich ganz schwach das Meer riechen, bevor ich mich in die tiefe Stille der englischen Wälder begebe. Denken Sie sich jetzt bitte eine entsprechende Textpassage aus, die den unterschiedlichen Erfahrungen beim Pilzesammeln in ganz Europa gerecht wird und mit vielen neuen Metaphern und interessanten Einzelheiten angereichert ist.

Ich parkte den Wagen an einer Ausweichstelle, einem staatlich genehmigten Picknickplatz etwa zehn Kilometer von meinem Haus entfernt – in hügeliger, wenn auch nicht *allzu* hügeliger Landschaft. Mit Korb und Messer bewaffnet und unter Verzicht auf meine übrigen Utensilien – schließlich handelte es sich um eine zielgerichtete Suche und nicht um eine allgemeine Forschungsexpedition, eher Kapitän Blights Reise vergleichbar als der Kapitän Cooks – stapfte ich kühn bergan; zu dieser Stunde kräuselte mein Atem sich noch nicht zu Dampf, was in wenigen Wochen der Fall sein würde (und was in Norfolk auf einer vergleichbaren Expedition wahrscheinlich bereits jetzt der Fall gewesen wäre). Der kaum zu erkennende Pfad wand sich durch Felsgestein empor, an vereinzelten Nadelbäumen vorbei und auf ein Wäldchen mit Eichen und Buchen zu, das von der Straße aus nicht sichtbar war. Später im Jahr würde dies ein bevorzugter Schauplatz für *la chasse* sein, insbesondere für das Massakrieren jener Singvögel, die stets so enttäuschend zäh und mager sind. Im Augenblick war ich allein auf weiter Flur. In der Ferne konnte ich das Bergstädtchen *** sehen.

Der Aufstieg dauerte etwa zwanzig Minuten. Pilzesammeln ist eine angenehme Mischung aus Aktivität und Beschaulichkeit: einerseits die frische Luft, die verheißungsvolle Morgenstimmung, der Spaziergang, das Bücken und Suchen, andererseits die intellektuelle Tätigkeit des Identifizierens und dessen, was Militärstrategen mit einem jener Euphemismen, die oft weitaus blutrünstiger klingen als die Begriffe, die sie ersetzen, »Zielauffassung« nennen. Es herrschte eine Atmosphäre, wie Tolstoi sie in *Anna Karenina* mit falscher Munterkeit beschrieben hat: In Wahrheit gehört dazu eine besorgte Konzentration auf das, was man tut, die Entschlossenheit, mit dem gesuchten Pilz zurückzukommen oder aber dem Tod gefaßt ins Auge zu blicken, und die wortlose, frei flottierende Mischung aus Langeweile und Unruhe, die Jägern und Psychoanalytikern so wohlvertraut ist. Das viele Hinunterblicken kann Schwindel erzeugen, wenn man schließlich aufblickt und begreift, wo man ist und wer man ist. Ironischerweise entdeckte ich bei dieser Gelegenheit gleich zu Anfang unter den ersten Bäumen, auf die ich mein Augenmerk richtete, eine stattliche Kolonie von *cèpes*; M. Robert hätte sich glücklich schätzen können, wenn er etwas auch nur entfernt Vergleichbares vorzuweisen gehabt hätte. Ich genoß einen der größten Reize des Pilzesammelns: Hingerissen weidete ich mich einen Augenblick stumm an dem Anblick. An einem anderen Tag und von einem anderen Vorhaben beseelt wäre ich im höchsten Maße erfreut gewesen, meine Wünsche so schnell erfüllt zu finden (ich hätte möglicherweise sogar einen Teil meiner Beute mit Pierre und Jean-Luc geteilt). Nicht so heute. Ich marschierte weiter. Am Rand der Steinpilzkolonie fand ich ein Häuflein von *Entoloma sinuatum*, dem giftigen Doppelgänger des Wiesenchampignons, den der Franzose *Le Grand Empoisonneur de la Côte d'Or* nennt und dem man im Vereinigten Königreich nicht oft begegnet. Ich marschierte weiter.

Das, wonach ich suchte, fand ich fast genau dort, wo ich es zu finden erwartet hatte.

»Na, auch schon wach?« sagte ich zu den Hochzeitsreisenden, die mit verschlafenen Schafsgesichtern die Treppe herunter- und in die Küche getrottet kamen. »Was glauben Sie, wie spät es ist?«

Gluckernde Wasserrohre und knarrende Dielen hinter den Kulissen hatten mir die bevorstehende Eventualität von Hywls »Lever« angekündigt. Während ich sprach, begann das Wasser im Kessel zu kochen. Bildete ich mir das nur ein, oder hatte er es fertiggebracht, über Nacht zuzunehmen? Laura trug ein weißes T-Shirt und eine Hose mit schwarzweißem Karomuster zu dunkelbraunen Ballerinas, und das Ganze wirkte seltsam nahöstlich.

»Siebzehn Minuten nach zehn«, konterte sie tapfer. »Und schuld sind Sie, weil Sie uns gestern abend so gut bewirtet haben: Sie brauchen uns also gar nichts vorzuwerfen. Rieche ich etwa frischen Kaffee? Mein Gott, es kommt mir fast vor, als wäre ich tot und direkt in den Himmel versetzt.«

»Ich bin morgens Teetrinker. Ich habe festgestellt, daß Kaffee auf leeren Magen meine Nerven zu stark angreift. Wie Sie wissen, hat Balzac seine Gesundheit damit untergraben, daß er täglich vierzig bis fünfzig Tassen starken schwarzen Kaffee trank, der buchstäblich ein tödliches Gift für seine Konstitution war. Sie werden mir entgegenhalten, daß Hazlitt seinen Magen mit zu großen Mengen seines geliebten grünen Tees ruiniert hat. Darauf weiß ich auch keine Antwort. James Joyce hat sein Magengeschwür mit einem Schweizer Weißwein verschlimmert, der nicht unbeträchtliche Schwefelmengen enthielt, was Joyce nicht wußte.«

»Die Betten waren sehr bequem«, mischte sich Hywl der Unliterarische ein. Ich lächelte gönnerhaft und drückte das Sieb in die Kaffeemaschine.

»Jetzt setzen Sie sich, und machen Sie sich's gemütlich. Ich bin schon eine ganze Weile auf den Beinen und war Pilze sammeln, aus denen ich ein hübsches Omelett für Sie beide machen möchte, und danach können Laura und ich noch einen Schwatz halten, weil es da sicher noch ein paar Sachen gibt, die Sie gern wüßten, und dann fahren Sie weiter – nach Arles, nicht wahr?«

»Sie wissen ja sicher, daß es Unmengen Sachen von Ihrem Bruder in seinem alten Haus in Arles gibt, unter anderem eine ganze Menge Skizzen, die unter Verschluß gehalten werden, aber ich habe die Erlaubnis, sie zu sehen; es gibt da nur ein kleines Problem: Wir können Ihr Omelett nicht essen, weil Hugh keine Eier verträgt.«

Unwillkürlich entschlüpfte mir ein Ausruf des Entsetzens.

»Nein, nein, nein – das kann doch gar nicht sein. Jeder Mensch auf der Welt verträgt Eier. Sie können doch nicht – Eier sind völlig harmlos. Die klassische französische Küche wäre ohne Eier undenkbar. Alle guten Europäer essen Eier. Was wissen wir denn schon wirklich über Cholesterin? Die sogenannte Ernährungswissenschaft beruht doch nur auf Übertreibungen und Hörensagen –«

»Damit hat es nichts zu tun, leider«, sagte Hywl mit der erbitternden, selbstgefälligen und scheinverschämten Anmaßung, mit der sich Leute zu Allergien und Phobien bekennen. »Ich bekomme davon Migräne.«

»Aber ist das denn so schlimm? Schließlich wissen wir doch alle, daß die Migräne eine nahe Verwandte, gewissermaßen eine jüngere Schwester der Epilepsie ist, die im künstlerischen und politischen Leben der Welt seit Anbeginn der Geschichtsschreibung eine so herausragende Rolle gespielt hat – Julius Cäsar, Dostojewski, um nur einige Namen zu nennen. Hywl, mein lieber Junge, ich beneide Sie! Diese Bürde freiwillig zu schultern, Eier im vollen Wissen zu essen, welchen visionären Zustand man bewußt auf sich nimmt, sich absichtlich der Trance des Schamanen auszusetzen, der Invasion des Göttlichen, der Ahnung des Unendlichen, sich einem Abenteuer zu unterziehen, das – und wie wäre es mit Pilzen auf Toast?«

»Prima.«

»Natürlich entgeht Ihnen trotzdem etwas Besonderes, *mon cher*«, sagte ich, während ich mich unauffällig wieder faßte und weitermachte, so wie ein Testfahrer nach einem demonstrativen Schleudern. Ich machte mir am Herd zu schaffen. »Die in zweifacher Hinsicht magischen chemischen Eigenschaften des Eis liegen so vielen Errungenschaften der europäischen Gastronomie zugrunde. Jeder von uns kennt Escoffiers Ausspruch: ›*Qu'est-ce que c'est que la cuisine classique de la France? C'est du beurre, du beurre, et encore du beurre.*‹ Man könnte mit Fug und Recht hinzufügen: *Et aussi les œufs.* Und dann die Eiergerichte selbst: *œufs sur le plat, uova al burro,* Rührei, Spiegeleier und all die verschiedenen Ausführungen und nationalen Abwandlungen des Omeletts: *frittata, tortilla,* die meiner Ansicht nach beide zu sehr dazu tendieren, trocken und gummiartig auszufallen, dänischer Eierkuchen, Eier *Fuyung,* die klassische baskische *piperade* und das echte französische Omelett selbst, das mein Bruder so gerne aß und das wir tatsächlich bei unserer letzten gemeinsamen Mahlzeit gegessen haben.«

Laura: »Erzählen Sie mir davon. Hugh macht das nichts aus.«

Ich stellte das Gas etwas kleiner. »Der Herbst kann in Norfolk ausgesprochen melancholisch wirken, einem das Gefühl der Vereinzelung geben. Der Lebenssaft des Jahres versiegt, die Blätter welken, das Herz sinkt wie ein Barometer bei nahendem Schlechtwetter. Und so weiter. Wir waren beide gleichzeitig in unserem Landhaus, was nicht oft vorkam, für einen Tag und eine Nacht, und am Morgen machte ich Frühstück für uns, das gleiche, was Sie heute bekommen (und abgespült habe ich auch, da das Spülen nicht zu Bartholomews Stärken gehörte), um hinterher nach London zu fahren und am Tag darauf hierher. Als er starb, war ich hier, und da ich ja kein Telephon habe, erfuhr ich es durch ein Telegramm seiner vorletzten Ehefrau. So, bitte sehr – ich habe extra nicht viel Salz genommen, aber ich bin nicht beleidigt, wenn Sie ein bißchen nachsalzen, denn man sagt mir allgemein nach, daß ich immer den Salzstreuer verstecke, obwohl man natürlich viel Salz braucht, wenn man viel schwitzt, wie Hywl sicher schon gemerkt hat. Für Ihren Mann gibt es eine Spur mehr Pfeffer, damit die Stärke im Toast nicht durchschmeckt. Es wird Ihnen auffallen, daß das Eigelb in der Mitte des Omeletts gerade nicht mehr flüssig, aber immer noch feucht ist. Der Trick besteht darin, daß man nicht zuviel Füllung in das Omelett gibt – nicht mehr als etwa einen Suppenlöffel voll. Analogien zu anderen Künsten drängen sich auf, wenn es gestattet ist, für einen Augenblick die Unterscheidung Form/Inhalt einzuflechten. Lassen Sie die Butter bei großer Hitze schmelzen, und warten Sie, bis kein Schaum mehr da ist. Passen Sie auf, daß die Pfanne heiß bleibt, und geben Sie die Füllung dann zu, wenn das Omelett in der Mitte zu stocken beginnt. Essen Sie, essen Sie.«

Amanita phalloides ist, pilztechnisch gesprochen, eine vereinzelt anzutreffende Spezies – nicht selten und nicht verbreitet. Der Pilz riecht aus der Nähe süßlich und leicht übelkeiterregend und ein bißchen nach Ammoniak und soll von angenehmem, mildem, nussigem Geschmack sein, der eher dem des Tintenschopflings (*Coprinus comatus*) ähnelt als dem des Pfifferlings (*Cantharellus cibarius*). Dieses Faktum ist für den Pilzfreund bemerkenswert, denn die überwältigende Mehrzahl giftiger Pilze signalisiert ihre Unbekömmlichkeit durch unangenehmen Geruch oder Geschmack. Der Wohlgeschmack von *Amanita phalloides* ist ein gelungener Scherz der Natur, denn der Pilz ist äußerst giftig, er ist tatsächlich der mit Abstand giftigste Giftpilz der Welt, und jedermann rinnt ein Schauer den Rücken hinunter, wenn er den Namen Grüner Knollenblätterpilz hört (obwohl ich zugeben muß, daß mir die Namen Grüner Wulstling oder Grüner Giftwulstling noch besser gefallen und daß mein persönlicher Giftpilzlieblingsname der an Biederkeit nicht zu überbietende des nahen Verwandten *A. phalloides'* ist, der da

heißt *Amanita virosa* oder Spitzhütiger Knollenblätterpilz).
A. phalloides kostet jährlich mehr Kontinentaleuropäer als
Briten das Leben, wobei die Deutschen interessanterwei-
se mit der höchsten Sterblichkeitsrate aufwarten können,
doch es dürfte britische Patrioten freuen zu erfahren, daß
die ersten Menschen, die nach einer echten Knollenblätterpilzvergiftung erfolgreich behandelt wurden, ein britisches Ehepaar war, das 1973 auf Guernsey *A. phalloides*
gegessen hatte und durch die improvisierte Hämodialyse
eines Arztes am berühmten Londoner King's College
Hospital gerettet wurde. Die klassische französische Behandlung, wobei man eigentlich eher »Behandlung« sagen sollte, sieht so aus, daß der Betroffene am besten viel
rohes gehacktes Kaninchenhirn ißt, weil laut Volksglaube Kaninchen gegen den Pilz immun sind.

    A. phalloides hat eine Vorliebe für Laubwälder und eine
ganz besondere Vorliebe für Eichen. Sein Aussehen ist
verhältnismäßig unauffällig, aber andererseits ähnelt er
keinem begehrten Speisepilz so stark, daß er Gefahr liefe,
an dessen Statt gepflückt und gegessen zu werden. (Fast
täuschend ähnlich sieht ihm *Amanita vaginata*, der eßbare
und harmlose Scheidenstreifling, dessen Liebhaber jedoch aus naheliegenden Gründen eher spärlich gesät
sind. In Japan werden diese Dinge anders eingeteilt.) Der
Hut des Knollenblätterpilzes von sechs bis etwa zwölf
Zentimeter Durchmesser ist anfangs gewölbt, beim älteren Pilz flach und von nicht sonderlich einnehmendem
Olivgrün. Der weiße, bisweilen grün »genatterte« Stiel
ist acht bis fünfzehn Zentimeter hoch und weist am oberen Ende eine Manschette und unten eine dickhäutige
Scheide auf, aus der er wie aus einem Sack herausragt.
Die Saison dieses Giftpilzes – da eine Unterscheidung
zwischen Pilzen und Giftpilzen keinerlei wissenschaftliche Signifikanz besitzt, verwende ich den Begriff an dieser Stelle nur um dessentwillen, was Fowler sarkastisch
als »elegante Abwechslung« bezeichnet – währt von Juli

bis November. Wie so vieles ist er in England um so seltener, je weiter man nach Norden gelangt.

Das berühmteste Opfer des Knollenblätterpilzes war Kaiser Claudius. Er wurde von einem Pilzgericht dahingerafft, das er aus *Amanita caesarea*, dem Kaiserpilz oder Kaiserling, zubereitet wähnte, einem ganz besonders wohlschmeckenden und bekömmlichen Mitglied der ansonsten mit Vorsicht zu genießenden Sippschaft namens *Amanita* (wieder ein erstklassiger Scherz seitens der Natur: die schüchterne Schönheit in einer Familie von Taugenichtsen). Claudius' Pilzgericht war jedoch – wie wir mit an Sicherheit grenzender Wahrscheinlichkeit vermuten dürfen, von seiner Gattin Agrippina – mit dem Giftpilz angereichert, so daß ein Mitglied seiner Familie ihn mit einem Mitglied der Familie des Pilzes, den er zu essen vermeinte, vergiftete. »Er fiel in tiefe Bewußtlosigkeit, doch dann erbrach er den gesamten Inhalt seines überladenen Magens und wurde alsdann ein zweites Mal vergiftet«, schreibt Sueton, der einen verzeihlichen Mangel an Vertrautheit mit den Symptomen einer Knollenblätterpilzvergiftung an den Tag legt. In Wirklichkeit folgt auf die erste Attacke einer *A.-phalloides*-Vergiftung fast ausnahmslos ein Zeitraum der Symptomfreiheit und scheinbaren Genesung – die Opfer werden aus dem Krankenhaus entlassen und als gesund nach Hause geschickt, wo sie wenige Tage später dem Gift erliegen. Die typische Abfolge sieht so aus, daß man am Anfang unter starkem Erbrechen, Durchfall und Leibschmerzen leidet, begleitet von ausgeprägten Beklemmungsgefühlen, Schweißausbrüchen und Zittern, was innerhalb von sechs bis zehn Stunden nach Aufnahme des Giftes eintritt und bis zu achtundvierzig Stunden danach anhalten kann. Wenn diese Symptome sich bemerkbar machen, ist die durch *A. phalloides* bewirkte Gewebezerstörung bereits beträchtlich vorangeschritten. Zwei Giftstoffe sind die Hauptverantwortlichen; Pilzvergiftungen sind deshalb so schwer rechtzeitig zu diagnostizieren (was heißt, vor der Obduktion des Opfers), weil die Toxine mit körpereigenen Stoffen Verbindungen eingehen, die sie so gut wie unidentifizierbar machen. (Im Fall von *A. phalloides* gibt es ohnedies kein Gegengift.) Bei einer *A.-phalloides*-Vergiftung wirken Amatoxine und verschiedene Phallotoxine, vor allem α- und β-Amanitin und Phalloidin, Giftstoffe, die weder durch Trocknen noch durch Erhitzen der Pilze zerstört werden können. Sie werden von den Leberzellen aufgenommen, wo sie die Eiweißsynthese unterbinden und die Zellen selbst absterben lassen. Da das Gift über die Nierenkanälchen wieder in den Blutkreislauf gerät, statt mit dem Urin ausgeschieden zu werden, zwingt es den Körper gewissermaßen, sich aktiv an der eigenen Zerstörung zu beteiligen, indem er sich immer weiter vergiftet. So kommt es, daß nach einer ersten Periode heftiger Vergiftungserscheinungen eine scheinbare Besserung eintritt, auf die irreversible Leberschäden, Bewußtlosigkeit und Tod folgen. Bei einer Obduktion ist die Todesursache fast immer einwandfrei nachweisbar, denn nur wenige Gifte verursachen einen ähnlich katastrophalen Leberzerfall. Ein einziger Pilz genügt, um einen gesunden Erwachsenen umzubringen. Die genaue Sterblichkeitsrate ist ebenso schwer zu schätzen wie genaue Dosierungsmengen, aber man darf wohl annehmen, daß die Todesrate bei *A.-phalloides*-Vergiftungen gut und gern bei neunzig Prozent liegt.

»Sind Sie zur gerichtlichen Untersuchung gefahren?« fragte Laura.

»Es war derselbe Untersuchungsrichter wie beim Tod meiner Eltern. Er dankte mir dafür, daß ich die Reise unternommen hatte – ich war von Marseille zurückgeflogen, das offengestanden nicht gerade mein Lieblingsflughafen ist. Bartholomew hatte sich allem Anschein nach versehentlich vergiftet: Als ich ihn am Montag verließ, klagte er über Magenbeschwerden, am Dienstag vormittag suchte er einen Arzt auf, dann ging es ihm besser, und am Freitag fiel er sozusagen wie vom Schlag gerührt um.«

»Kannte er sich mit Pilzen aus? Ging er öfter Pilze sammeln?«

»Ich mache mir Vorwürfe. Ich bin ein viel erfahrenerer Pilzkenner, als er es war. Ich hätte den betreffenden Pilz nie und nimmer aus Versehen gepflückt.«

»Das hat köstlich geschmeckt«, sagte Hywl der Schnellesser unter Verwendung eines Adjektivs, das ich mir, wie meinen Lesern aufgefallen sein dürfte, noch an keiner Stelle der vorliegenden gastro-historisch-psycho-autobiographisch-anthropo-philosophischen Abhandlung zuschulden kommen ließ.

»Danke. Nehmen Sie sich Croissants und *confiture*. Die Fahrt kann recht anstrengend sein; die Straßen in der Lubéron-Gegend sind windig und nicht selten Schauplatz eindrucksvoller Gewitter, Wolkenbrüche und dergleichen mehr.«

Laura hatte ihr Omelett zu zwei Dritteln gegessen und schien nicht mehr allzuviel Appetit zu haben. Sie warf ihrem Mann einen ehelichen Blick zu, der unumwunden besagte: Geh packen, Fettkloß. Hywl stand auf, wischte seine toastbeschmierten Lippen an einer meiner Leinenservietten ab und murmelte dabei Komplimente und Entschuldigungen, bevor er die Treppe hochtrampelte.

»Worüber haben Sie sich unterhalten? Ich meine, als Sie zum letztenmal mit Ihrem Bruder zusammen waren.«

»Es gibt eine Zeile bei Donne, Laura, an die ich oft denken muß, wenn ich mich unserer ersten Begegnung entsinne: ›Bei unserer ersten unerhörten und verhängnisvollen Zusammenkunft.‹ In einer seiner Elegien. Ja – mein letztes Gespräch mit Bartholomew. Wir unterhielten uns über den Unterschied zwischen den zwei bedeutendsten kulturellen Erscheinungen der modernen Welt,

dem Künstler und dem Mörder. Ich sagte, eine der An-
triebskräfte hinter jeglicher Kunst sei der Wunsch, eine
dauerhafte Wirkung hienieden auszuüben, eine Spur seiner selbst zu hinterlassen. Die Sixtinische Kapelle bedeutet alles mögliche, aber eine ihrer Bedeutungen ist die
schlichte Aussage: *Michelangelo was here*. Das ist eine der
grundlegendsten Funktionen des Künstlers, die der
Halbwüchsige, der seine Initialen in eine Parkbank
schnitzt, mit Henry Moore, der überall seine trostlosen
Klumpen deponiert, nicht weniger teilt als mit Leonardo
da Vinci oder wem auch immer – obwohl Leonardo, da
gerade von ihm die Rede ist, ein wenig mehr Ehrgeiz hinsichtlich der Dauerhaftigkeit des von ihm hinterlassenen
Eindrucks nicht geschadet hätte, denn sonst hätte er
nicht seine Zeit damit verschwendet, Fresken auf un-
stabile Untergründe zu malen und unrealisierbare Flug-
maschinen zu entwerfen. Jedenfalls ist der Wunsch des
Künstlers, sich ein Denkmal zu setzen, so unmittelbar
verständlich wie das Tun eines Hundes, der an einen
Baum uriniert. Der Mörder hingegen ist der Realität und
der Ästhetik unserer modernen Welt besser angepaßt, da
er nicht etwas in Form einer Präsenz hinterläßt – das
vollendete Werk, ob Gemälde, Buch oder hingeschmierte
Signatur –, sondern etwas nicht weniger Endgültiges und
nicht weniger Vollendetes in Form einer Abwesenheit. Wo
es zuvor jemanden gab, ist nun niemand mehr. Welchen
unwiderlegbareren Beweis der eigenen Existenz sollte es
geben als den, daß man ein Menschenleben genommen
und durch Nichtsein ersetzt hat, durch ein paar verblassen-
de Erinnerungen? Einen Stein zu nehmen und ins Wasser
zu werfen, wobei man darauf achtet, daß sich die Wasser-
oberfläche nicht kräuselt, wird ja wohl zweifellos eine
größere Leistung sein als irgend etwas, was beispielsweise
mein Bruder erreicht hat.

Außerdem sagte ich, daß sich hinter der Uneigennüt-
zigkeit des Künstlers, hinter seinem Erschaffen eines

abstrakten und unpersönlichen Kunstwerks, eine rücksichtslose Entschlossenheit, sich zu behaupten, verbirgt. Mag der erste Wunsch des Künstlers auch der sein, etwas von sich zu hinterlassen, so muß der nächste unweigerlich der sein, mehr Platz zu beanspruchen, unverhältnismäßig viel Interesse der Welt auf sich zu konzentrieren. Das wird gerne als ›Ego‹ bezeichnet, aber dieser Begriff ist bei weitem zu gewöhnlich, um dem rasenden, megalomanischen Verlangen, der Gier und der menschlichen Unzulänglichkeit gerecht zu werden, die dem Erschaffen aller Dinge zugrunde liegen, vom Matisse-Scherenschnitt bis zum Fabergé-Ei. Hitler: ein gescheiterter Maler, Mao: ein gescheiterter Dichter – hinter ihrer frühen wie ihrer späteren Laufbahn steckt ein und derselbe Drang; dennoch sind wir von dieser banalen Erkenntnis so abgestumpft, daß uns ihre wahre Bedeutung entgeht, die nicht darin besteht, daß der Größenwahnsinnige ein gescheiterter Künstler ist, sondern darin, daß der Künstler ein verschämter Megalomane ist, der lieber im risikoarmen Bereich der Kunst sein Mütchen kühlt als in der erbarmungslosen Arena des wahren Lebens – Kandinsky als gescheiterter Stalin, Klee als Barbie *manqué*. Warum will niemand Bakunin ernst nehmen? Das Zerstören ist keine geringer zu bewertende Leidenschaft als das Erschaffen, und es ist nicht weniger schöpferisch als dieses – genauso visionär und genauso selbstbewußt. Wenn der Künstler die Auster ist, dann ist der Mörder die Perle.

Darauf sagte ich, was sich aus Obigem ergibt und was jeder Künstler weiß – daß, was er in sein Werk investiert und der Welt schenkt, von der Welt nie in gleichem Maße vergolten werden kann. Die inneren, einsamen, unermeßlichen Schaffensqualen des Künstlers geben ihm das Gefühl, als hätte er sich die Aufmerksamkeit des ganzen Universums *verdient*, sich seine ganze Liebe *verdient*. Die Welt aber zeigt sich desinteressiert – zu sehr ist sie damit beschäftigt, Welt zu sein, um mehr als beiläufige Zustim-

mung, beiläufiges Interesse zu erübrigen. Hier die
Schmeichelei eines Grüppchens Bewunderer, dort die
Gabe eines Mäzens, Preise und die Wertschätzung eines
bestimmten Publikums – all das kann nie das Beabsichtigte sein, kann nie das tiefe Verlangen des Künstlers befriedigen, das schlichter, allumfassender und vorbehaltlo-
ser Verehrung gilt. Der Künstler sagt zum Kosmos: Alles,
was ich verlange, ist unendliche Liebe – ist das denn zuviel verlangt? Und der Kosmos hält es noch nicht einmal
für nötig, zu antworten. Der Kosmos ist Photosynthese,
das sind interstellare Staubwolken, Busfahrpläne, Ge-
fängnisrevolten, π und ϵ und Wolkenformationen. Kein
Künstler in der ganzen Weltgeschichte hat sich je für seine Mühen angemessen entschädigt gefühlt. Endergebnis:
Wut, Ressentiment, Verbitterung. Wer erbaute das Landhaus in Yeats' Dichtung? ›Verbitterte, gewalttätige Männer.‹ Ganz richtig. Und wer drückt diese Verbitterung
besser aus, wer verkörpert sie besser, der Künstler oder
der Mörder? Die Frage stellen heißt sie bereits beantworten.

Und noch eine unwiderlegbare Wahrheit: Wer wollte
leugnen, daß der Mord die Kunst ist, die unser Jahrhundert kennzeichnet, wie andere Jahrhunderte durch das
Gebet oder das Betteln gekennzeichnet waren? Wer wollte – Hand aufs Herz – bestreiten, daß die für unser Jahrhundert bezeichnende Handlung die ist, daß ein Mensch
einen anderen Menschen tötet? Fünfzig Millionen Tote
allein im Zweiten Weltkrieg, ganz zu schweigen vom Ersten Weltkrieg und all den anderen Kriegen, Bürgerkrie-
gen wie internationalen Auseinandersetzungen, Hungers-
nöten aus Menschenverschulden, Morden von Mann zu
Mann, Gattenmorden, Morden an Fremden, Fememor-
den, Morden aus rassistischen Gründen, den Morden,
die wir tagtäglich begehen, die wir begehen, indem wir
hier sitzen und denen, die ermordet werden, nicht zu
Hilfe eilen. Die Liste ließe sich endlos fortsetzen. Jeder

Mord enthält in sich alle Morde; jede individuelle Tat, die einem anderen Menschen das Leben raubt, stellt sowohl den Mikrokosmos unseres Jahrhunderts dar als auch einen weiteren Tod, der sich der großen Hekatombe zugesellt. Wie könnte irgendein Kunstwerk damit konkurrieren, dieses Thema ansprechen, daneben überhaupt eine Existenzberechtigung besitzen wollen?

Und dann sollten wir nicht übersehen, wie natürlich das Morden und wie unnatürlich die Kunst ist. Malerei und Musik und Bücher – alles so gewollt, so gezwungen, voller Erfindungen und Unwahrheiten, verglichen mit der einfachen menschlichen Handlung, einem anderen das Leben zu nehmen, weil man nicht will, daß er weiterhin existiert. Bisweilen sind in der Weltgeschichte Ansätze zu einem Verständnis dieses Sachverhalts erkennbar. Zu Kriegszeiten wird die Natürlichkeit des Tötens unterstützt, ermutigt, gepriesen, kultiviert, mit einem Wort: verstanden. Aber es gibt andere Ansätze. Dem Code Napoléon zufolge galt es nicht als Kapitalverbrechen, eine nörglerische Ehefrau umzubringen, wenn seit mehr als sieben Tagen der Mistral geherrscht hatte. Dies impliziert den faszinierenden Gedanken, daß Gattenmord unter gewissen Umständen vielleicht nicht gerade explizit gutgeheißen, aber doch mit Verständnis betrachtet, entschuldigt, erklärt, nachgefühlt wird – anders ausgedrückt: den Gedanken, daß ein solcher Mord in gewisser Hinsicht naturgegeben ist. Unter bestimmten Umständen ist Mord, wie schon Konfuzius sagte, verzeihlich. Unvernunft hingegen nie. Und was wäre vernünftiger, als sich zu erlauben, den eigenen Impulsen entsprechend zu handeln? Welche Tat könnte auf authentischere Weise *menschlich* sein als ein Mord? Ganz gewiß nicht die Verkrümmungen und Gekünsteltheiten unserer selbsternannten Kunstpriester, die mit ihrem Streben nach Dauerhaftigkeit und Objektivität und Schöpfertum letztlich das Menschliche, das uns allen gemein ist, verleugnen. Im Rom der Cäsarenzeit, als die menschliche Natur sich ungehindert entfalten und ungezügelt ausdrücken konnte, war Mord an der Tagesordnung: Livia vergiftete Augustus und ermordete ihren Neffen Germanicus, ihre Schwestern und überhaupt jeden, der ihr über den Weg lief; Tiberius verhielt sich nicht sehr viel anders; Caligula vergewaltigte und mordete zum Vergnügen, und Claudius wurde von seiner Gemahlin Agrippina vergiftet. So sieht die wirkliche Beschaffenheit unserer menschlichen Natur aus.

Im übrigen wird die Unterscheidung zwischen Tat und Gedanken in unserer Gesellschaft geradezu lächerlich auf die Spitze getrieben. Jesus Christus hatte recht: Wer eine Frau mit Lüsternheit ansieht, hat sich den Ehebruch schon zuschulden kommen lassen. Wer dem Gedanken an Mord in seinem Herzen Raum gewährt, hat die Tat bereits begangen; jeder, der jemals einen mörderischen Impuls verspürt hat, ist der Tat ganz nah; die Trennwand zwischen Idee und Ausführung ist nicht dicker als ein Blatt Zigarettenpapier – und da die Wissenschaft uns erklärt, daß Traumerlebnisse in Hinsicht auf die chemischen Vorgänge im Gehirn durchaus nicht weniger ›wirklich‹ sind als ›echte‹ Erlebnisse, hat jeder, der schon einmal den Gedanken an einen Mord hegte, ihn damit möglicherweise auch tatsächlich begangen. In jedem tyrannischen Regime ist das bekannt; dort werden Leute nicht bloß umgebracht, weil sie sich gegen den Tyrannen verschworen haben, sondern auch wenn sie Verschwörungen nur erwogen haben oder wenn sie den Eindruck machen, sie könnten etwas Derartiges planen. Alle Tyrannen wissen, daß sie töten und unterdrücken müssen – nicht nur die Rebellion, sondern auch den bloßen Gedanken daran und sogar die bloße Eventualität dieses Gedankens, die Hoffnung und die Idee der Hoffnung. So tief hat uns kein Kunstwerk je ins Menschenherz blicken lassen. Und die eigenen Eltern ermordet ohnehin jeder von uns – ein so augenfälliger Sachverhalt, daß er vielleicht gerade deshalb nicht gern zugegeben wird. Wir überleben sie, wir übertrumpfen sie, wir morden sie allein durch unser Glück. Und wenn wir es nicht tun, dann haben *sie* uns ermordet. Siehst du, sagte ich zu Bartholomew, habe ich dir jetzt genug Gründe aufgeführt?«

Hywl stand seit offenbar geraumer Zeit in der Küchentür und hielt mit beiden ungeschlachten roten Händen ungeschickt die mir wohlvertrauten Hochzeitsreisekoffer. Er setzte sie nicht ab, so als wäre eine Explosion zu befürchten, wenn sie den Boden berührten. Wichtigtuerisch sagte er: »Liebling, es wird Zeit.«

»Was hat Ihr Bruder darauf gesagt?« fragte Laura.

»Er sagte: ›Gründe wofür?‹«

Wir gaben uns der Banalität des Abschiednehmens hin. Abschiede und Trennungen halten meiner Erfahrung zufolge an Dramatik fast nie, was man sich von ihnen erwartet hat. Menschen neigen (wiederum meiner Erfahrung zufolge) dazu, das falsche Ausmaß an Emotionen oder gleich die falschen Emotionen zu empfinden, was das ganze Leben zu einem endlosen Prozeß macht, bei dem Flüssigkeiten in unpassende Gefäße von der falschen Farbe, der falschen Form und der falschen Größe ein- und umgefüllt werden. Von allen menschlichen Gaben ist die am gleichmäßigsten verteilte die Begabung zur Unangemessenheit. Bei der Beerdigung meines Bruders trug ein stürmischer Wind uns immer wieder Fetzen einer Fußballübertragung aus dem Garten des Hauses herüber, in dem früher der Vikar gewohnt hatte; inzwischen lebte er in einer Wohnung des Marktfleckens, und das ehemalige Pfarrhaus gehörte einem schwergolfenden Anwalt aus Norwich und seinen halbwüchsigen halbkriminellen Söhnen. Als ich elegant in meinem eigens erworbenen schwarzen Anzug (in bewußtem Widerspruch zu Thoreaus Maxime gekauft, die da lautet, man solle sich vor jeglicher Unternehmung hüten, die neue

Kleider erforderlich macht – im Gegenteil sollte man solche Gelegenheiten mit aller Kraft suchen!) am Grab stand (die Berühmtheit meines Bruders hatte den Vikar veranlaßt oder verleitet, eine Erdbestattung auf einem Friedhof zu gestatten, der offiziell »voll« war und nur noch für Feuerbestattungen zur Verfügung stand, so daß das Begräbnis meines Bruders für Kontroversen und ein gewisses Quantum an gutem, solidem Norfolker Ressentiment sorgte), um eine einzelne schwarze Orchidee auf Bartholomews Sarg fallen zu lassen, während diverse Kriecher, Apparatschiks, Journalisten und Exehefrauen hinter mir um das Privileg wetteiferten, ihre Handvoll Erde hinterherzuwerfen – als ich da stand, erreichte der Fußballbericht einen neuen Gipfel männlicher Hysterie, einen Höhepunkt erregter Idiotie, als die Mannschaft der Debilen sich für die letztjährige Niederlage an der Mannschaft der Imbezilen rächte und als die Blume, die ich zwei Tage vorher in Wyckhams Blumengeschäft bestellt hatte, meinen manikürten Fingern entglitt.

Mein Abschied von Laura und Hywl erklomm/ergründete nicht die gleichen Höhen/Tiefen, sondern gestaltete sich britischer und unbefriedigender. Hywl verstaute das Gepäck im Hinterteil der Blechkiste von einem Leih-Fiat, während Laura und ich einander gegenüberstanden, als handelte es sich um eine förmliche Aufforderung zum Tanz. Berühren oder nicht berühren. Hywl erschien wieder auf der Bildfläche und schüttelte mir burschikos und mit erwartungsgemäß übertrieben herzlichem Griff die Hand, bevor er sich taktvoll zurückzog und auf den Beifahrersitz verfrachtete. Laura und ich traten im gleichen Augenblick aufeinander zu, mit der gleichen in Kopflosigkeit übergehenden Gemessenheit, so daß unsere Nasen nur um Haaresbreite nicht kollidierten, als wir einen Kuß wechselten, bei dem sich nur unsere Mundwinkel berührten; ihre Lippen waren unerwartet trocken.

»Vielen Dank für alles«, sagte sie.

»Danken Sie mir nicht.«

Und dann saß sie im Auto und war damit beschäftigt, Sitz und Rückspiegel einzurichten, bevor sie sich mit einer schnellen Bewegung anschnallte. Sie ließ den Motor an und kurbelte das Fenster hinunter.

»Nochmals danke.«

Ich schwieg und hob nur die Hand zu einer Geste des Segnens und Winkens und hielt sie erhoben, während sie geschickt mit dem Wagen rückwärts aus der Ausfahrt setzte, bevor sie die Straße zum Dorf nahm, wobei ihr Ehemann mit schwindelerregend gesenktem Kopf die Karte examinierte. Ich blieb mit erhobener Hand am Tor stehen und sah zu, wie sie davonfuhren und einen Kondensstreifen aus Staub und Kies hinter sich herzogen. Im nächsten Augenblick würden sie am geplanten und heißumstrittenen Standort der neuen gemeindeeigenen Mülldeponie vorbeikommen. Kennen Sie das Gefühl, wenn man einen Keks zur Hälfte gegessen und den Rest irgendwo hingelegt hat und sich partout nicht erinnern kann, wohin, so daß man ein Gefühl der Unvollständigkeit empfindet, das Gefühl, etwas nicht abgeschlossen zu haben, als würde es einen jucken, ohne daß man sich kratzen könnte? Oder dieses andere Gefühl, wenn man etwas Schmutziges, wenn man etwas Unsauberes, wenn man Exkremente angefaßt hat und noch keine Gelegenheit hatte, sich die Hände zu waschen, und sich zu erinnern versucht, was man getan hat, daß man sich so besudelt vorkommt, ohne daß es einem gelingen würde, darauf zu kommen, und die einzige Gewißheit, die man hat, ist dieses undeutliche Gefühl, sich schmutzig gemacht zu haben. Ich wandte mich ab und ging zum Haus zurück. Als ich dort ankam, war das ermordete Paar bereits um die Kurve gefahren und auf die Hauptstraße eingebogen, und die Staubwolke, die es hinterlassen hatte, legte sich langsam.

INHALT

*